Le contrebandier du Val d'Arly

Charles Socquet

LE CONTREBANDIER DU VAL D'ARLY

Roman historique

Savoie poche

La Fontaine de Siloé

ISBN : 2-84206-293-0

Couvent des Dominicains,
Vieille-Rue
73801 Montmélian cedex
Tél. 04 79 84 27 24 – Fax 04 79 84 21 86

À mon ami Henri Troyat,
de l'Académie française,
en témoignage d'admiration

Chapitre I

« Ite missa est. »

Ces mots, chantés par monsieur le curé, annoncent la fin de la messe solennelle célébrée ce dimanche de Pâques, 25 avril de l'année jubilaire 1886, dans l'église Saint-Jean-Baptiste, de Megève.

Les orgues se sont tues. Le silence émouvant est à peine troublé par l'écho d'une quinte de toux, le bruit d'une chaise remuée ou celui, plus discret, de personnes se déplaçant lentement. Les femmes, massées près du chœur, demeurent immobiles. Selon leur habitude, les hommes s'étaient groupés au fond de la nef, non loin de la porte. Beaucoup se préparent à sortir. Un grand nombre de fidèles reste pour participer à la prière de l'Angélus. Elle prolonge le saint office dominical.

Déjà, on entrouvre la lourde porte de l'église. Parmi les premiers à la franchir, l'un d'eux semble se hâter. À son épaule gauche pend une grosse sacoche de cuir qu'il soutient de la main. Sitôt dehors, il s'immobilise sous le porche. Il ouvre la sacoche pour en extraire des enveloppes de papier jaune au timbre bleu. Il les classe dans ses mains. C'est le facteur du village. Il se prépare à distribuer le courrier déjà réceptionné depuis l'avant-veille. Il le fait d'autant plus volontiers un dimanche que la nombreuse assistance à la messe lui évite de longues marches vers les hameaux disséminés dans la montagne.

Au nombre des gens pressés de quitter l'église se trouve un homme d'une trentaine d'années, d'assez grande taille, arborant moustache et barbe noires. Sa chevelure est en désordre, mais remarquable est l'éclat de ses yeux bleus. Il est vêtu d'une veste usagée, de couleur indéfinissable. Un vieux pantalon de futaine aux plis en accordéon recouvre des chaussures fatiguées. En sortant, il se coiffe d'un chapeau à larges bords qu'il porte négligemment incliné sur le côté gauche. Il semble se diriger vers le facteur. Celui-ci, d'un geste de la main, le prévient aussitôt :

« Bonjour, Luc. J'ai rien pour vous.

— Tant mieux. J'aurai pas à répondre, ça me fera une économie. »

Luc fait quelques pas dans le chemin qui descend en pente douce à travers le cimetière vers la grand-place toute proche. Un instant, son regard s'immobilise, Il fixe une tombe parmi bien d'autres, dans ce champ des morts proche de l'église. Cette tombe n'est qu'un simple tumulus de terre. Elle est bien entretenue. Aucune herbe n'y pousse. Elle est surmontée d'une austère croix de bois, un peu penchée, gravée d'un seul nom, d'un prénom avec deux chiffres :

Chatel Jean - 74 ans.

Visiblement troublé, Luc se mordille les lèvres. Il ne peut passer devant la tombe de son père sans ressentir une certaine émotion.

Après s'être signé, il s'éloigne. Encore étrangement ému, il arrive sur la grand-place de l'église, dominée sur sa gauche, à l'ouest, par le donjon seigneurial, face à la tour du Prieuré, à l'est. Il est alors interpellé par deux hommes qui semblaient l'attendre.

« Eh, Luc ! Qu'est-ce que tu deviens ? On t'attend pour payer une tournée.

— Salut, Michel et toi Arsène. Comment va ? Pour la tournée, on va chez la Rivollette.

Il s'adresse à Michel :

— Ta femme, Adeline, est sûrement venue à l'église ? Alors nos femmes nous retrouveront bien chez la Rivollette ! »

Ils restent un moment sur la grand-place qui s'emplit peu à peu. Dans le brouhaha grandissant s'élève le hennissement des chevaux attelés à leurs carrioles. Ils piaffent d'impatience dans l'attente de rejoindre leurs écuries.

Les trois hommes s'approchent de la halle, au fond de la place. En cet instant un homme arrive, tenant un tambour à la main. Il monte sur un banc, le « banc du *tambourni* » aménagé près de l'entrée. Il attend un moment la fin de la sonnerie de l'Angélus alors que l'église se vide lentement de ses derniers fidèles. Il lance un long roulement de tambour et dans le silence rétabli clame d'une voix de stentor ses « avisses » qui font trembler sa grosse moustache. Il propose diverses choses à vendre, même une belle « truie pleine » et mentionne quelques objets perdus dont « une couverture en laine de cheval. »

Après l'avoir écouté d'une oreille assez distraite, en l'absence d'avis officiel, les trois amis poursuivent leur chemin.

Ils traversent la place, se signent au passage devant une croix. Ils dépassent la tour du Prieuré, remontent le long du torrent des Cordes en direction du café de la Rivollette, situé derrière l'abside de l'église, près d'un vieux pont. On ne peut pas ne pas voir son enseigne « TABACS - LIQUEURS » au-dessus de l'entrée.

Ils pénètrent dans la salle enfumée où règne une animation assez bruyante. Ils repèrent aussitôt une table libre, une belle table ronde au pied central de fonte sculptée soutenant le plateau de marbre clair cerclé de cuivre. Un luxe dans un tel lieu. À peine assis sur une des chaises de bois, le chapeau sur les genoux, Michel se roule une cigarette. Puis il se penche vers Luc :

« Sacré Luc. Tu sais pourquoi tu la dois cette tournée ? Des fois que t'aurais 28 ans aujourd'hui, pas vrai ?

— Tu sais bien compter, pour sûr.

— Parbleu, j'ai bonne mémoire. T'es né un dimanche 25 avril, comme cette année, mais en 58. Ça nous donne soif ! On se commande trois troisièmes[1] de gnôle. D'accord ?

— Michel, toi, t'es au courant des affaires de la religion, c'est quoi cette année jubilaire qu'a parlé le curé Monnard ?

— C'est une année sainte d'après la volonté de sa Sainteté le pape Léon XIII, je crois. On peut obtenir des tas d'indulgences, mais je sais plus comment. Le curé nous le redira.

— Et cette histoire de cloches à acheter, on en a pas déjà ?

— C'est des cloches pour le cinquantenaire de la prêtrise de l'évêque Tissot. Tu connais la famille ? T'es peut-être parent avec ? »

À cet instant, la Rivollette, occupée jusqu'alors, s'approche :

« Pour ces messieurs, ça sera ?

— Trois troisièmes. On peut s'offrir de la gnôle, puisqu'on est entre hommes. »

1. *Le troisième est la troisième des sept mesures officielles d'étain, d'une contenance de cinq centilitres.*

Cette remarque est volontiers superflue. Les femmes ne se hasardent jamais dans les cabarets, sauf en compagnie d'un mari ou d'un parent.

« Les bistrots, c'est fait pour les hommes, surtout le dimanche. »

Quant à ces dames, une fois la messe terminée, elles restent le plus souvent à bavarder sur la place de l'église. Elles attendent patiemment en se transmettant les nouvelles et les cancans de la paroisse. Les commérages vont bon train. Ils en égratignent plus d'un au passage.

Luc appelle la Rivollette pour payer sa tournée. Il compte laborieusement les soixante centimes qu'elle lui réclame. Quatre sous le verre, ce n'est pas donné ! Généreux, Michel propose : « Allez, on remet ça. »

À ce moment, Luc, après avoir jeté un coup d'œil au dehors, s'anime :

« On peut parler maintenant. Celui qui vient de sortir, là, tout seul dans la rue : eh bien ! C'est un étranger. Je le connais pas. Il est pas du pays. C'est peut-être un *gâpian*.

—Sûr, approuve Michel. Il vient repérer et on se fait prendre au prochain "voyage".

—À quand le prochain ?

—On pourrait le faire après-demain, mardi. J'ai du sucre à huit sous le kilo. Ça vaut le double, de l'autre côté, hors zone.

— D'accord pour mardi, approuve Arsène, qui ajoute : Maintenant c'est ma tournée ».

Il a levé la main pour appeler la Rivollette. Elle est derrière son comptoir à ranger des paquets de tabac. Depuis quelques instants, elle les observe discrètement. Elle les connaît bien. Ce sont de vieux clients, et fidèles !

Luc est un homme très costaud, peu soucieux de sa tenue négligée. Son abondante moustache, sa barbe en désordre ainsi que ses longs cheveux mériteraient quelques coups de ciseaux. Il habite avec sa femme Flavie et ses deux enfants au Chevaly, presque dans la forêt. Il a une façon de vivre dont on jase souvent dans le pays.

Arsène, du Mas, celui-là se fait facilement repérer par sa forte stature, le sourcil broussailleux et une balafre sur la joue droite qui lui dévie un peu la moustache. On le redoute dans ses accès de colère. Comme sa mère, Octavie, il n'est pas toujours commode. Il aime aller par monts et par vaux, seul le plus souvent.

Michel, du Thélevex, forme avec Adeline, sa femme, un ménage bien sympathique. De grande taille, il est calme et réfléchi. Il a parfois une ombre de tristesse dans ses grands yeux noirs. Il va régulièrement à la messe tous les dimanches, accompagné de sa femme dont le visage douloureux ne sourit jamais.

Si Luc savoure avec un certain plaisir le troisième verre, il n'en oublie pas moins ses problèmes de sous. Ainsi, Flavie lui dit parfois :

« Il te manque toujours dix-neuf sous pour faire vingt sous ! »

Sans métier défini, il a cependant trouvé deux moyens pour gagner quelque argent.

L'un surtout, déjà évoqué au cours de leur conversation est souvent fructueux, bien que n'étant pas exempt de danger.

Depuis l'annexion de la Savoie à la France en 1860, le nord de la province est en zone franche. Tous les prix sont moins élevés parce que détaxés. Il existe aussi un écart avantageux sur les prix de la zone si on s'approvisionne en Suisse.

Au sud de la province, passé une limite départementale à mi-chemin entre Megève et Flumet, les prix se trouvent être doublés, si ce n'est davantage, comme pour le tabac, où ils sont multipliés jusqu'à six fois. Mais l'État français a placé le long de cette « ligne » des *gâpians*, ces douaniers à l'uniforme bleu clair aux liserés rouges. Ils ont établi leur poste principal, non sur la ligne, mais au bourg même de Flumet, dans les gorges de l'Arly. Ils sont peu tentés d'y demeurer. Par équipes de deux ou trois, ils rôdent de part et d'autre de la ligne dont ils doivent, en principe seulement, surveiller le franchissement. Or ils s'en écartent parfois fort loin, jusqu'à venir espionner dans Megève les jours de marché et surtout les jours de foire. Pourtant, chose incroyable, ils avaient appris que plusieurs vaches et chevaux avaient pu passer en fraude.

Pour un contrebandier, avec une charge de tabac, café, sucre ou autre camelote, il ne fait pas bon de rencontrer un de ces képis bleus alors qu'on tente de franchir la ligne pour aller en Savoie. L'amende peut être élevée. Parfois, s'il y a récidive et selon l'importance de la marchandise, on encourt la prison. Aussi, en cas de surprise, mieux vaut tout abandonner et s'échapper à tout prix. Malgré ces risques, les passages clandestins s'intensifient avec les beaux jours de l'été. L'hiver, au contraire, le trafic se ralentit en fonction de l'importance des chutes de neige. Les sentiers deviennent peu praticables en montagne et on se fait repérer plus facilement sur les étendues neigeuses. La contrebande est exercée par les riverains des deux côtés de la ligne.

On déplore parfois des martyrs, très rarement chez les douaniers armés d'un pistolet, mais beaucoup plus chez les contrebandiers disposant le plus souvent d'un bâton.

Luc émerge de ses pensées alors que Michel lui adresse la parole.

« Luc ! Faut pas dormir. Tu supporterais-t-y plus la gnôle ? Reste avec nous. À propos, viens me voir demain, j'ai quelque chose à te donner.

— C'est quoi ? Une crevure ?

— Oui. Un mouton. Ça fait le deuxième en un mois qui crève d'une mauvaise chiasse. Ça serait dû à des vers, croit-on ?

— D'accord, je monte demain. Tiens, voilà nos femmes qui viennent nous chercher. On leur paie une assiette de bouillon ? C'est moi qui l'offre. » décide Luc réjoui par la proposition de Michel.

Cette proposition concerne le deuxième moyen imaginé par Luc pour permettre de vivre avec un peu plus d'argent. Il ne semble plus regretter les douze sous de la tournée, soit le prix d'un kilo et demi de sucre Lebaudy.

Sur le pas de la porte entrouverte, ces dames refusent de venir s'asseoir. Elles sont pressées de rentrer.

Le groupe se sépare devant le café, promettant de se revoir. Chacun gagne son logis par des chemins différents sur les pentes de l'envers, le versant nord de la vallée.

Accompagné de sa femme, Luc traverse à nouveau la place. L'animation du début s'est étrangement calmée. Le crieur au tambour a disparu. La foule est clairsemée, formée ça et là de quelques groupes d'hommes ou de femmes qui discutent avec animation. Les femmes, drapées dans de longues jupes sombres, arborent une coiffe circulaire noire, la *béguine*. Elle enserre leur chevelure. Leur toilette austère est cependant égayée par les quelques bijoux dorés qu'elles portent en sautoir sur la poitrine.

Devant un bâtiment situé un peu en retrait, entre le donjon et la halle, un groupe s'est formé autour du maire. Celui-ci montre le bâtiment en question puis à l'opposé désigne, au-delà du torrent des Cordes, une tour au toit pointu couvert d'ardoises, la tour du Four, nom donné en souvenir d'un four jadis situé à ses pieds.

Se rappelant certain débat, Luc se tourne vers Flavie : « Je te parie que le maire discute du tracé de la nouvelle route.

— Ça va bien changer la place du village, soupire Flavie.

— C'est certain mais que veux-tu ? Il paraît que c'est indispensable. Alors… »

Ils passent successivement devant l'épicerie de la Mélanie Morand, puis devant le bureau de poste dont l'horloge encastrée dans la façade marque une heure trois quarts alors qu'il est une heure et demie à celle du clocher.

« L'église est en retard », remarque Luc.

Un peu plus loin, ils rencontrent le curé Monnard sortant à l'instant du presbytère. Curé de la ville depuis près de vingt années, il connaît chacune de ses ouailles. On sait qu'il est parfois en opposition avec le préfet républicain, mais il a heureusement l'appui de la grande majorité de la population et du conseil municipal.

Il est loin le temps où monsieur le curé régnait en maître absolu sur sa paroisse. La commune était alors un mot, la paroisse un empire.

Dès l'instauration de la république en France, en septembre 1870, un ferment anticlérical s'était manifesté. Signe de l'évolution des temps, ou souvenirs nostalgiques de la Révolution, des opposants, les « radicaux », ont depuis fait entendre leur voix.

Néanmoins presque tout le monde vient le dimanche à la ville. Les fidèles sont très nombreux à l'église, rejoints, lors des fêtes religieuses, par les radicaux, ayant déserté momentanément les cabarets où tous se retrouvent pour commenter les nouvelles du pays, celles données par le curé ou même le conseil municipal.

Si monsieur le curé a des soucis, cela ne paraît pas sur son visage dont le nez demeure taché de brins de tabac à priser. Il tend la main à Luc :

« J'ai du plaisir à vous voir, Luc, surtout en ce jour. Comment vont les enfants ? Que devenez-vous ? Toujours au Chevaly ?

— Toujours, monsieur le curé, et toujours la même vie.

— Et toujours pas de travail ? Vous allez encore continuer à ramasser les bêtes comme avant ?

— Bien sûr, bien sûr. Au revoir, monsieur le curé » s'empresse de répondre Luc qui se hâte de poursuivre son chemin. Flavie a perçu dans les paroles du curé la nuance de reproche à l'adresse de son mari. Elle ne dit mot. Le curé Monnard les regarde s'éloigner. Il hoche la tête.

Luc pense à l'offre faite par son ami Michel. Il ira chercher le mouton crevé et, selon l'allusion du curé, il le ramènera au Chevaly. Il est le seul dans le pays à aller « quérir » dans l'étendue de la paroisse, et même au-delà, les « crevures », tout juste bonnes à être enfouies sur place. Dès le début, Luc fut un sujet d'étonnement. On n'en finissait pas de le regarder passer sur la place, les épaules chargées d'un ou deux moutons. Bien que robuste, ce lui était impossible quand il s'agissait d'une bête importante, telle une vache ou plus rarement une jument. Il était alors obligé d'emprunter un tombereau ou une carriole. Cela lui était d'autant plus difficile qu'il devait souvent s'installer dans les brancards. Il était arrivé, en effet qu'on lui refusât le prêt d'un cheval. Sa négligence ne lui facilitait pas la tâche. L'automne dernier, il avait oublié de rendre carriole et cheval à leur propriétaire, pensant peut-être les utiliser pour un autre transport. Il y eut des éclats de voix quand le paysan inquiet et furieux vint réclamer le tout deux jours plus tard. Cela s'était vite su dans la campagne, où l'on avait interprété, peut-être hâtivement, que Luc pouvait confondre prêt et don.

Alors les bonnes gens de maugréer :

« Sacré Luc. Quelle idée bizarre de faire ça et de vivre dans les bois. Pourquoi cherche-t-il pas un travail comme nous ? »

Luc ne le veut pas, comme il ne veut pas s'en expliquer. En ce moment, cheminant aux côtés de Flavie dans le chemin caillouteux, il est perdu dans ses pensées.

Il songe à la sortie de la grand-messe. Il revoit encore la tombe de son père, cette émouvante croix de bois parmi tant d'autres dans le grand cimetière. Cette image suscite en lui l'évocation du passé. Sa mère est également enterrée dans le même lieu. Une mère qu'il n'a jamais connue. Elle mourut d'une fièvre maligne, avait-on dit, peu après la naissance de son fils. Plus tard, son père s'était remarié, mais il n'avait pas eu d'autre enfant.

Luc avait grandi, solitaire, dans la maison d'une belle-mère qui ne l'avait jamais adopté. Il était le fils d'une autre. Elle-même se désespérait de ne pas en avoir. Luc avait vite ressenti son indifférence, qui, avec les années, s'était muée progressivement en un sentiment de rejet et même d'hostilité.

À vingt et un ans, l'âge de sa majorité, il avait quitté la maison de son enfance située dans le bourg.

C'était surtout pour fuir cette femme dont la forte personnalité écrasait celle de son père, lequel, pauvre bougre, avait finalement trouvé refuge dans son goût trop prononcé pour le vin.

C'est pourtant auprès de lui que Luc avait trouvé un peu de cette affection qui lui avait manqué en l'absence de sa mère. Il lui avait conservé une place dans son cœur et ne pouvait, sans émotion évoquer son enfance.

Ce fut un déchirement pour lui quand, un jour de l'automne 1882, le 25 octobre, on apprit la mort de Jean Chatel, écrasé par l'arbre qu'il abattait. Luc venait de perdre son père. L'année suivante, il épousait Flavie.

Tout jeune, déjà il s'était amusé à construire une petite cabane avec de vieilles planches. C'était, certes, ce que font bien des enfants, mais au travers de ce jeu, ne cherchait-il pas un toit, consciemment ou non? Aussi avait-il édifié une grande cabane en bois à la lisière de la forêt du Chevaly. Il l'habite maintenant avec sa famille et se trouve comblé. L'aménagement sommaire lui convient. Il est enfin chez lui. Il a un toit.

Travailler la terre, comme les paysans, lui aurait rappelé les années de labeur de son père et des souvenirs d'enfance parfois pénibles. Un instant il avait songé à s'embaucher comme journalier. Mais en souvenir de sa belle-mère, il répugne à dépendre de quelqu'un. Ce refus d'une autorité, se développant progressivement en lui au cours des années, s'était finalement mué en un besoin d'indépendance, quelles qu'en fussent les incertitudes, les risques et leurs conséquences.

C'est pourquoi, un jour, sur la proposition d'Arsène de faire un peu de contrebande, il avait accepté d'autant plus volontiers que son ami n'avait pas manqué de préciser :

« Ça peut être dangereux, bien sûr, mais ça rapporte. À toi de choisir. »

Ainsi, depuis trois années il faisait de la contrebande. Souvent, dès la fin de l'hiver, il parcourt les sentiers perdus dans les montagnes entre Megève et Flumet ou Bellecombe ou la Giettaz, villages frontière dans le département voisin. Non seulement Arsène, mais aussi Michel, l'avaient aidé dans son apprentissage de contrebandier, lui faisant connaître des passages impossibles dans les forêts ou dans les rochers pour éviter les mauvaises rencontres avec les *gâpians*. Ils lui avaient dévoilé quelques-unes des cachettes secrètes pour mettre en lieu sûr la marchandise quand le danger devenait trop évident. Il avait appris enfin la façon dont les *gâpians* tendaient leurs pièges en passant des nuits blanches enveloppés dans des couvertures sur un petit lit pliant portatif, leur « bazar », ou en grimpant dans un sapin pour dominer un passage et le surveiller plus efficacement.

La petite bande avait failli être prise plusieurs fois, mais elle avait toujours réussi à se tirer d'affaire grâce à son agilité et, surtout, comme l'affirme Michel, grâce au cierge que chaque dimanche Adeline fait brûler à l'église.

Un jour, en pleine montagne, Luc avait fait une rencontre assez banale. Au détour d'un sentier, gisait sur le sol une bête crevée depuis plusieurs jours déjà. C'était le cadavre d'un mouton à demi dévoré, qu'assaillait une nuée de grosses mouches bourdonnantes aux flancs bleus.

Poursuivant son chemin, il s'était cependant retourné, regrettant la triste fin de ce mouton dont il s'interrogeait sur la présence en ce lieu éloigné.

Une dizaine de jours plus tard, repassant au même endroit, il avait provoqué l'envol brutal de corbeaux surpris par son apparition. Dans les derniers lambeaux de chair du cadavre en pleine décomposition grouillaient de nombreux vers tout blancs dont les oiseaux se délectaient. Plusieurs jours durant il avait gardé devant les yeux l'image obsédante de ce mouton servant d'appât aux corbeaux. Presque à son insu, une idée avait surgi en lui.

C'est ainsi que dès les beaux jours du printemps, Luc s'était décidé à ramasser les crevures dans la paroisse pour les transporter au Chevaly.

La voix de Flavie l'arrache à ses pensées.

« T'es bien songeur aujourd'hui. À quoi tu rêves ? À tes 28 ans ?

— Sûrement pas. Je pensais au curé Monnard. Il nous a mariés y a bientôt trois ans. Tu te souviens ?

— Bien sûr ! Nous arrivons en Cassioz. Je vais chercher les enfants chez mon oncle. Attends-moi. »

Il regarde Flavie s'éloigner. Malgré deux maternités, elle a encore son allure de jeune fille. Tout à l'heure, il n'a pas voulu parler de son passé. Maintenant, il se met à évoquer les années de son enfance qu'il a vécues avec Flavie. Il revoit la petite fille avec laquelle il jouait. Elle habitait non loin de chez lui. Souvent ils allaient ensemble à l'école et au catéchisme. Les années passaient. Insensiblement leur camaraderie se transformait en amitié. Après qu'il eut quitté la ferme de ses parents, il avait continué à revoir Flavie au hasard des rencontres. Peu à peu cette amitié s'était transformée en un sentiment plus tendre. Cherchait-il inconsciemment une affection pour compenser cette frustration dont il avait toujours pâti dans son enfance ?

Survint l'accident mortel de son père. Dans son désarroi, la solitude lui devint insupportable. Il revit Flavie. Il osa se déclarer. Ayant craint d'espérer en vain, il se trouva comblé presque brutalement en apprenant qu'elle avait, comme on dit, un sentiment pour lui.

L'annonce de leur union en surprit beaucoup. On se demanda comment une fille « bien » de la paroisse pouvait s'allier à un tel personnage. Ils se marièrent. Depuis les mois ont passé. Et le Seigneur leur a donné deux enfants.

Flavie revient. Il va au-devant d'elle : elle est un peu embarrassée dans sa longue jupe noire avec, dans les bras, sa fille Marie-Léontine. À ses côtés trottine son fils Ambroise. Voyant son père, l'enfant accourt. Luc le prend alors aux épaules. Il le serre contre lui. Puis il l'élève très haut, à bout de bras, s'amusant des cris poussés par Ambroise qui feint d'être effrayé.

Dépassant le hameau, ils atteignent la chapelle du village, une des plus anciennes du pays. Flavie, femme très pieuse, fait un signe de croix devant l'entrée de l'édifice sacré. Sur la pente du chemin, la marche est plus pénible. Ils longent ensuite le bois du Chevaly, une immense forêt de sapins sur le versant de la montagne. Ils n'ont pas encore atteint leur logis que déjà de furieux aboiements retentissent.

« Dis donc. On a un sacré chien de garde ! » remarque Luc.

Le chien se calme aussitôt à l'appel de son maître pour se coucher en signe de soumission.

Flavie s'arrête un instant. Elle pose sa fille à terre. Elle semble un peu lasse après ce long trajet en plein soleil, avec la petite dans les bras. Elle soupire en contemplant la cabane. Elle lui paraît bien triste, toute en bois, adossée à un énorme sapin. Il protège en partie le toit irrégulier formé de petites planches ou d'écorces de sapin que tentent de maintenir des pierres plates posées de place en place. L'unique fenêtre est restée entrouverte. Luc pousse la porte. Elle s'ouvre dans le grincement plaintif de ses gonds auquel répond le beuglement prolongé d'une vache.

« Ça va. On t'a entendue, Brunette », marmotte Luc, sachant que la vache n'en continuera pas moins son appel.

Dans l'intérieur de la cabane, sur le côté gauche, un peu effacée dans la pénombre, une belle vache au poil roux se trouve attachée. Elle est séparée du reste de la pièce par une planche formant bat-flanc. La famille maintenant réunie ne semble pas incommodée par l'odeur d'étable dans l'air, ni par la présence agaçante de nombreuses mouches attirées par Brunette.

Luc a placé sa veste dans une caisse de bois posée sur le sol de terre battue. Flavie fait de même après avoir dégrafé son corsage. Il leur faut ménager les vêtements du dimanche. Dans l'autre angle de la pièce, à l'opposé de Brunette, une vieille cuisinière à deux trous, de fonte noire, est installée sur une grande pierre plate posée à même le sol. Elle est surmontée d'un tuyau passablement rouillé fuyant à l'extérieur par un trou foré dans la paroi de planches. Au centre de cette pièce, deux paillasses posées sur deux caisses et une petite table assistée de deux bancs constituent tout le mobilier. Flavie se met en devoir de débarrasser le foyer de ses cendres. Elle les disperse au dehors, s'enfonce dans la forêt, puis en revient les bras chargés de petites branches et de cônes de sapin, les *pevots*. Après avoir garni le foyer, elle craque une allumette et s'efforce d'allumer le feu. Elle souffle à plusieurs reprises. Bientôt la flamme crépite. Flavie installe alors une marmite de fonte, noire de suie, l'emplit d'eau dans laquelle elle jette quelques pommes de terre. Elle alimente le feu. Absorbée par sa tâche, elle dit à son mari, sans même se retourner :

« Luc, faudra encore aller me chercher du bois. »

Personne ne lui répondant, elle s'aperçoit qu'elle est seule avec la petite Marie-Léontine. Par la fenêtre, elle voit Ambroise s'amuser, seul, avec le chien devant la cabane.

Luc est déjà parti.

Après avoir franchi la porte, Luc a enjambé la petite rigole creusée dans le sol sous la paroi de la cabane pour en évacuer le purin de la vache. Il est arrivé devant une sorte de remise attenante à l'arrière de la cabane vers sa partie opposée au soleil. C'est là qu'il entasse sa provision de foin pour l'hiver. C'est également là que, durant la belle saison, sa basse-cour trouve refuge la nuit contre les prédateurs, surtout les renards. Actuellement, la réserve de foin est presque épuisée.

L'herbe commence à pousser timidement sur ce versant de la vallée. Depuis plusieurs jours, les blanches fleurs des perce-neige sont apparues avec l'arrivée des belles journées de printemps. Comme chaque fois à cette époque, la soudure est bien difficile. Brunette, le ventre vide, beugle désespérément. Aussi donne-t-elle moins de lait. C'est un souci pour Flavie. Marie-Léontine a impérieusement besoin de sa ration journalière. Si, dès le printemps, Luc peut abandonner sa vache sur les prés voisins sans en posséder le moindre arpent, il doit se préoccuper dès l'été de se constituer une réserve pour la mauvaise saison. Lors de la fenaison en juillet, il offre son aide bénévole à la récolte, assuré de recevoir du foin en échange. Il fait de même pour les regains, cette récolte des foins d'automne.

Luc a refermé la porte de la remise. Il se dirige dans la forêt vers une clairière à quelques dizaines de mètres de la cabane, au milieu des sapins. Une odeur fétide flotte dans l'air. Elle va en augmentant au fur et à mesure qu'il avance. Des mouches de plus en plus nombreuses signalent leur présence dans un murmure croissant.

Quittant la pénombre du sous-bois, Luc débouche dans la partie à demi ensoleillée d'une assez vaste clairière. Les arbres à l'entour sont élagués jusqu'à une certaine hauteur, leurs branches coupées à peu de distance du tronc. À l'une d'elle pend le cadavre d'un mouton dont la laine avait été soigneusement tondue. Le ventre largement fendu, taché de sang noir laisse flotter dans le vide les entrailles de la bête. Sur le sol, plusieurs cadavres de chèvres et de moutons achèvent de pourrir. La décomposition des chairs attire un essaim de grosses mouches aux flancs bleus. Elles s'acharnent à plonger sans répit sur le mouton, certaines s'égarent encore sur les bêtes au sol.

Dès l'apparition de Luc, quelques pigeons effarouchés s'envolent sur les arbres voisins dans le frou-frou soyeux de leurs ailes. Une dizaine de poules, alertées par le cri du coq qui sonne leur retraite, s'éloignent en poussant des gloussements réprobateurs. Au sommet d'un grand sapin, un groupe de corbeaux manifeste bruyamment. Luc, insensible à l'odeur nauséabonde dégagée par le mouton, demeure impassible au milieu des grosses mouches, qui, excédées, bourdonnent rageusement autour de la bête suspendue. Ambroise, en jouant avec le chien, a dû le détacher. Turck a rejoint la clairière. Il aboie joyeusement. Sa seule présence suffirait à éloigner quelque renard attiré par les poules dans la perspective d'un festin.

Turck se met à gémir, implorant son maître. Celui-ci a compris. À l'aide d'un couteau, il découpe un large morceau de la chair du mouton dans une partie du gigot et la jette au chien. Selon son habitude, il essuie la lame sur la mousse avant de terminer sur son pantalon. De voir le chien dévorer la viande lui rappelle que son ventre est vide. Il revient sur ses pas. Il pénètre dans la cabane :

« Alors, Flavie, qu'est-ce qu'on a à *crostiller* ?

— Mon pauvre toi. Toujours de la tomme. J'ai fait une omelette. Des pommes de terre cuisent mais j'ai pas de viande.

— Il y a pas de pissenlits pour une salade ?

— Non. Ils ont pas poussé. Et j'aurais pas eu le temps.

— De la viande, t'en auras demain. Je vais chez Michel quérir un mouton. Encore un !

— Ah, oui ! Qu'est-ce qu'ils ont à crever comme ça ? Deux ces derniers temps. On va finir par être dégoûté du mouton. »

À table, le petit Ambroise dévore sa portion d'omelette. Il termine avec un morceau de tomme, le fromage du pays. Mais ses jeunes dents ont du mal à casser le pain rassis depuis trois jours et assez chichement servi. Marie-Léontine se régale avec un bol de lait sucré.

« Dis, Luc, remarque Flavie, ça me semble que Brunette donne un peu moins de lait ? Cette nuit, je l'ai entendue tousser au moins trois fois. Ça commence à me faire souci. Et toi ?

— Je pense pas. Elle a pas eu sa ration de foin ces derniers temps. Ça ira mieux quand elle aura de la bonne herbe. »

À cet instant, Brunette encore couchée se relève. Indifférente à leurs propos, elle tourne lentement la tête vers eux. Son œil stupide les dévisage. Puis, écartant lourdement ses pattes arrière, elle lève la queue. Elle se met à pisser en abondance. C'est une véritable fontaine qui coule. L'odeur chaude, écœurante de l'urine envahit la cabane. Brunette ne se recouche pas. Elle reste debout, balayant parfois de la queue ces flancs couverts de bouses séchées où les mouches se promènent.

Luc ne dispose pas de paille pour faire une litière à sa vache. Brunette se couche à même la terre qu'elle souille constamment. De larges placards bruns accolés au poil de ses cuisses maculent sa belle robe rousse.

« Il faudrait l'étriller, demande parfois Flavie que cela écœure.

— Bah ! Ça tombera bien avec le poil de printemps. »

Dehors, le temps est toujours au beau. Le soleil déclinant lentement au couchant éclaire la façade d'entrée de la cabane. Il plonge à l'intérieur par la fenêtre et la porte restées ouvertes. La pièce s'en trouve illuminée.

Luc sort. Devant la porte, il scrute le ciel, la main sur l'épaule de son fils :

« Tu vois. Y a beaucoup de corbeaux par ici. Ils se posent sur le sapins en criant tant que ça peut.

— Ils viennent pourquoi ? demande le petit garçon, très intéressé par la ronde des oiseaux dans le ciel.

— Ils viennent fouiner autour des moutons qui sont accrochés dans le bois. Ils cherchent à manger partout. »

Luc se tourne vers sa femme restée à l'intérieur :

« Flavie, c'est plein de mouches dans la clairière. Avec cette chaleur, les vers, ça va donner !

— Faudra mettre des poules à couver. Tu trouves pas que ça sent plus mauvais que d'habitude ?

— C'est vrai. Le vent a tourné. C'est celui de la pluie. »

Le lendemain, lundi, il fait grand jour quand Luc s'extirpe du sac posé sur la paillasse et dans lequel il dort tout nu, allongé à côté de Flavie, elle-même étendue sur la même paillasse avec une seule couverture. Les enfants dorment encore profondément, couchés en chien de fusil sur la paillasse voisine. Flavie, déjà levée depuis un bon moment, a allumé le feu. Elle sert à son mari un restant de soupe aux pommes de terre de la veille au soir. Elle a aussi préparé une tasse de café frais dont ils se régalent tous deux. C'est du moka Bourbon de la Martinique, que Luc achète à trois francs le kilo pour le revendre deux fois plus cher de l'autre côté de la ligne. Boire du café est assurément un luxe pour eux. Luc pense pouvoir se le permettre parfois. Il espère gagner un peu plus d'argent, non seulement avec la contrebande, mais aussi grâce à la vente de poules et de pigeons.

Après ce bon café, il ne manque pas de prendre dans sa poche une tablette de tabac à chiquer. Il en casse un morceau, le porte à la bouche. La chique ne l'empêche pas d'avertir Flavie :

« Je vais chez Michel au Thélevex. J'en ai pour un bon moment, m'attends pas pour midi. »

Par la fenêtre, elle le regarde partir. Mais au lieu de prendre le sentier vers la ville, elle le voit bifurquer dans le bois tout en dégrafant sa ceinture.

Elle a compris. La nature a ses exigences.

Un peu plus tard, Luc part en direction de la ville.

Au pas normal d'un promeneur, il faut près d'une demi-heure pour arriver. Peu après avoir dépassé Glaise, un lieu-dit, il s'arrête un instant, presque à la hauteur de la tannerie d'Emonet-Dénand. Courant sur l'herbe printanière, une hermine au fin pelage marron traverse le chemin devant lui. L'apercevant, elle marque un temps d'arrêt. Elle dévisage l'homme, son ennemi, puis elle plonge dans le lit d'un ruisseau, se dissimule dans les broussailles.

Une hermine qui traverse la route est signe du mauvais temps. Luc se retourne. Il remarque dans le ciel l'apparition de quelques nuages à l'ouest. Poursuivant son chemin, il aperçoit Emonet-Dénand occupé à réparer la grande roue à aubes installée dans le ruisseau :

« Salut, Jean !

— Salut, Luc ! Tu vas bien venir me voir un de ces jours ! »

Emonet-Dénand, un des deux tanneurs du coin, est le plus proche du Chevaly. L'autre tanneur, Gantellet, se trouve être le long du torrent, le Glappet, en ville, où Luc répugne à se montrer avec des peaux sanguinolentes sur le dos.

Poursuivant son chemin, il arrive à la hauteur du café de la Rivollette, auquel il tourne le dos. Avant de s'engager sur le pont, il pense de nouveau à l'hermine. Il veut une confirmation du mauvais temps à venir. Il fixe le clocher bulbeux de l'église. Tout en haut, à son sommet, le coq qui sert de girouette, regarde vers l'ouest. Les plumes de sa queue sont en direction du café de la Rivollette. Aussi, dit-on crûment dans le pays :

« Quand le coq chie sur la Rivollette, c'est signe de mauvais temps. » Ainsi fait le coq en ce moment.

Délaissant le pré de foire sur sa gauche, Luc emprunte le chemin en direction du Calvaire. C'est un ensemble de chapelles et d'oratoires édifiés quelques décennies plus tôt par un curé de Megève, Ambroise Martin. Flavie en vénère encore le souvenir. Ce curé Martin l'avait baptisée en 1863, quelques mois avant d'être lui-même rappelé à Dieu. Aussi, Luc avait-il volontiers accepté que leur premier enfant, un garçon, s'appelât Ambroise.

Maintenant il traverse un bois de sapins. Il dépasse la dernière chapelle, puis la ferme de la Pallaz, qu'habite Jean-Marie Socquet. Il arrive enfin chez Michel, occupé en ce moment à scier du bois :

« Alors, Luc ! Ça va ? Je t'attendais ! J'ai mis le mouton dans la grange. Il est pendu à une poutre. Viens pendre un verre.

— C'est pas de refus. Il commence à faire lourd. On a sûrement de l'orage ce soir. Qu'est-ce qu'il a eu, ton mouton pour crever ?

— Savoir ? Après deux jours de chiasse, je l'ai trouvé un matin raide mort. Encore cette sacrée maladie. Ça serait dû à des vers.

— On m'a dit que ça gagnait le pays.

— Oui, ça se dit. Pour toi, ça sera une bonne affaire, observe malicieusement Michel. Allons, entrons, la femme nous attend. »

Dans la cuisine, ils trouvent Adeline occupée à préparer le repas. Elle reçoit gentiment Luc, s'enquiert de la santé de la famille. Avant de s'asseoir, Luc dégage sa blouse qu'il avait, selon son habitude nouée en ceinture. Il a un peu chaud, étant monté assez rapidement. Une discrète odeur d'étable et de transpiration émane alors de sa personne. Elle envahit la pièce. Même la blouse sent un peu le pourri. Cependant ni Adeline, ni son mari ne semblent s'en apercevoir ou feignent ne pas le remarquer. Bien plus, Adeline a confectionné un gratin de pommes de terre dont Michel raffole. Elle invite Luc à partager leur repas. Il est bientôt midi, l'heure de dîner. Ils se mettent à table alors que sonne l'Angélus. Ils se lèvent aussitôt pour une courte prière.

À la grande table en bois de cerisier, ils ne sont que trois personnes assises sur deux bancs. Bien que mariés depuis six ans, Adeline et Michel n'ont pas d'enfant.

Luc reprend la conversation sur le sujet qui l'intéresse.

« Combien que t'as encore de moutons ?

—Seulement trois, après les deux qui ont crevé. Mais je vais m'en débarrasser à cause de cette maladie.

—En tout cas, c'est pas le charbon. Ton premier mouton, il avait pas le sang noir.

—Il manquerait plus que ça. C'est une saloperie, ce charbon. J'ai déjà assez du piétin qui leur encrasse les pattes.

—Tu vas en alpage cette année ?

—Oui, *j'enmontagne* aux Buttes, tu sais, au-dessous du Crêt du Midi.

— Oui, je connais. C'est d'ailleurs un bon coin pour les contrebandiers. Je voulais te demander, il pèse combien le mouton ?

— Devine. Presque le poids des trois pains de sucre que t'as transportés l'autre jour sur Flumet, à la barbe des *gâpians*. »

À cet instant Adeline restée silencieuse, intervient timidement :

« Je voudrais que vous arrêtiez ce manège. Toi, Michel, t'as pas besoin de ça pour vivre.

— Oui, mais ça occupe.

— Et puis, ça peut mal tourner. Vous pouvez vous faire prendre.

— Ah ! Les femmes, se moque Michel. Ça a toujours peur de quelque chose. T'en fais pas, on sait s'en tirer.

— Dieu vous entende. »

Pensant à son mouton, Luc poursuit :

« Il pèse lourd, l'animal. J'aime encore mieux transporter son poids en sucre, à la barbe des *gâpians*, comme tu dis.

— Bien sûr. Mais t'as entendu ce que l'Adeline a dit : Y a du risque. À propos du voyage de demain, on l'avait décidé dimanche. Je pourrai pas cette semaine. Plutôt l'autre.

— Dommage. Enfin, je vais voir avec Arsène. Je passe par le Mas en revenant au Chevaly. »

En début d'après-midi, Michel aide son ami à charger le mouton sur les épaules. Luc part en direction du Mas. Dans chaque main, il tient fermement une patte du mouton couché en travers sur les épaules, tandis que la tête de l'animal oscille à chaque pas. Bien que la laine eût été soigneusement tondue, Luc se ressent de la chaleur. Le temps orageux aidant, il se trouve en moiteur à son arrivée au Mas.

C'est avec soulagement qu'il fait halte chez Arsène. Près de la façade d'entrée de la ferme, elles sont deux femmes à faire bouillir de l'eau dans un grand chaudron de cuivre au milieu d'un nuage de vapeur. C'est la lessive du printemps. Après avoir lavé le linge, à coups de battoir, elles le rincent à grande eau dans le bassin. Cette scène divertit Luc. Il reste un moment à les contempler de loin. Enfin il s'approche, pose le mouton à terre puis s'adresse à la plus âgée des deux femmes :

« Bonjour l'Octavie, et vous la Nathalie. En pleine lessive, je vois. Est-ce qu'Arsène est là ?

— Hélas, non, mon pauvre Luc ! Arsène s'est fait mal à la cheville dans la grange et il est parti vers Combloux avec sa jument voir le rhabilleur.

— J'espère que c'est pas grave ?

— Savons pas. Il se ramène ce soir.

— Alors, tant pis. Je m'en vais.

— Vous étiez venu pour quoi ?

— Ben, on avait prévu un voyage demain.

— Faut pas y compter cette semaine. Et puis on a à faire à la ferme. Une vache va mettre bas. Pas vrai, la Nathalie ? »

Nathalie, interpellée, s'enhardit. La patronne lui a donné la parole :

— C'est sûr. Vous avez trouvé cette bête chez Michel ? Quel dommage ! Arsène avait déjà parlé d'un…

— De quoi il a crevé ? interrompt Octavie.

— Michel l'a trouvé crevé hier matin. Des vers, peut-être ?

— Sale blague » conclut Octavie.

Ignorant Luc, elle se remet à sa lessive. Sans insister, il repart avec son chargement. Tout en marchant, il réfléchit au voyage. Doit-il abandonner, ou partir seul ? Il n'abandonnera pas, il ne le peut pas. Il a besoin de sous pour la vie de la famille.

Dès son arrivée au Chevaly, il dépose le mouton à terre. Déjà des mouches l'environnent. Luc le porte alors sur la table, dans la cabane. Après avoir dégagé la peau d'une cuisse, il découpe le gigot, le donne à sa femme :

« Tiens, Flavie. Voilà de quoi manger ces jours. »

L'autre gigot est enfermé à l'abri dans une petite armoire dressée contre la paroi dans la remise. Les nuits sont encore fraîches. Elles doivent permettre, croit-il, de conserver le gigot durant quelques jours.

Il porte le mouton ainsi mutilé dans la clairière. Il est suivi par son chien, qui, abusé par les apparences, hurle de joie et bondit sur place en tirant sur la corde à laquelle il est attaché. Il aura droit à dévorer une patte de l'animal. Ce qui reste de la bête est maintenant suspendu. À l'aide de son couteau, Luc tranche adroitement la peau du ventre. Il jette alors dans les entrailles une poignée de son. Cela facilite l'apparition des asticots et leur multiplication.

Dans la région, la maladie sévit, fatale aux moutons. Elle touche surtout ceux âgés de six à dix-huit mois. D'abord tristes et sans force, ils maigrissent en ne mangeant plus. Alors survient une « chiasse » progressivement liquide et de plus en plus abondante, dont ils crèvent.

On dit que c'est causé par des vers ? Luc veut s'en assurer. Il examine l'intérieur de la bête. Ses boyaux ont un drôle d'aspect. Avec le couteau, il fend la caillette, l'estomac du mouton. Elle se trouve être pleine de ces parasites. Michel avait bien raison, en conclut-il.

Déjà les mouches s'emparent bruyamment de cette nouvelle proie. Luc revient sur ses pas. Il s'éloigne, alors que les poules et les pigeons investissent à nouveau la clairière.

Revenant à la remise, il veut s'assurer si, dans un couffin suspendu à mi-hauteur une poule est bien accroupie. Elle est là. Elle couve bien sagement des œufs dont les poussins éclos augmenteront l'effectif de la basse-cour que Luc est assuré maintenant de pouvoir nourrir.

Près de l'entrée de la cabane, il se heurte presque aux cornes de Brunette. Détachée par Flavie, la vache semble surprise d'être libérée. Prise d'une quinte de toux, elle marque un temps d'arrêt. Puis elle se dirige d'un pas tranquille vers un pré où l'herbe commence à verdir.

« Je l'ai fait sortir un peu pour lui faire prendre l'air, explique Flavie. Je la trouve pas bien, un peu maigre. Et toujours cette toux. »

Le jour suivant, mardi matin, Luc prépare deux ballots de marchandises. En début d'après-midi il décide de partir malgré une pluie fine qui tombe depuis la fin de la nuit. Le ciel est très couvert. De nombreux nuages s'étirent au flanc de la montagne. Il ne peut pas mieux souhaiter.

Il s'éloigne rapidement et commence l'ascension de la grande forêt de sapins. S'arrêtant un instant, il distingue entre les arbres sa cabane et arrive à percevoir les aboiements lointains de son chien.

L'oreille aux aguets, il repart prudemment dans la douce pénombre sous les sapins. La pluie continue à tomber sur les branches dans un bruissement étouffé. Il marche un long moment. Soudain un bruit de brindilles piétinées, de myrtilles froissées le fait se retourner brusquement. Il est presque soulagé en voyant un chien s'approcher. Il reconnaît Turck. Détaché ou ayant rompu son lien, Turck s'est lancé à sa recherche. À son cou pend encore le bout de corde ayant servi d'attache. Il se met à aboyer, joyeux d'avoir retrouvé son maître. Luc s'en trouve contrarié. Cet aboiement peut le faire repérer. Il s'efforce de calmer le chien, lui lance des ordres d'une voix étouffée tout en essayant par de grands gestes menaçants de l'impressionner. Finalement Turck fait demi-tour. L'oreille basse, il disparaît. Luc s'immobilise pendant quelques minutes, inquiet de cette rencontre. En cet endroit, le sentier longe une gorge abrupte au fond de laquelle coule un torrent. Dégagés probablement par un glissement de terrain, certains sapins sont presque suspendus au-dessus du ravin. Une partie de leurs racines s'entrelacent dans le vide avant de s'enfoncer dans la terre. Luc, impressionné, les a repérées.

La grande forêt se termine en altitude sur l'immensité des pâturages, bordés à droite par les contreforts du Crêt du Midi. Sur les pentes de la montagne, quelques sapins de taille réduite ou d'énormes blocs de rochers épars émergent au-dessus d'une étendue d'aulnes formant un taillis presque inextricable. Faisant face, à gauche, la grande falaise de Véry se dresse, majestueuse, arrogante, dépassée seulement, dans le lointain, par la cime altière, toujours enneigée, du mont Blanc.

Avant de sortir de la forêt et de s'exposer à découvert, Luc parcourt du regard les pâturages. Il ne décèle aucune ombre suspecte, ce que confirme la présence de nombreuses marmottes. Debout sur leurs pattes, dans de joyeux ébats, elles miment un match de boxe. Luc ne peut s'empêcher d'admirer un instant l'agilité de ces petites silhouettes noires.

Soudain, l'une d'elles pousse un sifflement prolongé. Aussitôt toute la bande disparaît dans des trous au milieu des rochers. Luc retient son souffle. Prudemment à l'abri derrière un gros sapin, il s'efforce de scruter attentivement l'ensemble du paysage. La pluie a cessé. La visibilité s'en trouve améliorée.

Peu après, un chien apparaît à la lisière de la forêt, tout au loin. Luc reconnaît son chien. C'est bien Turck qui a essayé de rejoindre son maître par un trajet détourné. Il escalade un monticule, s'arrête, hésite comme cherchant son chemin ou son maître. Soudain il se met à aboyer férocement, tourné vers un ennemi invisible. Puis il s'élance. Il court en direction du torrent non loin de Luc, qui, angoissé, bat en retraite.

Un coup de feu claque brutalement. Il n'a pu être dirigé contre Luc à couvert sous les arbres. Mais effrayé, Luc s'éloigne rapidement en direction du ravin. Il dissimule hâtivement son chargement derrière un rocher dans les broussailles. Il avise un sapin imposant à demi suspendu dans le vide. Il y a place pour lui. Il se laisse glisser, s'agrippe à une touffe de myrtilles, arrive à se couler entre les racines de l'arbre. Il s'y maintient solidement avec une force qu'augmente sa frayeur. Il n'ose regarder sous lui la vertigineuse paroi abrupte plongeant dans le lit d'un torrent.

Il attend.

Il n'a pas longtemps à attendre. Il perçoit le bruit étouffé des pas de deux personnes. Ce sont des *gâpians* à sa recherche. Le cœur battant, il les entend parler :

« C'est curieux, ce chien en cet endroit. Il avait pas l'air de chasser.

— Non. Il devait accompagner des fraudeurs. Ils ne doivent pas être bien loin.

— T'aurais pas dû tirer sur lui. Il filait dans cette direction. On l'aurait suivi. Il nous menait peut-être à son maître.

— Tu sais, j'ai été mordu une fois. J'ai tiré malgré moi. Et puis ça leur servira de leçon. Tu crois qu'ils sont déjà loin ?

— Allez, va. On ne continue pas dans cette forêt. Retournons à Bellecombe. D'ailleurs on est trop loin de la ligne. »

Luc a tout entendu. Son chien a peut-être été tué par ce *gâpian*, ce gars du midi qui est craint des contrebandiers pour son agressivité. Son accent marseillais l'a fait surnommer le *miladiou*.

Les douaniers sont repartis. L'angoisse de Luc disparaît peu à peu faisant place à l'inquiétude concernant le chien.

La pluie tombe à nouveau, ce qui ajoute à l'inconfort de la position. Il frissonne dans ses vêtements trempés par la pluie. Or il lui faut patienter encore un long moment. La cachette est sûre. Sont-ils loin, les *gâpians* ? Ne serait-ce pas une feinte, un faux départ ? Luc ne bouge toujours pas. Il connaît leurs ruses. Il sait de quoi ils sont capables. Ils ont en eux cette passion du chasseur pour le gibier. Cette fois-ci, sans Turck, il aurait été pris. C'est bien le chien qui a donné l'alerte après avoir effrayé les marmottes. Où peut-il être maintenant ? Plus le temps passe, plus Luc en oublie les douaniers pour ne penser qu'à son chien.

Au bout d'une heure au moins, Luc se sent tout courbatu. Il essaie de se déplacer avec beaucoup de précautions. La chute serait fatale. Insensiblement il arrive à gagner le sentier. La forêt est silencieuse, frémissant seulement sous la pluie. La prudence voudrait qu'il redescende. Mais il lui faut mettre la marchandise à l'abri. Il veut aussi retrouver Turck. Il a gagné la lisière de la forêt.

Il repère assez rapidement au loin, sur la ligne de crête deux silhouettes, deux hommes portant une pèlerine bleu clair disparaissant en direction de l'autre vallée. Ce sont les *gâpians*. Maintenant, Luc peut se montrer à découvert. À grandes enjambées, il parcourt les pâturages. Le jour tire à sa fin.

Il arrive en un endroit où la pente descendant au torrent est beaucoup moins abrupte. Il appelle le chien. En vain. Il est impossible que Turck se soit noyé dans si peu d'eau.

Luc descend le cours du torrent. Il va abandonner quand il découvre le chien couché sur le flanc, derrière un bloc de pierre. L'animal geint doucement, le poil trempé par la pluie. Le flanc gauche est taché de sang. Sentant la présence de son maître à ses côtés, Turck tourne la tête péniblement. Il se met à gémir, puis à crier quand Luc essaie de le soulever. L'échine brisée, probablement par la balle ou par la chute, son arrière-train est paralysé pour toujours. Turck est perdu. Il va crever dans la nuit. Luc voudrait partir. Il ne le peut ainsi. Il lui faut faire quelque chose pour abréger l'agonie de son chien. Or il n'a rien sur lui, ni un pistolet, qu'il vaudrait mieux d'ailleurs ne pas utiliser, ni même un bâton. Il avise une grosse pierre. Il s'en saisit. Il hésite encore. Que faire d'autre ? La pierre est lourde, très lourde.

Il a de la peine à la maintenir à bout de bras.

Turck a-t-il compris ? Gémissant lamentablement, il regarde son maître avec des yeux suppliants. Luc évite son regard. Il lève bien haut le bloc de pierre.

Il le lâche…

Le pauvre chien est maintenant silencieux, à jamais immobile. Luc n'ose regarder. Il s'enfuit.

Longeant le torrent, il remarque une tache de sang au bas de son pantalon. Il la nettoie dans l'eau du torrent.

La nuit tombe lentement. Luc n'a plus le cœur de poursuivre au-delà de la ligne. Il cache sa marchandise dans un chalet d'alpage, la « montagne » de Chevan.

La distance est assez grande pour regagner le Chevaly. Luc marche d'un bon pas. L'obscurité enveloppe la forêt. Déjà une vie nocturne s'éveille. Sous les hautes branches des sapins, dans les buissons ou parmi les rhododendrons, Luc entend des bruissements légers que couvre à peine le grondement lointain du torrent. Tout près, dans la futaie surgit le hululement d'un hibou. À distance, le glapissement d'un renard et le miaulement d'un chat sauvage s'élèvent dans l'immensité de la forêt. Tous ces bruits sont familiers à Luc.

C'est par une nuit sans lune qu'il arrive au Chevaly. La cabane est silencieuse. Aucun chien n'aboie. Ce silence insolite lui rappelle Turck. L'unique fenêtre de la cabane est faiblement éclairée de l'intérieur. Pourtant Flavie ne doit pas attendre son retour, prévu pour le lendemain. La porte s'ouvre. Flavie paraît dans l'encadrement de la porte. D'une voix inquiète :

« C'est toi ? T'es déjà là ?

—Oui, t'as entendu ?

—Qu'est-ce que c'était ? Un coup de feu ?

—Oui. Les *gâpians*.

—T'as rien ? À propos, Turck a cassé sa laisse. Il est parti.

—Je sais. Le coup de feu, c'est Turck qu'ils ont tué. »

Luc conte son aventure. Flavie est désolée.

« Pauvre Turck. On l'aimait bien. Il va nous manquer. Il faudra en trouver un autre. J'ai moins peur la nuit quand je suis seule.

—Je m'en occupe dès demain. Mais ce *gâpian*, il le paiera !

Ils passèrent une nuit un peu agitée où des douaniers, et parfois Turck, intervenaient.

Le lendemain matin, dès son lever, Ambroise sort. Il cherche Turck. Devançant l'explication de Luc, Flavie pose la main sur le bras de son mari, puis s'adresse à l'enfant :

« Mon petit, Turck a eu un accident. Il est tombé dans le torrent, cette nuit. Il a crevé. »

Ambroise, un moment interdit, réalise la disparition du chien, son compagnon de jeux.

Il se met à sangloter.

Chapitre II

Le lendemain matin, arrive un gamin, tout essoufflé d'avoir couru dans le chemin montant au Chevaly. Il se trouve face à Flavie et d'une voix haletante :

« Faut venir à la maison. Le père a dit qu'un veau a crevé hier soir. »

L'enfant s'enfuit aussitôt. Il semble vouloir déserter le Chevaly et ses parages ou l'étrange odeur qui l'imprègne. Intrigué, Luc s'approche. Flavie lui transmet le message :

« C'est le fils à l'Éléonore, de Cassioz. Leur veau a crevé hier.

—J'en ai une drôle de charge "à tirer". J'y vais. »

Il quitte sa blouse, retrousse les manches de sa chemise. Bien que Cassioz ne soit pas éloigné, il se prépare à « une bonne suée » avec une telle charge dans la pente du chemin.

Il est de retour une heure plus tard. Il pose la bête sur le sol avec un soupir de réel soulagement. Il est en sueur et s'accorde un moment de repos avant de poursuivre. L'écorchement du veau est une corvée peu agréable.

L'ayant accroché à la paroi de la cabane, il s'emploie à fendre la peau avec son couteau. Il parvient à dégager la carcasse pour laisser choir le paquet de peau sanguinolente. Du cadavre de la bête, le sang continue de tomber, inondant la terre. Revenant près du veau, Luc taille des morceaux en pleine chair pour l'usage familial. Il débite ensuite le cadavre en quatre gros quartiers qu'il va suspendre aux arbres dans la clairière. C'est un spectacle saisissant de voir Luc trimer ces masses de chair dont les tripes rebondissent sur le sol.

Il revient, relève la peau, l'enferme dans la petite armoire. Il espère ainsi la mettre à l'abri des mouches.

Ambroise, un peu effaré, a suivi le spectacle de bout en bout. Marie-Léontine, seulement intéressée, ouvrait de grands yeux. Flavie a préféré ne rien voir. Apparemment occupée, elle est restée à l'intérieur de la cabane.

Dans l'après-midi, Luc décide de monter au Mas pour rencontrer Arsène. Il passera par la ville afin de se débarrasser de la peau. Il ne veut pas la garder plus longtemps. Dans la remise, il ouvre la porte de l'armoire dont les simples parois de sapin sont moisies par l'humidité. Bien qu'habituellement fermée, des mouches s'en échappent. Elles importunent Luc alors qu'il glisse la peau dans un sac de toile.

Ambroise s'est approché de son père. Il suit avec attention tous ses gestes :

« Papa, tu vas chez le tanneur ? Je veux venir avec toi.

— Non. Ambroise. Je vais jusqu'au Mas. C'est trop loin pour tes petites jambes. Reste avec maman. Et puis, ça userait tes galoches. Tiens, regarde, elles le sont déjà. »

Ce disant, Luc examine les siennes. Des souvenirs d'enfance surgissent en lui. Il se revoit tout gamin, à peine plus âgé qu'Ambroise. Il aimait à marcher les pieds nus. Très souvent. Ainsi la peau avait peu à peu durci au point de devenir calleuse. C'était alors devenu un jeu pour lui de courir sans appréhension aucune sur un chemin caillouteux ou dans un champ de seigle récemment fauché. Son père insistait bien pour lui mettre des galoches. Mais il rechignait, voulant imiter l'oncle Félix qu'il voyait, le dimanche, aller à la messe. Jusqu'à l'entrée de Megève, Félix arrivait, ses galoches à la main. Il les mettait seulement pour traverser la grand-place et entrer dans l'église. Sur le chemin du retour, une fois passé la dernière maison de la ville, il se déchaussait à nouveau. Par ce même souci d'économie, de nombreuses personnes appartenant à des familles pauvres en faisaient autant.

Tout en revivant ses souvenirs d'enfance, Luc se dirige vers la ville. Il a relevé les pans de sa blouse qu'il a, de nouveau, attachés en ceinture. La chique dans la bouche, il marche d'un bon pas. Il arrive en Glaise. À proximité du ruisseau, le Pellicot, il entend, sur la droite, un martèlement sourd et rythmé, provenant de la tannerie. C'est un bâtiment assez vétuste, avec son toit d'ancelles, en partie recouvertes de mousse. Il se signale assez bruyamment par le « battoir à eau », une grande roue à aubes placée dans le lit du ruisseau. Entraînée par le courant, elle actionne un lourd marteau chargé d'écraser des morceaux d'écorce de sapin qu'il réduit en une poudre utilisée par la suite comme tanin. Il sert également au « battage » du cuir pour en augmenter sa consistance. Avant de commencer le tannage, les peaux sont d'abord immergées pendant une quinzaine de jours dans des bains de chaux pour les débarrasser de leurs poils et bien les nettoyer. Elles sont ensuite placées en couches alternées avec le tanin dans de profondes cuves de bois enfoncées dans le sol, à ciel ouvert. La fermentation qui en résulte répand à l'entour une âcre odeur persistant des mois, aussi longtemps que le tannage n'est pas terminé.

Luc s'approche, nullement incommodé. Il a l'habitude des bruits et surtout des odeurs avec son élevage au Chevaly.

Il est reçu de façon fort amène par Emonet-Dénand. Le tanneur le considère comme un pourvoyeur de choix. En effet, il ne se passe pas de mois sans que Luc ne lui apporte diverses peaux.

Emonet a invité Luc à boire un verre :

« Alors, Luc. Tu m'amènes quoi aujourd'hui ?

— Devine.

— Ça serait-y pas la peau d'un *gâpian* ? taquine Emonet qui connaît l'autre occupation de Luc.

— Peut-être un jour, j'aurai la peau de celui qui a tué mon chien mais je te l'apporterai pas. »

Il lui narre son expédition de la veille.

« Tu vas continuer, malgré tout ? Quand même, il faut le faire ! À propos, il y a eu de la bagarre hier soir avec les *gâpians* vers le col du Jaillet. Il paraît que l'un d'eux a « reçu » et qu'il est mal en point. Ils vont être mauvais, maintenant. Il faudra faire attention.

— Ils ont arrêté quelqu'un ?

— Non pas. Les autres ont pu se sauver, mais ils ont tout perdu. T'as raison. Il vaut mieux ramasser les crevures de la paroisse. C'est sans danger et pas à dédaigner. »

Luc, pensif, termine son verre. La nouvelle lui donne à réfléchir. Les douaniers doivent être furieux. Ils sortiront encore plus facilement un pistolet en cas de bagarre.

Emonet reprend :

« T'as su ce qui s'est passé à Cordon ? C'est dire que ça va plutôt mal en ce moment. Des gars ont empoigné un garde forestier après qui « ils en avaient ». Puis ils ont plié un arbre, scié une de ses branches et empalé le ventre du gars. Après ça, ils ont lâché l'arbre et le type s'est retrouvé suspendu en l'air.

— Il en est mort ?

— Tu parles ! Ça a pas traîné. Allons, maintenant il faut que je te paie la peau de ton veau. Je vais la peser. »

Emonet porte le sac, l'accroche à la balance romaine. Sur le long bras horizontal il déplace le curseur qui indique le poids.

« Elle pèse pas mal, près de treize kilos. Il faut que je te donne ton argent. Tiens, voilà 36 sous. »

Luc quitte la tannerie et poursuit son chemin en direction de la ville. Dès qu'il s'en approche, un bruit anormal attire son attention. Devant une des premières maisons, celle dite du Saint-Esprit, règne une animation bruyante inaccoutumée.

Un groupe d'une vingtaine de personnes, en majorité des jeunes gens, manifeste joyeusement.

Les uns agitent frénétiquement des cloches de vaches alors que d'autres s'époumonent à souffler dans des cornes de bouc. La musique d'un accordéon jouée par l'un d'eux est étouffée par le vacarme. Des cris, des appels montent en direction de la maison du Saint-Esprit ornée de statues pieuses dans deux niches du mur de façade. Ce ne sont pas les statues qui sont l'objet de cette bruyante cacophonie, mais l'annonce du mariage ou plutôt du remariage d'une veuve, annonce faite à l'église le dimanche précédent.

Luc se renseigne :

« Pour qui ce charivari ? »

— C'est la veuve Million qui se remarie. Ça s'arrose !

Luc sait comment cela se terminera et quand. Peut-être ce même jour ou plus tard, jusqu'à ce que les futurs mariés se soient décidés à bien abreuver tout ce monde bruyant. Luc ne pourra participer à cette belle beuverie. Il poursuit son chemin avec regret.

Laissant sur sa gauche le bâtiment du donjon seigneurial et son cadran solaire, il arrive à la hauteur du lavoir près du mur du cimetière. Il a été édifié récemment par le maire. Un toit protège de la pluie les femmes qui viennent laver leur linge. En ce moment, elles sont quatre à faire leur lessive, bruyamment, à grands coups de battoir tout en bavardant intarissablement. L'une d'elles se retourne, aperçoit Luc.

Elle pousse du coude sa voisine. Après quelques regards obliques et un court instant de silence, les bavardages reprennent sur un mode plus étouffé. Il va en augmentant au fur et à mesure que Luc s'éloigne. Luc sait qu'il est leur cible. Peu lui importe. Il en connaît les motifs.

Sur un des piliers du toit est fixé le rectangle d'un papier blanc dans un encadrement de bois. Les lavandières viennent à l'avance y inscrire, au crayon, leur horaire de lavage. Les places sont limitées. Luc s'en amuse. Combien de fois n'avait-il pas brouillé les horaires en changeant les heures ou en effaçant un nom pour un autre ?

Il s'ensuivait immanquablement chaque fois des disputes entre femmes, les bras chargés de linge. Elles se trouvaient être en surnombre à une même heure, alors qu'à d'autres, le lavoir était désert.

Sur la gauche, une lueur assez vive attire le regard de Luc. Elle se situe près de la halle. Il s'arrête pour détailler la silhouette de deux hommes empressés autour d'un feu. L'un d'eux fait marcher un soufflet activant la braise d'un feu de charbon de bois, posé à même le sol. L'autre s'affaire autour de deux récipients, l'un de cuivre rouge contenant de l'acide muriatique, l'autre de fer rempli d'étain en fusion.

Avec une technique éprouvée, les deux hommes rétament casseroles ou couverts, fabriquent même les cloches à vaches.

Ils sont les *magnins*, ces rétameurs venus du Piémont. Ils passent dans les villages. Ils logent au cours de leur tournée chez l'habitant, acceptant leur cordiale hospitalité.

Abandonnant lavandières et magnins à leurs occupations, Luc se dirige vers le torrent des Cordes que borde le bâtiment du Prieuré flanqué de sa tour. Tournant à droite devant le café de l'Adèle Orsy, il remonte le cours du torrent jusqu'au café de la Rivollette. Il n'hésite pas à en pousser la porte. Dès l'entrée il reconnaît deux hommes attablés. L'un est Marc Gachet, du hameau de la Mottaz, l'autre Pierre Brèches, rentier au bourg. Il leur serre la main puis s'assied, seul, à la table voisine.

Presque aussitôt, Brèches se penche vers lui, un peu goguenard :

« Alors, Luc, ça va toujours ? C'est pour quand les labours ?

—J'y ai pas encore pensé.

—Et combien de crevures avez-vous ramenées ces temps ? À elles, vous n'avez pas à leur donner de foin. Quant à votre vache, vous savez toujours en trouver assez pour elle… »

La Rivollette vient, bien à propos, interrompre la conversation. Luc a saisi les insinuations de Brèches et surtout l'allusion au foin de Brunette. On est au courant de ses escapades nocturnes à la recherche du foin lors de la récolte.

Cependant, son indigence notoire l'excuse en partie, d'autant plus qu'il est à même de rendre de menus services. Enfin, en débarrassant les fermes de leurs crevures, il se rend utile.

La Rivollette le sert, se retire aussitôt en faisant la moue. Elle a le nez fin. Luc s'aperçoit que sa propre blouse, tachée de sang au niveau de l'épaule exhale une légère odeur fétide. Il hausse discrètement les épaules. Évidemment, il est fautif. Après avoir transporté la peau du veau, il a oublié de se laver les mains. Il le constate en regardant leur propreté plus que douteuse et ses ongles « en deuil ».

Il se dirige vers le comptoir derrière lequel est assise la Rivollette occupée à rédiger la rubrique journalière d'un cahier de factures. Il lui demande :

« Je voudrais une tablette de tabac pour la chique.

— J'en ai plus. J'en attends la livraison.

— Allons bon ! Donnez-moi alors un paquet de « gros cul ».

— Voyons, calcule la Rivollette, reniflant malgré elle. Deux sous le verre de vin et quatre les cent grammes de tabac. Cela fait six sous, ou trente centimes si vous voulez. »

Quatre sous le paquet de gris alors qu'il le vend trois fois plus de l'autre côté de la ligne pour être revendu le double. À défaut de tabac à chiquer, bien meilleur, il puise une bonne pincée de « gros cul » dans son emballage de papier beige et la porte à la bouche. Il range le paquet dans la poche droite de son pantalon, l'autre étant trouée.

Dehors, il s'engage dans le chemin du Mas. Il espère retrouver Arsène dont la cheville foulée doit le contraindre à demeurer sur place.

Avant de perdre son mari, la vie n'a pas été tendre pour Octavie, la mère d'Arsène. Aînée d'une famille nombreuse, dont plusieurs de ses membres sont morts, elle dut s'occuper de ses frères et sœurs, en l'absence d'une mère décédée assez jeune. Elle épousa un homme qui l'obligea, sans ménagement, à travailler. Il lui mena la vie dure. Devenue veuve, elle acquit peu à peu, avec l'indépendance, une personnalité marquée, autoritaire, ne cédant guère à l'adversité. Elle sut mener, à son tour, la vie dure à son entourage. Devant elle, Arsène doit toujours s'incliner. C'est pourquoi on l'a appelée « Octavie à la dure ».

Arsène a de qui tenir. Toujours soumis à sa mère, serviable assez souvent, coléreux parfois, il sait garder sa rancune. Sa mémoire est trop bonne pour ne pas tirer vengeance d'un outrage, immanquablement, au terme choisi par lui.

Luc s'entend bien avec lui. Il en subit l'ascendant. Quand, avec Michel ils partent tous trois en équipe de contrebande, Arsène prend le plus souvent la direction. Songeant à Octavie et à son fils, Luc se rappelle ce qu'il a ouï-dire dans le pays sur les circonstances peu communes de l'arrivée au monde d'Arsène.

On était à la fin de l'été, en cette année 1860, l'année de l'annexion de la Savoie à la France. Ce jour-là la chaleur était pénible à supporter. Annonciatrices d'un temps orageux, de sombres nuées s'amoncelaient à l'horizon. Octavie était descendue à la ville pour vendre une de ses vaches à la foire du 6 septembre, la foire de la Croix.

La descente avait été laborieuse. Enceinte, Octavie attendait l'événement pour la mi-septembre. Elle en était à sa première grossesse. Dès l'arrivée sur le pré de foire, elle avait ressenti les premières douleurs, qu'elle avait attribuées à un désordre intestinal.

Ayant enfin réussi à vendre sa vache, elle remonta en direction du Mas, péniblement, souffrant de plus en plus de ces entrailles.

À mi-parcours, elle s'assit. N'en pouvant plus, elle s'étendit dans un champ planté de pommes de terre, en bordure du chemin. C'est à ce moment qu'Arsène vint au monde, accompagné des gémissements de sa mère alors que le tonnerre se mettait à gronder et la pluie à tomber.

Enfin, soulagée, Octavie se releva. Elle enveloppa le nouveau-né dans les plis de sa jupe après avoir libéré le cordon d'un coup de son couteau. La délivrance se fit en marchant. Octavie s'en débarrassa de la main. Bien qu'affolée par le sang, elle arriva à la ferme, les vêtements inondés sous la pluie de l'orage. N'étant pas attendu de sitôt, le bébé fut enveloppé dans une peau de chèvre et placé dans une corbeille d'osier. Il reçut pour son premier repas une cuillerée de crème fraîche, comme il est d'usage – ce dont il s'accommoda aisément.

Octavie reprit aussitôt son travail à la ferme. Quoiqu'un peu lasse, elle prépara le repas en attendant le mari occupé aux travaux des champs.

À son retour, heureusement hâté par le mauvais temps, il ne s'émut pas outre mesure en apprenant l'événement. Par contre, il fut fier d'apprendre qu'il s'agissait d'un garçon, un beau mâle. Il perpétuera le nom de son père. Ce garçon eut en plus le privilège de recevoir le prénom de son grand-père, Arsène.

Dans un cérémonial assez simple, Arsène fut baptisé dès le lendemain.

Après cet intermède, la vie de labeur de chaque jour reprit son cours habituel pour Octavie.

Luc en est là de ses pensées quand il arrive en vue de la ferme du Mas.

C'est un bâtiment assez imposant, d'aspect ancien. Le soubassement de pierres plus ou moins jointives soutient un étage de bois foncé par les années. Un large toit aux ancelles de sapin le recouvre. Il s'en échappe la pyramide d'une cheminée, toute de bois également.

Non loin de l'entrée, sont alignés deux bassins faits de troncs de sapin évidés. Un tuyau de bois l'alimente, crachant par à-coups l'eau claire d'une source. Près d'un bassin, une femme fait tremper du linge. Luc reconnaît Nathalie, la servante d'Octavie depuis des années. Bien qu'âgée de plus de cinquante ans, elle demeure alerte, ne ménageant pas sa peine.

Le chien, un instant éloigné de la ferme, aperçoit Luc. Il aboie :

« Du calme, Rip, ordonne Nathalie. Bonjour. Vous voulez voir Arsène ?

— Bonjour. Il est là ?

— Il est à planter les *tartiffles*.

— Son pied, ça va ?

— Oui. L'Octavie est dans la cuisine. Si vous voulez la voir… »

Luc parcourt l'étroit couloir qui y accède. Octavie, surprise :

« Arsène ? Déjà là ? Ah ! C'est vous, Luc. Entrez. »

Il est face à Octavie.

Guère plus âgée que Nathalie, elle est de taille moyenne. Ses cheveux gris coiffés avec un chignon sont à demi cachés par un bonnet orné de dentelles blanches. Dans une attitude déterminée, elle garde les manches retroussées aux coudes, les deux mains appuyées sur les hanches qu'enveloppe une longue jupe noire. Son corsage, strictement boutonné jusqu'au cou, dissimule mal un corset rigide aux baleines d'acier.

« Octavie à la dure » mérite certes son surnom. Elle en impose. Elle confirme à Luc les paroles de Nathalie :

« Vous voulez voir Arsène. Je l'ai envoyé planter les tartiffles. Il va revenir bientôt. »

À ce mot de tartiffles, Luc se garde bien d'évoquer le champ de pommes de terre, un souvenir de vingt-six ans. Il s'enquiert de l'état de son ami.

« Ouais. Il va mieux depuis qu'il a vu le rhabilleur. Et puis, il “faut y faire aller”. Ce n'est pas le moment de “fainéantiser”. Et vous, comment ça s'est passé votre voyage d'hier ? »

Luc conte son aventure pour la seconde fois.

« Alors, vous avez pas passé la ligne ?

— Non. Les *gâpians* m'attendaient peut-être de l'autre côté. J'ai préféré attendre à ce soir.

— Quand même, ces bandits. Tirer sur un chien ! Ils en auraient fait autant sur vous, s'ils vous avaient rencontré.

— C'est bien possible.

— Dites plutôt que c'est sûr. Un jour, faudra leur montrer de quel bois on se chauffe. Vous allez me laisser, maintenant, je vais terminer ma lessive de printemps.

— Bon. Je vais retrouver Arsène.

— Il est aux Crétets. Vous le trouverez bien. »

C'est un endroit situé en contrebas du hameau du Tour, de l'autre côté d'un torrent profondément encaissé.

Dans un champ labouré depuis peu, Arsène parcourt lentement les sillons. Il se tient presque constamment courbé. Sa main droite plonge à intervalles réguliers dans le sac porté à l'épaule gauche. Il en retire une semence de pomme de terre qu'il enfouit dans la terre à chaque pas.

Absorbé par son travail, il n'a pas entendu Luc qui, arrivé près de lui, le saisit aux épaules :

« Tu m'as fait peur, satané Luc ! Je croyais que c'était les gendarmes.

— Pourquoi les gendarmes ?

— Non, je veux dire les *gâpians*. Alors, ça s'est bien passé hier ?

— Non. Pas tant bien. »

Luc relate à nouveau la journée de la veille. Arsène reste un moment songeur :

« C'est des moins que rien que de s'attaquer à un chien. Pour eux un chien ou un homme, c'est pareil. Quand t'y retournes ?

— Ce soir. Et ta patte, ça va ?

— Oui. Dumas me l'a remise en place. Tu l'as laissée où, ta camelote ?

— À Chevan. À propos, quand t'iras bien, faudrait aller en Suisse, au Chatelard. La camelote y est bien moins chère que chez nous. Michel m'y a dit. L'autre fois, il en a ramené près de soixante kilos.

— On verra la semaine prochaine. En attendant on peut toujours aller chez Léopold Grange. »

Ce Léopold a une épicerie située à deux cents mètres de la ligne. C'est même une auberge-épicerie bien approvisionnée. Elle est d'autant plus achalandée qu'elle est le rendez-vous des contrebandiers. Ils viennent aux nouvelles, s'y ravitaillent, ou tout simplement y font halte au cours d'un passage. Les douaniers le savent. Leurs rares incursions ne sont pas justifiées. La marchandise est réputée être le stock de l'épicerie. La partie en transit est habilement dissimulée sous l'escalier et dans la double paroi des cloisons ou du plancher.

Arsène a terminé sa plantation de pommes de terre. Il s'essuie le front et contemple un instant l'étendue de son travail. Avisant ses mains noircies de terre, il les secoue deux à trois fois pour les frotter ensuite contre son pantalon à hauteur des cuisses.

Accompagné de Luc, il fait quelques pas en bordure du champ. Dans l'ombre d'une grosse motte de terre se trouve posée à même le sol une bouteille de vin rouge déjà largement entamée. Il la débouche, la tend à Luc :

« Allez, bois un coup à ma santé.

— À ta cheville ? »

Luc ne se fait pas prier. Directement au goulot, il s'offre une bonne gorgée. Arsène reprend la bouteille. Dans un geste rituel, il passe la main sur le goulot comme pour l'essuyer. Il boit une si forte goulée qu'il en rote de plaisir :

« Rien de tel qu'un bon coup de rouge de Savoie quand on est fatigué. »

Comme Arsène, Luc aime le vin. Il n'a malheureusement pas la possibilité d'en boire tous les jours. Sa bourse ne lui permet pas. Il envie Arsène dont la cave est assez bien fournie, plus que ne le voudrait l'importance moyenne de leur *grangeage* du Mas, la ferme et les terrains. Ils suffisent à peine pour nourrir trois vaches et une dizaine de moutons.

« Dis donc, Luc. Tu veux peut-être un chien pour remplacer Turck ? Je crois savoir que les Tissot, du Plan, veulent se débarrasser d'un chien trouvé. Il s'entend pas avec le leur. C'est un jeune, et il serait bon gardien.

— Merci du renseignement. »

À cet instant retentit au loin la sonnerie de l'Angélus du soir au clocher de l'église. Il est six heures.

Cet appel laisse les deux hommes indifférents. Il est loin, le temps où, en l'entendant, on récitait trois Ave Maria.

Luc se décide :

« Allons. Faut que je parte si je veux faire un voyage cette nuit et passer avant chez Tissot. À demain. »

Après une poignée de mains, il s'éloigne en direction du Plan. S'arrêtant un instant contre un sapin, il regarde machinalement au loin, en direction du hameau du Tour. Intrigué, il aperçoit Arsène fermer la porte d'une sorte de remise située sur un terrain appartenant à un Gaiddon. Cet homme vit, avec sa famille à Paris. Depuis plusieurs années, il n'est pas revenu au pays, bien que propriétaire aussi d'une maison à la ville.

Que diable va faire Arsène dans cette remise ? se demande Luc. Il le voit refermer la porte et s'attarder comme s'il la fermait à clé. Ne cherchant pas à comprendre, il poursuit son chemin.

Le renseignement d'Arsène était bon. Luc repart avec un chien. Il se dirige droit sur Cassioz, sans passer par la ville.

Arrivé au Chevaly, Luc attache solidement l'animal. Il lui donne à manger. Le chien dévore le morceau de veau, indifférent à la présence d'Ambroise venu le contempler, hors de sa portée :

« Papa, comment y s'appelle, le chien ?

— Fidèle. Il est pas méchant. »

À Marie-Léontine apparue dans l'entrebâillement de la porte, Ambroise crie :

« Il s'appelle Fidèle, le toutou. »

Pour Marie-Léontine, il est Fidèle-toutou.

Repu, le chien se couche. Ambroise s'enhardit à le caresser.

Sa sœur se décide à l'imiter. Fidèle-toutou, le ventre plein, accepte volontiers leurs caresses.

Flavie se met de la partie. Elle est enchantée d'avoir à nouveau un gardien. Les nuits lui paraissent sinistres en l'absence de son mari.

Pendant ce temps, Luc inspecte le ciel. Des nuages arrivent, poussés par le vent d'ouest, le vent de la pluie. Il partira ce soir. L'idée lui vient de mettre de vieux souliers sur lesquels il a inversé les semelles, les talons étant ainsi fixés à l'avant du pied. Cela entraîne une certaine gêne à la marche, surtout à la course. Luc est alors obligé de lever davantage le pied pour éviter que le talon ne bute contre les aspérités d'un sol inégal. L'avantage de ce stratagème, aux yeux de Luc, est de tromper, de « feinter » selon son expression, les *gâpians*, alors abusés par les traces sur la direction suivie par leur auteur. Ses préparatifs terminés, il mange un peu du gigot que Flavie a préparé. Elle achève en ce moment de traire Brunette. Prudente, elle avait attaché la queue de la vache à l'une des cuisses de Brunette, qui, indifférente, rumine inlassablement.

« Heureusement que j'avais fait un bon feu », dit Flavie en désignant un amas de braises sur la pierre, près du fourneau. Une légère fumée odorante aux effluves de mouton grillé a envahi la pièce.

La traite terminée, Brunette se couche assez maladroitement sur le flanc. Le seau à la main, Flavie s'approche de son mari :

« Regarde le seau. Brunette donne pas plus de lait que ça, aujourd'hui.

— On verra ça plus tard. Je te laisse avec les enfants. Il faut que je parte. »

Il s'empare d'un bâton, ouvre la porte pour disparaître. Restée seule avec les enfants, Flavie allume le créju. Sa lumière éclaire chichement la pièce.

Les deux enfants ont mangé. il est l'heure de les coucher. Leur mère les déshabille partiellement. Ambroise, ne gardant que sa chemise, s'étend sur sa paillasse. Elle ôte seulement à sa fille les petits sabots et lui laisse ses vêtements par crainte d'une nuit plus fraîche avec la perspective d'un temps pluvieux. Lasse, accablée même, elle ne veut cependant pas s'étendre sans avoir auparavant fermé la porte et surtout fait sa prière. Elle s'agenouille devant la petite croix de bois clouée sur la porte. Elle prie longuement. C'est sa façon de combattre la sensation d'angoisse ressentie chaque fois, dès le départ de son mari pour la contrebande.

Elle a soufflé la flamme du *créju*. Elle s'étend sur la paillasse après avoir quitté ses sabots, son corset et s'être dévêtue. Au Chevaly, on se couche tôt le soir.

Le crépuscule monte lentement de la vallée où les corbeaux se sont réfugiés après avoir abandonné des sommets inhospitaliers. Depuis longtemps, le soleil a disparu sans éclat dans un ciel uniformément gris, envahi par une trame nuageuse chargée d'humidité. En direction du couchant, de gros nuages sombres, annonciateurs d'un orage, s'avancent lentement.

Une brise légère accompagne une petite pluie fine. Elle survient peu après le départ de Luc. Un pan de couverture jeté sur les épaules et son large chapeau l'en protègent suffisamment.

Dans la grande forêt où il s'est engagé, le sol est encore à peu près sec. La pluie n'a pas encore pénétré la végétation touffue des hautes futaies, alors qu'un bruissement léger à travers le sous-bois signale sa présence.

De place en place, le sentier suivi par Luc disparaît sous la mousse ou se perd parmi le feuillage des myrtilles dans une clairière. Luc avance assez rapidement. Il voudrait arriver avant la nuit à l'alpage du Chevan. Il n'a pas à craindre de mauvaises rencontres, n'ayant aucune marchandise sur lui. Seul, son déplacement nocturne peut intriguer.

La nuit est maintenant presque tombée. Le sous-bois est sombre sous les sapins, les seuls arbres à pousser en altitude. Luc connaît le chemin par cœur. Il pourrait le suivre les yeux fermés. Son oreille attentive lui fait percevoir avec intensité les moindres bruits de la forêt.

La pluie tombe plus abondamment et plus bruyamment. Le vent, qui s'est levé, murmure dans les hautes branches. Quelques éclairs illuminent soudain la nuit, suivis aussitôt du grondement sourd du tonnerre. Parfois, une rafale de vent fait gémir les grands sapins. Le feuillage des *vorès* s'agite alors dans un long chuchotement.

En surimpression, un frémissement inhabituel se manifeste sur une pente plantée de myrtilles. Luc s'arrête. Il tend l'oreille. Le bruit s'éloigne, disparaît.

Luc repart, rassuré. Cela concernait sans doute un renard sorti de son terrier pour une chasse nocturne et qu'avait effrayé la présence de l'homme trahi par son pas ou son odeur. Luc ne peut poursuivre son chemin assez rapidement sans glisser plusieurs fois sur le sol mouillé, manquant de tomber. Il regrette d'avoir utilisé le stratagème de ses semelles, plus efficace sur des chemins enneigés.

Après trois quarts d'heure de marche, il arrive à la lisière de la forêt. Il en sort. L'obscurité est moins dense. La pluie d'orage a presque cessé. Les épaules protégées par la couverture et son chapeau, il n'est pas assez mouillé pour se ressentir de la fraîcheur nocturne. Sur le pâturage à l'herbe encore rare, il reste à regarder le ciel s'éclaircir lentement. Déjà quelques étoiles apparaissent, dont l'une, celle du Berger, qu'il affectionne pour son éclat teinté de jaune.

Le seul bruit dominant est celui d'un torrent, grossi par la pluie. Il fuit en cascade dans le fond de la vallée. Cela rappelle un mauvais souvenir.

Les yeux de Luc arrivent à distinguer les contours familiers du chalet de Chevan juché à mi-pente. Il semble inoccupé, comme semble l'être la vaste étendue des pâturages environnants. Luc ne se fie pourtant pas à ces apparences. Il sait combien sont rusés les douaniers dissimulés de longues heures derrière un rocher ou tapis dans un fourré, quel que soit le temps.

Si la capture d'un contrebandier comporte des risques plus ou moins graves en cas d'affrontement, elle offre cependant un double avantage.

D'abord ils en retirent un intérêt immédiat et substantiel. Ils s'octroient volontiers sur la marchandise saisie en fraude une part plus importante que celle admise par leur administration. C'est pourquoi, s'ils arrêtent en toute légalité les personnes franchissant frauduleusement la ligne frontière, ils se permettent aussi de chasser leur gibier de part et d'autre de cette ligne. Ils interpellent les porteurs de marchandises suspectées de fraude, surtout s'ils sont déjà soupçonnés de contrebande.

La réaction des interpellés les trahit, soit qu'ils prennent la fuite, soit qu'ils affrontent les douaniers.

C'est le danger auquel ceux-ci sont parfois exposés et que ne peut compenser le deuxième avantage, celui de se voir bien notés par leurs supérieurs.

Cette nuit, tout paraît calme. Luc s'avance, penché en avant comme pour se dissimuler. Il atteint sans encombre le chalet. Il pénètre dans la grange, repère malgré l'obscurité totale la cachette dans la double paroi du plancher, en retire ses deux sacs de camelote et ressort en fermant lentement la porte. Avant de charger ses épaules, il reste un long moment immobile, aux aguets, plaqué contre la muraille du chalet.

Malgré ses précautions, la porte a grincé. Aucune présence ne se manifeste. Le mauvais temps a peut-être chassé certaines personnes redoutées.

S'étant chargé des sacs, Luc reprend sa marche à travers les prés en direction des sommets.

À cette altitude, le printemps est en retard. L'herbe n'a pas encore repoussé. Les rhododendrons sont encore loin d'offrir la pourpre de leurs fleurs. Aucune gentiane ne se dresse dans l'étendue désertique. Luc marche sur une sorte de feutre formé par la végétation de l'année précédente, séchée puis jaunie par le temps et la neige, tout imprégnée de l'eau des pluies.

Ce n'est plus le domaine de la haute forêt. Sur les pentes bien exposées poussent des sapins de taille réduite et parfois groupés. Ils ont l'aspect trompeur des silhouettes immobiles dans la nuit.

Cette végétation s'accommode des longs hivers de la montagne lourdement enneigée. Elle repart de plus belle au printemps pour former un maquis de verdure presque impénétrable où se cachent les coqs de bruyère. Les étendues de pâturage sont aussi le domaine des marmottes que n'impressionnent pas le vol des éperviers ni l'appel des corbeaux. En ce moment elles dorment, terrées dans leur cachette, sans se soucier de l'intrus qui foule leur sol.

Ayant quitté le pâturage, Luc traverse sans difficulté le torrent. Il saute, de l'un à l'autre, les blocs de rocher à demi immergés dans l'eau puis il aborde la montée en direction du sommet du Ban-Rouge encore couvert de neige. Il doit grimper pendant au moins deux heures pour franchir le col situé au nord de ce sommet, à près de deux mille mètres. De jour et sans charge, la chose serait aisée en beaucoup moins de temps. En pleine nuit, lourdement lesté de marchandises, il faut marcher lentement, ne faire aucun bruit comme celui de briser une branche ou de faire rouler un caillou. Souvent, Luc s'arrête pour écouter le silence dans l'immensité nocturne de la montagne, troublé seulement par le cri angoissé de quelque bête. Il reprend un morceau de tabac. Chiquer lui calme un peu la tension nerveuse.

Il a dépassé un chalet d'alpage, dit des Buttes, dans un pâturage particulièrement fréquenté par les marmottes, encombré d'énormes blocs de rocher dispersés dans la pente du terrain. Ils peuvent donner l'illusion, dans l'obscurité, de personnages immobiles et derrière lesquels un douanier peut aisément se dissimuler.

Luc poursuit son chemin en silence. Ce chemin n'est qu'un sentier mal tracé. Il contourne les rares sapins ou s'insinue entre les aulnes, ces *vorès* aux branches dénudées. Luc n'ose même pas cracher le jus de sa chique par crainte du bruit.

Après un long moment, il veut prendre un peu de repos, dépose sa camelote à terre, s'assied près d'un sapin. Il peut souffler un peu.

Soudain, il s'immobilise, glacé d'effroi. Il a cru entendre tousser, un peu plus haut, sur son chemin, en direction du col. Instinctivement, il se tasse un peu plus… Immobile, retenant presque son souffle, il étreint son bâton, nerveusement. De longues minutes, il reste figé. Il épie le silence. Il scrute la nuit. Son cœur bat soudain à tout rompre. Non loin de lui, on semble avoir bougé dans les *vorès*. Il en a perçu le frémissement. Le bruit léger s'est accentué, puis il s'atténue comme le ferait un lièvre dans sa fuite. Plus rien ne bouge dans le silence revenu. À nouveau retentit brusquement l'éclat d'une toux. Aucun doute possible. Les *gâpians*. Ils sont là. Tout près. À l'affût. Derrière un rocher. En embuscade. Luc frissonne, non pas de froid, mais de frayeur.

Un bref instant, il pense à Turck. Pourquoi? Risque-t-il un coup de feu? C'est possible. Dans cet endroit désert, en pleine nuit, quelle serait leur réaction face à un contrebandier qui peut ne pas être seul? Ils ont des pistolets. Ils peuvent être tentés de s'en servir dans une seconde d'affolement.

Luc ne doit pas rester là. Il faut rebrousser chemin avant la fin de la nuit. Avec d'infinies précautions il se déplace. Il a gardé sa chique dont le jus suinte des lèvres angoissées, souille sa barbe. Pas à pas, il s'éloigne.

Après une descente interminable, il souffle un instant. Puis il prend une direction oblique au nord et se dirige vers un autre alpage, celui des « Tendues » situé sous le Crêt du Midi. Il l'atteint enfin. Il estime être loin de ses ennemis, hors de leur portée. Aussi espère-t-il ne pas en rencontrer d'autres sur ce nouvel itinéraire. Il poursuit sa marche plus rapidement, avec les mêmes précautions. Le temps passe. Il devrait franchir la ligne bien avant l'aube, soit vers les quatre heures du matin, pour arriver encore au petit jour à l'endroit convenu.

Quelle heure peut-il être ? Il n'a pas de montre sur lui. La sonnerie de l'Angélus ne se fait jamais entendre en pleine nuit.

Son cœur avait battu la chamade au moment où il avait fui de justesse les douaniers. À présent, la fatigue l'accélère plus encore que la tension nerveuse.

Il a dépassé les « Tendues ». Il n'est pas loin d'atteindre la fameuse limite. Elle suit, chaque fois que cela est possible, la ligne de crête des sommets. En cet endroit, elle se trouve descendre en pleine forêt, la belle forêt des Évettes.

Au milieu des sapins, l'imprécision de son tracé favorise la mission des douaniers et justifie, si besoin en était, l'extension abusive de leur contrôle dans les espaces situés loin de la limite.

Luc a dû faire un assez long trajet à découvert avant d'atteindre la forêt. Aussi est-ce avec un véritable soulagement qu'il s'engage dans le sous-bois, espérant y être plus en sécurité. Cependant, toujours sur le qui-vive, il ne prend pas l'habituel sentier. Il se faufile entre les *vorès*. Il franchit par deux fois de petits ruisseaux dont le lit est bordé de talus à la pente parfois abrupte,

Il a passé la ligne depuis un moment. Il veut s'arrêter pour reprendre son souffle. Ses souliers tendent à se libérer. Il les fixe plus solidement.

Le ciel s'est dégagé. Il fait encore nuit, une nuit sans lune, une nuit complice des contrebandiers. De l'endroit où il se trouve, il pourrait entrevoir, de jour, par-dessus la crête des sapins, l'arête rocheuse du Crêt du Midi.

Il a repris des forces. Il poursuit sa marche. Il sort de la forêt aux premières lueurs de l'aube. Il est maintenant à faible distance de l'alpage de la Pleignière, sur le versant de l'autre vallée, celle de Bellecombe, en Savoie. Ce chalet est inhabité en cette période de l'année. De cet emplacement, on aperçoit le village du Planay, étape finale de ce long trajet. Un peu plus de deux kilomètres restent à parcourir, dont la plus grande partie à découvert.

Au levant, vers le mont Blanc, le ciel s'auréole d'une lumière de plus en plus vive. Elle efface lentement les ombres de la nuit. La vie s'éveille sur la terre. De furtives images animales glissent dans les prés. Tout au loin, plane l'ombre noire des corbeaux sur le fond luminescent du ciel matinal.

Le chant d'un coq retentit dans le lointain.

Luc ne s'attarde pas dans la contemplation de ce spectacle. Il vient d'atteindre la Pleignière et veut se débarrasser rapidement de son double fardeau. Il les dissimule habilement derrière un tas de bois empilé contre la paroi du chalet dont les portes sont fermées. Il respire enfin, le cœur allégé. Il va étancher sa soif en buvant l'eau du bassin tout proche.

Il suit le sentier descendant au milieu des pâturages. Une herbe commence à pousser timidement, agrémentée de perce-neige en fleurs. Luc ne se presse plus. Il a tout son temps. Il sait qu'au Planay, Joseph Mollier, son « correspondant », est déjà levé, à en juger par la fumée qui monte lentement dans le ciel par la cheminée de sa vieille ferme.

Joseph ne doit pas l'attendre ce matin. Il ne sera cependant pas surpris de son arrivée et offrira généreusement l'hospitalité à son passeur. Entre gens impliqués dans la même affaire de contrebande, une amicale complicité s'est établie.

Comme le cheval presse le pas à l'approche de son écurie, Luc accélère le sien malgré lui pour arriver enfin devant une ferme.

Il frappe à la porte. Elle ne tarde pas à s'ouvrir sur Joseph dont le visage, un instant surpris, s'éclaire d'un sourire :

« Ah, c'est toi, Luc. Je suis content que ça soit toi.

— Pourquoi ? T'as des ennuis ?

— Non. Sait-on jamais ? Je t'attendais pas ce matin. Mais entre donc. Je finis de donner à manger à la jument et je viens. Tiens prends un peu de gnôle en attendant. »

Un peu las, Luc s'est assis sur un banc. Après un si long trajet lourd en émotions, sa tension nerveuse est tombée. Il s'en ressent. Il apprécie à petites gorgées le verre d'eau-de-vie de pommes qui emplit son ventre d'une douce chaleur. Il se sent beaucoup mieux.

Joseph survient à point pour lui servir du pain, de la tomme et du saucisson. Il pose le tout sur la table devant Luc mis en appétit.

Pendant ce temps, Joseph prépare le café.

« Et la Marie ? Encore couchée ? Pas malade au moins ?

— Que non ! Ça va bien. C'est cinq heures, constate Joseph en regardant son horloge dressée contre le mur. Ma femme a très mal dormi cette nuit. Le café va être fait. À propos, t'as de la marchandise ? »

Luc le rassure. Il lui énumère le contenu et la quantité des sacs.

« Ça va. Je descendrai ça demain à mon neveu, à Flumet.

— Il avait encore assez de camelote ?

— Oui. Mais tu sais, en avoir un peu d'avance,

c'est toujours bon, surtout pour un épicier. »

Ils déjeunent tous deux. Ayant terminé, Joseph propose :

« Je vais préparer le tombereau et quand la jument aura mangé, on ira chercher la camelote au chalet. À propos, où t'as caché tout ça ?

— À la Pleignière, dehors, derrière le tas de bois.

— Bon. Je reviens dans un moment. Je vais donner à manger aux vaches. En attendant, prends encore un peu de gnôle. »

Luc ne se fait pas prier. Il vide le verre d'un seul trait. Satisfait, il essuie sa barbe avec le dos de la main, cherche son tabac dans la poche pour s'offrir une double chique. C'est sa façon de célébrer la réussite de son voyage.

Détendu, il songe au retour, plusieurs heures de marche, mais sans la crainte des *gâpians*.

Dans la cheminée le feu chauffe la pièce. Luc a chaud maintenant. Il déboutonne sa blouse et sa chemise imprégnée de sueur. Il pose les bras sur la longue table en bois de cerisier. Il la contemple, de plus en plus près. Il sombre dans le sommeil.

Il est réveillé brusquement, secoué par la main vigoureuse de Joseph :

« Je t'ai laissé dormir. Sacrebleu, tu soufflais dur comme un sonneur. Mais je suis allé quérir la marchandise pendant que tu dormais. Il est dix heures passées. »

Luc n'en revient pas d'avoir tant dormi. Les deux ballots sont là, sur le sol. Joseph les vide sur la table parmi quelques brindilles de foin. Il avait camouflé la marchandise sous un chargement de foin dans le tombereau.

Le transfert est terminé. Luc compte son argent tandis que Joseph met en lieu sûr son précieux achat dans un endroit secret de la ferme. En cas de contrôle, s'il peut prétendre avoir le droit de posséder un stock de marchandises, une telle quantité attirerait l'attention sur lui.

Malgré l'insistance de Joseph et de sa femme maintenant levée, Luc ne veut pas rester pour le repas de midi. Il préfère reprendre la route.

N'ayant plus à craindre des douaniers, il emprunte un itinéraire moins long en direction du village de Pratz au travers de la forêt des Évettes. Il arrive ainsi au lieu-dit la Combe-noire, d'où on domine la vallée. Il s'arrête un moment pour prendre du repos.

Soudain une lointaine mais forte explosion le fait sursauter. Il distingue alors un nuage de poussière s'élevant dans la vallée, de l'autre côté de la ligne, en Savoie. On a certainement fait exploser une mine au cours des travaux de construction de la route nationale venant d'Albertville qui, par le val d'Arly, doit rejoindre Sallanches et Chamonix.

Luc ne descend pas en direction de Pratz. Il oblique sur la droite. Sans traverser l'Arly, il se dirige sur Cassioz. Il est en vue de sa cabane après ce voyage assez mouvementé.

Son jeune chien est le premier à l'apercevoir au loin. Il se met à aboyer furieusement, ne l'ayant pas reconnu. À la satisfaction de Luc, Fidèle s'avère être un bon chien de garde.

La cabane paraît abandonnée. Flavie n'est pas là, ni les deux enfants. Intrigué, il s'approche. Il repousse Fidèle, qui quémande maintenant des caresses. Seule Brunette est dans la cabane. Un peu inquiet, Luc se dirige vers la clairière. Il entend Ambroise rire aux éclats. À demi rassuré, il s'approche.

Les deux enfants sont bien là. Ils semblent beaucoup s'amuser. Ambroise s'arrête de rire en voyant son père. Il se sent fautif. Il a traîné sa sœur jusqu'à cet endroit en l'absence de leur mère, qui s'était retirée un peu à l'écart dans le bois pour un besoin urgent et naturel.

La clairière, illuminée par le soleil de printemps, offre un spectacle macabre. Plusieurs charognes d'animaux se décomposent sur la mousse du sol. Au-dessus d'elle, deux autres, plus récentes sont suspendues aux branches des arbres. Elles sont toutes assaillies par un essaim bruyant de mouches aux reflets bleus. Les plus anciennes charognes grouillent déjà de gros vers blancs sur lesquels s'acharnent pigeons et corbeaux. De nombreux vers tombent à terre. Ils sont aussitôt happés par les poules, nullement effarouchées par la présence des deux enfants.

Luc aperçoit Ambroise puis Marie-Léontine. Il reste un instant interdit.

Soudainement irrité, il s'élance vers eux. La gent ailée s'ébroue. Les pigeons s'envolent bruyamment. Les poules, à la débandade, courent de toute la vitesse de leurs pattes en caquetant de protestation.

Marie-Léontine, assise sur la mousse, reste étonnée, la bouche ouverte, les yeux fixés sur son frère. Elle tient encore un gros ver blanc dans la main. Luc a vivement avancé la sienne. Il retire de la bouche de sa fille un gros asticot qui se tortille encore sur la mousse où il a été jeté.

Luc se retient pour ne pas gronder la petite. La brusquerie du geste de son père l'a effrayée. Elle se met à pleurer. Ambroise, empli de crainte, pleure également.

Luc, toujours irrité, élève la voix :

« Nom de Dieu ! Je vous avais défendu de venir ici. Vous avez compris ? Que je vous y revoie plus, sinon c'est la fessée ! »

Il s'empare de sa fille, la ramène vers la cabane sur son bras. De l'autre, il tient la main d'Ambroise qui se laisse traîner.

Il va, grommelant. À peine a-t-il quitté la clairière,

qu'elle est aussitôt réoccupée à l'appel joyeux du coq.

Ambroise s'est calmé. Il ne pleure plus, renifle sans arrêt. Seule, Marie-Léontine sanglote encore.

Ils arrivent près de la cabane, en même temps que Flavie, alertée par les pleurs et les éclats de voix. Elle interroge son mari : « Qu'est-ce qui s'est passé ? »

Luc, de mauvaise humeur, raconte la scène dont il a été témoin. Elle a un haut-le-cœur en regardant sa fille et cherche à s'excuser auprès de son mari :

« C'est bien la première fois que ça arrive. J'ai dû m'absenter un instant dans le bois. T'as dit, un asticot dans la bouche ? Faut pas leur en vouloir. À cet âge, ça peut pas comprendre, surtout la petite. »

À l'intérieur de la cabane, Flavie, assise sur le banc, a pris sa fille sur les genoux. Elle tente de la calmer. Ambroise s'est approché de sa mère. Il cherche sa protection.

Luc, plus détendu maintenant, s'obstine à regarder par la fenêtre.

« Écoute, ma petite. Faut pas pleurer, Papa a raison. On vous avait défendu d'aller là-bas, à tous les deux. Et ce que t'as fait, c'est vilain.

« Je sais pas si vous allez comprendre, mais faut quand même que j'essaie de vous expliquer, surtout à toi, Ambroise, qui es un grand garçon.

« Votre papa, il va chercher, vous l'avez vu, des bêtes qui ont crevé. Il les accroche aux arbres. Alors, les vers qui en sortent, ils servent à nourrir des poules et des pigeons. Mais, vous, faut pas toucher à ces vers. C'est caca.

« Alors, papa, il porte des poules et des pigeons à la ville. Comme ça, on nous donne du bon sucre et du bon pain. Bien sûr, des fois on mange quand même une poule ou un pigeon. Et tu aimes bien ça, Ambroise ?

— Oui, maman.

— Alors, est-ce que c'est compris, maintenant ? Et vous n'irez plus dans la clairière ? »

Ambroise, hochant la tête, a semblé l'admettre.

Marie-Léontine s'est mise à sucer son pouce.

À Megève, la méthode innovée par Luc est conçue comme étant une nécessité pour lui, sans être pour autant admise par tous.

Dans les temps passés, on n'avait jamais ouï-dire qu'un homme eût utilisé cet étrange procédé de l'élevage des asticots pour pouvoir vivre.

Chapitre III

Le samedi matin, les cloches de l'église saluent joyeusement l'arrivée du mois de mai, ce mois consacré à la Vierge Marie. Or cette année 1886 est marquée par un important événement au sein de l'Église. Voulant célébrer le cinquantième anniversaire de son ordination sacerdotale, sa Sainteté le pape Léon XIII avait publié en 1885 un jubilé universel sous le vocable du « Jubilé de la Très Sainte Vierge du Rosaire », qui doit faire de l'année actuelle une Année Sainte.

À l'occasion de ce jubilé, il est permis à tout catholique d'obtenir l'indulgence de ses péchés à plusieurs conditions :

- jeûner pendant deux jours ;
- faire six visites à la même église ;
- se confesser et communier ;
- enfin faire une aumône à une œuvre catholique, telle que l'école libre ou le grand séminaire.

Flavie a observé scrupuleusement les règles édictées.

Dès le vendredi matin, elle a pris la décision d'observer un jeûne de deux jours. Elle ne mange qu'une fois le soir, s'abstient de viandes et même d'œufs, ne boit que du lait ou de l'eau. Dès le samedi, elle va six fois à l'église. Enfin elle se confesse. Le dimanche matin, elle communie et assiste à la messe solennelle.

D'abord Luc avait été surpris. Flavie lui en donna alors l'explication, qu'avait d'ailleurs fournie en chaire le curé. Elle lui exposa les raisons pour lesquelles son choix s'était porté sur le mois de mai :

« C'est parce que ce mois est consacré à la Sainte Vierge.

— Oui. Je sais. Mais pourquoi tu veux bénéficier de cette indulgence ?

— Mais parce que, comme tous les autres paroissiens, on a jamais trop besoin de se faire pardonner.

— Quels péchés ? En tout cas, si t'en as beaucoup à te faire pardonner, tu les caches bien. Tiens, voilà dix sous pour ton aumône au grand Séminaire.

— Toi, t'aimes mieux aller pécher chez la Rivollette.

— Pour sûr. C'est d'ailleurs pas un péché mortel, et je peux bénéficier de ton indulgence jubilaire. »

Le mois de mai s'écoule sans événement particulier.

Comme toujours, la fête de Pâques reste fixée au dimanche qui suit le quatorzième jour de la lune de mars. Or en cet an de grâce 1886, Pâques s'est trouvé être le 25 avril, date extrême de cette fête mobile. Le fait est rare puisqu'en deux cents ans, de 1667 à

1886, cela ne s'était produit qu'une seule fois, en 1734. Pâques ayant été ainsi célébré avec retard, la fête de la Trinité, dans le dimanche suivant celui de Pentecôte, est décalée d'autant. Elle se trouve être seulement le 20 juin.

Elle est, depuis des origines moyenâgeuses l'occasion d'une foire importante reportée selon la coutume au lundi. Le dimanche reste réservé au culte. Elle précède une autre foire, dite de la Saint-Jean-Baptiste, le 24 juin. Celle-ci n'aura pas lieu cette année, étant trop rapprochée de la précédente.

Se tenant habituellement au mois de mai, la foire de La Trinité provoque le rassemblement de plusieurs centaines de vaches avant la montée en alpage.

Le pré de foire est une étendue assez vaste, située presque au centre de la ville. Il est placé sous la protection de la grande croix de Saint-Michel. Celle-ci s'élève majestueuse dans un ciel immensément bleu sur lequel se découpe l'étendue sombre des forêts. On aperçoit en toile de fond l'élégant dessin des montagnes aux aiguilles encore couvertes de neige.

Tôt ce matin, coiffés d'un chapeau foncé, revêtus de courtes blouses bleues, les paysans arrivent de plus en plus nombreux. Il en vient même des paroisses voisines. Ils sont accompagnés de leurs vaches. Elles agitent leurs cloches et poussent des beuglements prolongés devant cette manifestation inaccoutumée. Elles sont ensuite attachées par leurs liens à l'une des multiples barrières mises en place pour la circonstance.

Le soleil monte lentement dans le ciel. Il illumine l'ensemble du paysage. Il fait resplendir les belles touffes blanches des cerisiers en fleurs dans les prés où l'herbe encore couverte de rosée scintille de mille diamants.

Sur le pré de foire, règne une animation contenue, entrecoupée de beuglements, d'aboiements et aussi de cris d'appel. Quelques vaches s'efforcent de brouter l'herbe rare du pré qu'elles écrasent, sans sembler se soucier de leur sort. Le sol de plus en plus taché de bouses, piétiné par les hommes et les bêtes, exhale une odeur d'étable qu'accentue encore l'ardeur du soleil.

Les cabarets sont le lieu idéal pour les transactions et pour les beuveries des hommes. Aux animaux est réservée la fontaine dont l'eau coule dans un bassin en bordure du pré de foire.

À l'une des tables, dans la salle enfumée du café de « la Croix d'Or » Luc est assis avec ses deux amis. Pour eux, la journée est belle. La foire aux nombreuses rencontres est un peu la fête du pays.

Après un long marchandage, Michel a acheté une vache pour quatre cents francs et une dizaine de moutons pour deux cent cinquante. Il pense avoir fait une bonne affaire.

Le long du torrent et sur la place, de nombreux marchands ambulants ont installé leurs étalages. Cependant Arsène n'a fait aucun achat. Luc s'est aussi abstenu. Il est pourtant un peu à l'aise. Il a réussi trois fructueux voyages courant mai. Michel offre une bouteille de vin blanc. Il s'enquiert sur la possibilité d'un voyage pour atténuer le coût de ses achats.

« Luc, tu viendrais pas m'aider à rentrer les bêtes à ma ferme ?

— C'est d'accord.

— On pourrait aller quand de l'autre côté ? Des fois qu'ils auraient besoin de café à Flumet.

— Oui. Il « y en a faute » (besoin). On pourrait passer du caracoly fin grillé à trois francs cinquante, doublé à la vente.

— T'en as passé dernièrement ?

— Avec Flavie, en allant à Flumet. Elle en a mis cinq kilos dans ses jupons. On a passé par la route nouvelle mais c'est encore très encombré vers Panloup. Ils font des terrassements à cet endroit, surtout avec leur dynamite. »

Une deuxième bouteille est commandée, puis une troisième, chacun devant offrir la sienne.

On en revient au projet dans l'immédiat. Luc est très intéressé :

« Voyons, vous deux, vous allez avoir du travail bientôt avec les foins. Si vous avez besoin de moi, je suis là. Mais le voyage, il faut le faire avant. Michel, t'avais bien dit que t'allais en montagne aux Buttes ?

—Justement, c'est un bon endroit pour un passage, près de la ligne. »

À cet instant, Luc, d'un signe de la main arrête la conversation. Deux hommes viennent de s'asseoir à la table voisine. Ils jettent un regard circulaire dans la salle du café, un regard qui se veut insistant sur certains visages.

Au patron du café, l'un d'eux commande :

« Ça sera une chopine de blanc, s'il vous plaît. »

Luc a déjà entendu cette voix. Elle a l'accent du midi. Il tourne légèrement la tête. L'homme est de forte corpulence. Cela lui rappelle une silhouette entrevue dans la montagne. Il se souvient. C'était le jour où son chien avait été tué par un *gâpian*, sûrement celui-ci. En ce moment, tous deux jettent des regards curieux par la fenêtre vers le pré de foire. Luc et ses deux amis ont échangé un coup d'œil éloquent. Ce sont bien des douaniers. Ils ont troqué leur uniforme et le képi pour des vêtements civils.

« En parlant de foin, faites-moi signe dès que vous aurez besoin de moi. On finit les verres. Je m'en vais. Ma femme doit m'attendre à l'heure qu'il est. »

L'affirmation de Luc est inexacte. Flavie n'est pas venue à la ville ce lundi. Luc a utilisé ce prétexte pour ne pas rester aux côtés des *gâpians*, leurs ennemis à tous trois.

Ils se retrouvent au café de l'Adèle Orsy sur la place de l'église. Bien qu'admirablement placé en proue sur la place, il a une moins nombreuse clientèle que la Rivollette. Son entrée est trop en vue, depuis la porte de l'église ou du presbytère. On hésite à se faire remarquer par le curé Monnard dans « ces lieux de débauche ».

Dans la salle, la porte d'entrée, vitrée à sa partie supérieure, permet de voir l'ensemble de la place de l'église. Par la fenêtre on peut observer les allées et venues de gens le long du torrent. Assis près de la fenêtre, ils ont commandé une chopine de blanc. Elle contient moins d'un demi-litre.

Ils poursuivent leur discussion. Arsène s'interrompt brusquement. Il a remarqué le *miladiou* sur le vieux pont. Le *gâpian* marche dans le sillage d'un habitant de Flumet. Il a dû le repérer à la foire. La filature est évidente. Ils s'éloignent, traversent la place. Luc s'est levé. À travers le vitrage de la porte, il suit des yeux le douanier. Il le voit disparaître au loin, vers la maison du Saint-Esprit, toujours à la poursuite de son gibier. Une bouffée de haine envahit Luc. Cet homme a tué son chien. Il le retrouve maintenant encore à l'affût d'un mauvais coup.

« On se retrouvera. » promet Luc.

Pendant un moment il surveille la place, cherchant des yeux l'autre douanier. Il remarque deux femmes discutant non loin du donjon seigneurial.

Elles n'ont apparemment rien de particulier qui puisse les distinguer des autres femmes. Elles portent toutes deux la même *béguine* enserrant leurs cheveux. Leur corsage sombre est agrémenté de quelques broderies, comme le châle jeté sur leurs épaules. Une longue jupe noire tombe sur leurs chaussures, les masquant presque. Luc se prend à sourire en observant le manège de l'une d'elles. Alors que sa compagne recule d'un pas, elle prend une attitude étrange. Elle écarte les jambes, soulève d'une main le haut de la jupe devant elle. Elle s'immobilise un instant avant de reprendre la conversation avec autant d'animation. Cet intermède fait sourire Luc.

« Pourquoi tu rigoles ? demande Arsène venu le rejoindre, le verre à la main.

— T'as pas vu la Joséphine, des Pettoreaux, en train de pisser ?

— Non. Mais je vais en faire autant. Ce petit blanc a toujours autant d'effet. Je reviens de suite. »

Près de la halle, se trouve la pissotière. En plein été, elle embaume un peu le voisinage. Mais elle est si pratique.

Les paysans sont de plus en plus nombreux à revenir de la foire et à traverser la place. Ils regagnent leurs fermes, suivis des vaches achetées le matin même. À l'aide d'une corde, ils les traînent presque derrière eux.

Michel s'est décidé à prendre aussi le chemin du retour. Il rassemble son petit troupeau sur le pré de foire. Comme convenu, Luc l'accompagne.

La montée jusqu'au Thélevex sur les pentes du Calvaire se fait lentement. La vache, toujours friponne, essaie à chaque pas de brouter un peu d'herbe. Elle est aussitôt imitée par les moutons cependant plus dociles aux ordres de Luc. À lui incombe le soin de faire avancer les bêtes alors que Michel ouvre la marche. Ils arrivent à la ferme. Ils aperçoivent Adeline, qui se tient immobile dans l'encadrement de la porte d'entrée. Michel lui fait un signe de la main auquel elle affecte ne pas répondre. Arrivé à portée de voix, il est interpellé par sa femme :

« T'arrives que maintenant ! Qu'avez-vous fait pour être tant en retard ? À traîner dans les cafés, comme toujours !

— Allons, allons ! Que voudrais-tu qu'il m'arrive ? J'étais avec Luc et Arsène. On a causé et bu un pot.

— Ça fait rien. Je suis toujours inquiète quand t'es pas là à l'heure. Je peux pas m'en empêcher. »

Les bêtes mises dans la ferme, Luc est gentiment invité à manger. Il s'assoit près de Michel. Sur la table, deux couverts étaient mis. Adeline met le troisième pour lui.

Michel et Adeline sont seuls tous deux. Luc connaît le drame de leur mariage. Mariés depuis plus de cinq ans, ils n'ont toujours pas d'enfant. Le seul qu'Adeline avait pu avoir mourut peu après l'accouchement. Elle-même faillit succomber à une complication, à la fièvre puerpérale. Elle fut désespérée de la perte de ce bébé. Michel reste son seul univers. Elle a certes des parents : une sœur, Marie-Joséphine, mariée, restée au pays, un frère, Jean-Baptiste, parti pour Paris depuis plusieurs années, et une autre sœur, Thérèse, mariée à un Pelloux, de Combloux.

Elle n'a jamais pu avoir d'autre enfant. Elle a pourtant fait maintes fois des neuvaines, brûlé quantité de cierges. Dans cette intention, elle était même partie en pèlerinage à Notre-Dame-de-la-Salette. Ce fut un voyage bien long et pénible. Tout cela l'a été en vain.

Michel semble s'être fait une raison. Bien que sa piété n'égale pas la ferveur d'Adeline, il s'en est remis à la volonté divine. Absorbé par les travaux de la ferme, il vit des journées assez ternes que n'égaie point la présence d'enfants. Il en rompt parfois la monotonie quand, malgré les prières d'Adeline, il part, seul ou accompagné, faire « un voyage » de l'autre côté de la ligne. Ces déplacements sont désirés, autant par l'attrait de l'aventure que par le bénéfice obtenu.

Si Luc apprécie le confort tout relatif de la ferme, il ne l'envie pas. Sa cabane, telle qu'elle est, lui convient. Elle lui suffit. Après avoir savouré une tasse de café « arrosée » d'eau-de-vie de prunes, il redescend l'après-midi, la panse pleine. Il est de bonne humeur. Comparant son sort à celui de Michel, il s'estime comblé avec ses deux enfants et l'espoir d'en avoir d'autres plus tard. Passant près des oratoires et des chapelles du Calvaire, il est enclin à remercier le Seigneur. Il se signe devant la belle chapelle de Notre-Dame-des-Vertus, auprès de laquelle il fait une halte en s'asseyant dans l'herbe.

De cet endroit, la vue est magnifique. On domine la ville et le Val d'Arly, que limite, du nord à l'ouest une chaîne de montagnes d'où émergent la Pointe Percée et l'imposante pyramide du mont Charvin.

Le ciel est clair.

Très haut, à la verticale de Luc, il résonne soudain d'un concert de croassements furieux. Une vingtaine de corbeaux s'entremêlent bruyamment, en pleine exaspération. Ils tentent de cerner un autre oiseau. Luc distingue la silhouette d'un épervier. Les serres chargées d'une proie, il s'efforce de faire front à ses assaillants exaspérés. Les cris des corbeaux, leur agressivité redoublent. L'épervier tente de fuir. La lutte serait inégale. Il lâche sa proie. Quelques-uns des corbeaux victorieux foncent sur elle. Les autres, en plus grand nombre, escortent l'intrus qui s'éloigne à tire-d'aile.

Le calme revient enfin. L'épervier ne pourra plus chasser dans cet espace, à lui désormais interdit.

Luc fait curieusement un rapprochement entre corbeaux et épervier d'une part, *gâpians* et lui d'autre part. Ce parallèle lui apparaît stupide. Il n'a rien d'un épervier ni les *gâpians* de corbeaux. Au contraire de l'épervier, lui s'en est toujours bien tiré sans avoir été assailli. Il en rend grâces à Dieu et reprend le sentier en pente vers la ville, après un dernier regard dans le ciel redevenu étrangement calme.

À l'entrée de la ville, sur le chemin longeant en partie le pré de foire, il fait la rencontre non d'un douanier, mais d'une femme. Il la connaît depuis longtemps.

De petite taille, mince dans sa longue jupe noire, elle paraît avoir quinze ans alors qu'elle en a trois fois plus. Elle tourne vers lui un visage maigre que domine un imposant nez crochu. C'est une vieille fille, à la parole acerbe. Il ne fait pas bon la plaisanter. Cependant, Luc, de bonne humeur, la provoque :

« Alors, la *Vin blan-ne*, ça va ?

— Ça va, répond-elle étonnée et méfiante d'une telle sollicitude à son égard.

— Alors quand est-ce qu'on se marie tous les deux ?

— Rien à faire, mon pauvre Luc. J'ai vraiment pas assez pour nourrir un âne. »

La réponse a été brève et cinglante. Luc prend le parti d'en rire. Ne l'avait-il pas provoquée ?

Il s'en amuse encore à son arrivée à la cabane. Il n'aperçoit ni femme, ni enfant. Il se dirige vers la clairière. Une trentaine de poules confrontées à autant de pigeons disputent leur pitance aux corbeaux inlassables dans leurs incursions.

Avant de se retirer, Luc capture trois pigeons pour les vendre au marché. Il réalise de bons bénéfices dans son commerce de poules et de pigeons vendus deux francs cinquante et même trois francs, soit le triple du prix du veau au kilo.

Enfin il se saisit d'une poule. Elle sera le lendemain au menu de la famille.

Dans sa pauvre cabane, il peut, paradoxalement, s'offrir ce luxe auquel beaucoup de personnes plus aisées ne peuvent prétendre aussi souvent que lui.

Comme l'avait expliqué Flavie à ses enfants, la vente de son élevage pendant la belle saison lui permet d'acheter les denrées indispensables à la vie de la famille. L'achat de bien d'autres choses dépend de sa bourse capricieusement garnie. Il garde cependant toujours deux sous pour se procurer une boîte d'allumettes, moins chère en Suisse qu'en zone.

Il n'achète aucun vêtement. Sa femme reçoit avec gratitude tous les vieux habits dont les gens veulent se débarrasser, même ceux d'une personne défunte.

Luc est revenu à sa cabane.

Flavie est toujours absente. En l'attendant, il se déchausse.

Il n'avait pas mis ses chaussures de contrebandier, mais la seule paire de galoches qu'il possède. Il les examine d'un air soucieux. Si leur semelle de bois, quoique bien usée, tient encore, il n'en est pas de même d'une partie du cuir la recouvrant. Elle s'écaille, se déchire même. Il veut essayer de la réparer, dans l'impossibilité d'en acheter une autre paire. De plus, il rêve de faire l'emplette d'une lampe en début d'hiver, pour s'éclairer le soir. Il devra alors se fournir en pétrole. À six sous le litre, il n'est pas donné.

Il en est là de ses réflexions quand arrive Flavie avec les enfants :

« T'étais allée où ?

— À Cassioz, chez mon oncle. J'ai lavé un peu de linge et l'ai laissé à sécher. J'ai aussi rencontré le vicaire. Il fait la quête.

— Pourquoi ? Ah, oui ! les cloches. »

Il se rappelle. En cette année 1886, un enfant de Megève, monseigneur Jean-Marie Tissot, fête ses noces d'or sacerdotales. Ordonné prêtre cinquante ans auparavant, il est évêque-missionnaire aux Indes orientales. Sans avoir de lien de parenté avec lui, le maire Félix Tissot se montre favorable à l'initiative du curé Monnard. Celui-ci organise une souscription auprès des paroissiens pour fêter le jubilé papal et commémorer l'anniversaire de l'évêque. Il sera ainsi possible d'acquérir quatre cloches, dont un gros bourdon de près de trois tonnes.

Luc a saisi la demande subtile de Flavie. Il ne peut refuser. Il lui donne un peu d'argent. Tant pis pour la lampe à pétrole.

« Luc, tu sais, jeudi 24, c'est la Saint-Jean. C'est fête puisque c'est la vogue, mais cette année, c'est en même temps la Fête-Dieu.

— Ma parole, j'ai marié une religieuse ! La vogue, la Fête-Dieu, et pas de deuxième foire. Dommage ! »

Flavie l'entendant s'exprimer tout haut se prend à sourire :

« Voyons, Luc, la foire, t'en viens. Deux foires en une semaine, t'y penses pas. Même la vogue est reportée au dimanche, trois jours après. »

Jeudi matin, à la sortie de la messe, la foule est nombreuse sur la place de l'église. Bientôt une longue procession se forme, avec en tête un porteur de deux clochettes. Il en joue sur un rythme monotone à deux temps pour annoncer l'arrivée du cortège. Lentement, alors que retentissent les cloches de l'église, la procession traverse le torrent des Cordes sur le vieux pont. Elle continue dans la principale rue de la ville décorée pour la circonstance de beaucoup de fleurs et de verdure. En fin de cortège, on remarque le dais écarlate sous lequel marche gravement le curé portant le Saint Sacrement. Il est entouré de ses vicaires. La cérémonie se poursuit sur le pré de foire où un autel a été dressé près de trois grands sapins. Le lieu a bien été nettoyé pendant les deux jours précédents. Cependant il flotte encore dans l'air des relents d'étable.

Après que le curé a officié, la procession se reforme lentement. En même temps, les détonations de nombreux pétards ébranlent l'air. La Fête-Dieu se termine sur la place de l'église de façon tout aussi solennelle.

Luc est venu en compagnie de Flavie. Ils ont assisté à la messe et participé à la procession, dans le groupe des hommes. Pour le repas de midi, ils ne vont pas *crostiller* à l'auberge. Deux repas coûteraient un franc soixante-dix et un verre de vin à deux sous, cela ferait un total de près de deux francs, presque le prix d'un poulet. Flavie retire de son sac deux morceaux de pain. En attendant de mieux manger le soir.

Pendant la cérémonie des Vêpres, l'après-midi, Luc remarque avec combien de ferveur prient Michel et surtout Adeline. Il a cherché dès le matin Arsène. Il le cherche encore, vainement. Son absence surprend ses deux amis. Bien qu'il ne soit pas très pieux, Arsène assiste régulièrement aux offices religieux, surtout ceux de la Fête-Dieu, avec l'espoir inavoué de rencontrer ses amis. À l'issue des Vêpres, Adeline et Flavie quittent leurs maris. Adeline se dirige vers le presbytère, Flavie rend visite à un parent hébergé à l'hospice.

Luc aperçoit Zénobie, sa belle-mère, la veuve de son père. Leur rencontre se borne à un échange de saluts, bien froidement. Michel et Luc se retrouvent chez l'Adèle Orsy où ils ont donné rendez-vous à leurs femmes.

Après avoir commandé la rituelle chopine de vin, Luc demande :

« T'as pas vu Arsène ? Y serait pas malade, des fois ?

— Pas de nouvelle de lui. On devrait passer le voir.

— Bon. Attendons le retour de nos femmes. Après on y monte. Tiens, regarde la *Vin Blan-ne* qui passe sur le pont. Ah, celle-là ! »

Luc narre sa rencontre avec cette personne, trois jours plus tôt. Ils en rient tous deux de bon cœur.

« À propos d'âne, tu me fais penser au *gâpian*, dit irrévérencieusement Michel. Quand tu le fais, ce voyage ?

— Je sais pas. Il faudrait peut-être d'abord aller se ravitailler en Suisse, au Chatelard.

— Oui. Avant de faire les foins. D'ici une semaine ? Je peux pas vous accompagner en Suisse. J'ai *enmontagné* aux Buttes. Je veux pas laisser le chalet sans personne.

— Je veux voir Arsène. Il viendra bien avec moi. Si on ramène assez de camelote, tu nous aiderais à la passer de l'autre côté avant les foins ?

— Ouais. Depuis les Buttes, c'est plus commode. On est près de la ligne. J'espère qu'on aura de la chance comme on a déjà eu et comme tu as, toi, surtout.

— Moi ? Pourquoi moi ?

— Jusqu'à présent, tu t'es toujours bien tiré de tes voyages. Bien sûr, il y a eu le chien. Mais, quand même tu as plus de chance que moi dans la vie.

— Que tu dis. Mais explique-moi en quoi ?

— Tu as des gosses. J'en ai pas après bientôt six ans de mariage. Adeline me fait souci. Elle est bien triste depuis quelque temps, depuis qu'Athanase, notre voisin, a eu des jumeaux. L'autre nuit, elle pleurait en dormant. »

Luc tente de réconforter Michel :

« C'est pas perdu. T'as pas encore trente ans et ta femme, combien déjà ?

— Vingt-six, à la Saint-Michel, cette année.

— Alors, alors… T'as encore le temps d'en avoir quatre ou cinq !

— J'espère encore, bien sûr, mais l'Adeline… Elle fait brûler des cierges, dit des neuvaines, mais c'est pas mieux. L'Élodie, sa mère, avait déjà mauvais moral. Tu sais comment elle a fini ? Elle s'est laissée mourir de chagrin à la mort de son mari. »

Un moment de silence plane pendant lequel chacun boit une gorgée.

« Tiens, voilà ta femme qui arrive. Flavie ne devrait pas tarder. »

Flavie arrive peu après. Elles entrent toutes deux. Sitôt assise, Flavie s'adresse à Adeline :

« Nos hommes nous invitent au café et nous offrent à boire. C'est le miracle de la Fête-Dieu.

— Bien sûr que c'en est un. Vous ne croyez pas aux miracles, Adeline ? »

Luc se repent aussitôt de ses paroles. Une ombre de tristesse est passée sur le visage d'Adeline. Regardant des enfants courir sur la grand-place, elle répond, dans un soupir :

« J'y crois plus beaucoup. »

Luc dévie la conversation :

« On parlait d'Arsène qu'on n'a pas vu aujourd'hui.

— Pourvu qu'il lui soit rien arrivé ?

— Non, Adeline, on le pense pas. Il est peut-être malade. On va passer chez lui, avec Michel. Vous rentrerez bien seules ? »

Ils ont achevé de boire leur chopine. Les femmes s'abreuvent à petites gorgées du grand bol de bouillon dans lequel l'Adèle Orsy a mêlé un peu de vin rouge.

Une fois dehors, Flavie regarde l'heure au clocher. Il est plus de quatre heures. On se sépare. Les deux hommes montent directement au Mas.

Aux approches de la ferme, le chien se met à aboyer. Octavie apparaît aussitôt dans l'encadrement de la porte et leur crie :

« Avez-vous vu Arsène ? Il était donc pas avec vous ?

— Non. On venait justement aux nouvelles. »

Octavie reprend d'une voix chargée d'inquiétude :

« Il est parti hier au soir et devait être là ce matin, sans faute pour la Fête-Dieu, Qu'est-ce qui a bien pu lui arriver ?

— Il est parti par où ?

— Par là... »

De la main, elle désigne la pointe des Aiguilles Croches dans la chaîne du mont Joly, immense muraille de rochers barrant l'horizon. La teinte ocrée de la montagne se pare encore de la robe blanche des névés. Arsène s'est-il perdu dans ce massif où il y a fort peu d'alpages ?

Luc veut rassurer Octavie :

« Il faut pas vous en faire. Arsène connaît bien le coin et il faisait pas de contrebande. Il va revenir. »

Michel veut rejoindre sa ferme. Avant de quitter Luc, il l'a entraîné quelques pas avec lui :

« Pourvu que ça a pas porté malheur d'avoir parlé de notre chance !

— Penses-tu ! Il faut pas voir tout en noir. Je vais attendre Arsène chez lui. »

Il est important pour Luc de rencontrer Arsène afin de convenir du déplacement en Suisse.

En l'attendant, il cherche à se rendre utile. Il quitte son grand chapeau noir et sa blouse. Il aide Nathalie dans les travaux de la ferme, nettoie l'étable, en sort le fumier. Apprenant qu'il n'a rien mangé à midi, Octavie lui prépare gentiment une omelette au lard agrémentée d'une bouteille de vin rouge, deux choses bien appréciées de Luc. Il avait le ventre creux et surtout le gosier sec au fil des heures, par cette chaude après-midi d'été.

Le soir, après un dernier verre, il se décide à partir.

Le soleil a disparu à l'horizon. Arsène n'est toujours pas de retour. Luc partage l'inquiétude d'Octavie. Au crépuscule, il prend le chemin du Chevaly. À la nuit tombante, des feux s'allument en différents endroits de la montagne. Un instant surpris, Luc réalise alors que ce jour est aussi celui du plus grand jour de l'été. C'est la fête de la Saint-Jean, la vogue à Megève. Elle se fêtera le dimanche suivant. Les traditions ne sont pas perdues.

Arsène ne se manifeste pas pendant près de trois jours. Octavie, pourtant angoissée, répugne à prévenir les gendarmes, à l'étonnement de Luc et Michel venus aux nouvelles, le samedi, en fin de matinée :

« J'aime pas que les gendarmes se mêlent de nos affaires. Attendons à lundi. »

Arsène réapparaît seulement le soir de ce samedi. Il arrive à la ferme du Mas, l'air contrit, le visage aux traits tirés. À peine entré, il boit un verre, pousse un profond soupir de soulagement. Dans la cuisine, il est seul avec sa mère. Nathalie a été éloignée. Elle s'affaire dans la grange, au-dessus de leurs têtes. Elle perçoit une conversation animée, des éclats de voix et même des cris d'Octavie. Mais Nathalie ne saura rien de l'absence d'Arsène. Le soir, au repas, il mange de bon appétit tout en demeurant silencieux. Octavie est dans ses mauvais jours. Le visage fermé, elle ne pipe mot. Elle quitte la table sans terminer son repas, selon l'habitude, sur du fromage. Elle se retire dans la pièce voisine dont elle a fermé la porte un peu bruyamment. Arsène se tourne alors vers la servante étonnée. Il esquisse un sourire tout en soulevant légèrement les deux mains posées sur la table.

« Ça passera bien. » semble-t-il vouloir dire.

Il va se coucher sans échanger un mot avec sa mère. Le silence d'Octavie est aussi impressionnant que son accès de colère.

Le lendemain matin, dimanche, Arsène descend à la ville d'assez bonne heure. Il est pressé d'aller à la rencontre de ses amis. Peu avant l'heure de la grand-messe, il voit Luc arriver à lui, la main tendue, et sans préambule :

« Ben alors. Où t'étais allé ces jours ?

—J'étais parti pour aller à “Prarosset”.

—Y a personne dans cette montagne !

—Oui. Je voulais pousser jusqu'à Bellecombe. Tu sais, ma petite cousine va en alpage à “la Limace”. Je voulais aller la trouver.

— Ah, oui. Je vois. Et tu l'as trouvée pendant trois jours ?

— Non pas. Figure-toi qu'en cours de route, à "la Rosière", j'ai rencontré la Delphine en passant devant son chalet. Elle m'a invité à boire un verre. »

La Delphine… Luc commence à réaliser. On la connaît dans le pays. Elle a une drôle de réputation. C'est une vieille fille d'une quarantaine d'années, encore bien de sa personne. Elle vit seule dans son chalet situé à l'écart, Elle rencontre peu de monde, sauf le dimanche à l'occasion de la messe. Elle ne s'attarde guère en ville à faire quelques achats. On la voit grimper d'un pas alerte le chemin en direction de « la Rosière ».

Certains vont jusqu'à la traiter de sorcière, ce que conteste le brave curé Monnard. Il prend toujours sa défense.

Toujours seule dans son chalet qui se délabre au fil des années, elle semble ne vivre que pour son troupeau de chèvres.

Cependant il lui arrive d'inviter une personne de passage, un homme le plus souvent. Ce fut le cas pour Arsène.

« Elle m'a invité à prendre un verre. J'ai bien hésité, mais il "faisait soif". Et un verre, ça se refuse pas. Elle est alors allée chercher une bouteille à sa cave ou je ne sais où, et puis elle est revenue. Elle avait à ce moment son corsage dégrafé et elle me regardait d'une drôle de façon, avec de ces yeux... Pour moi, ça faisait déjà bien longtemps que je n'avais pas tiré ma crampe. Alors, on a bu, tous les deux, et puis, après boire, on a fini par aller à côté, sur le lit, tous les deux.

« Tudieu, quelle femme ! Une heure après, elle m'a dit de rester au lit, à l'attendre encore. Elle s'est levée et au bout d'un moment m'a encore offert un verre.

« Après je me suis levé aussi et j'ai voulu m'habiller pour partir : j'avais plus mon pantalon ! Sans que je m'en aperçoive elle l'avait emporté et caché, et bien caché ! Rien à faire pour l'avoir, et toujours elle voulait aller au lit. Au début, c'était pas de refus. Tu sais, elle s'y entend bien, pour une vieille fille. Mais après deux nuits et deux jours, j'étais crevé, surtout le samedi. Ce jour-là, il fallait que je reparte.

« L'Octavie devait se faire du mauvais sang et moi aussi, je m'en faisais. Et puis dimanche, je voulais venir à la ville.

— Comment t'as fait pour ravoir ton pantalon ?

— Cette garce, elle voulait toujours pas me le rendre. Alors il a fallu la menacer de mettre le feu à sa baraque. Alors elle a cédé mais avant, elle a voulu une dernière fois... Tu sais. Une vraie chèvre !

« Je suis revenu à la maison. C'était bien le moment. Si t'avais vu la tête de l'Octavie quand je suis arrivé. Ça a été ma fête.

— Elle était pourtant rassurée de te voir ?

—Dans un sens, oui mais après, quelle colère ! Elle voulait me battre.

—Tu lui as tout raconté ?

—En partie, bien sûr. Je savais pas quoi inventer d'autre. Et tu la connais. Elle est pas commode, c'est tout ce que je peux dire.

—Allez, viens ! T'as assez forniqué. Maintenant il te faut aller à la messe. »

L'office terminé, ils reviennent sous le porche de l'église dans l'attente de Michel. Elle paraîtra moins longue en prenant un verre chez Joseph Tissot. Son café se trouve à gauche du donjon seigneurial. Situé vis-à-vis de l'église, il permet d'en surveiller l'accès et ainsi de repérer Michel.

La foule endimanchée continue de descendre lentement le chemin vers la grand-place. Luc sort, fait signe à Michel qui les rejoint. Sans attendre la demande de Michel, Arsène lui fait le récit de son équipée, ce qui le divertit beaucoup.

« J'avais oublié de dire, confie Arsène en se grattant la poitrine, la Delphine m'a fait cadeau de plusieurs puces et j'arrive pas à m'en débarrasser. Si t'en veux, Luc, je t'en passe.

—Non, merci, j'en ai déjà. Et toi, Michel ? Maintenant passons aux choses sérieuses. Avant tout, y a pas de *gâpians* dans la salle ? »

Le déplacement en Suisse est décidé pour le lendemain matin. Michel n'en sera pas, mais il participera au voyage de l'autre côté de la ligne.

La place de l'église est particulièrement animée. On célèbre la Saint-Jean en tant que fête du pays. Vers la tour du Prieuré, se dressent deux mâts de cocagne au tronc particulièrement lisse et bien ciré. À leurs sommets sont suspendus de nombreux lots. Des garçons, les mains enduites de résine tentent de grimper. Ils s'efforcent de parvenir tout en haut pour happer l'objet de leur convoitise.

Non loin de là a lieu le jeu des *toupines*, ces gros pots de terre cuite suspendus à une corde. On doit, les yeux bandés, heurter l'un d'eux à l'aide d'une perche, le briser pour gagner un lapin ou des bonbons ou recevoir une douche selon le contenu de la toupine. Certains jouent à un jeu semblable au jeu de quilles. De nombreux marchands ambulants offrent leur étalage garni de bonnes choses dont ils vantent à haute voix la qualité. De temps en temps des pétards ponctuent bruyamment le brouhaha joyeux de ce monde en liesse. Chacun fête la vogue à sa façon, alors que sonnent les cloches à l'heure de l'Angélus.

Lundi matin, à l'aube, Arsène et Luc se mettent en route. Ils emportent avec eux de quoi *crostiller*, c'est-à-dire du pain, du jambon, de la tomme ainsi que deux bouteilles de vin, en prévision d'un voyage long et pénible. Sur le chemin du retour, leurs sacs actuellement vides seront alors complètement remplis.

Par les montagnes de Saint-Gervais puis le col de la Forclaz, Les Houches, Chamonix, enfin le col des Montets et Vallorcine, ils arrivent en Suisse, au village frontalier du Chatelard. Ils font ample provision de tabac, de café, de sucre, de poudre de chasse et même d'eau-de-vie à cinquante centimes le litre. À ce prix, c'est vraiment donné.

Ils ont marché d'un bon pas, ayant parcouru près de quarante kilomètres dans le temps d'environ huit heures par des sentiers forestiers et des chemins caillouteux. Ils apprécient leur *crostille* et surtout le vin dont ils l'arrosent.

Ils prennent le chemin du retour peu après midi. Leur marche est plus lente, car lourde est la charge de chacun d'eux. Dans leurs sacs de grosse toile, soigneusement arrimés par des bretelles à leurs épaules, ils portent chacun près de quatre-vingts kilos. Ils sont obligés de faire halte parfois quand la route monte un peu trop comme dans la rampe du col de la Forclaz. En fin de parcours, ils se ressentent de leur fatigue. Seule la perspective de réaliser un bénéfice substantiel les soutient. Au cours de l'après-midi, il fait très chaud. La sueur coule de leur front. Ils s'abreuvent aux fontaines ou aux sources rencontrées sur leur chemin.

La nuit les surprend alors qu'ils arrivent à Saint-Gervais. De là, ils empruntent la route de Megève. Bien qu'assez mal empierrée, elle leur paraît plus confortable que les sentiers perdus dans les forêts.

Ils arrivent vers minuit. Dans l'obscurité, la ville est calme et déserte.

Une lumière apparaît. Elle traverse la place. Elle vient à leur rencontre. Un instant surpris, ils reculent dans l'obscurité d'un recoin. La lumière est celle d'une lanterne portée par un homme. Il agite une clochette et se met à crier :

« Il est minuit. Braves gens, vous qui veillez, priez pour les trépassés. »

Sa voix résonne dans le silence du village endormi.

Il poursuit son chemin, répète les mêmes gestes, les mêmes mots. Arrivé à la hauteur des deux amis, il est reconnu par Luc :

« C'est toi, François ? Tu fais le guet cette nuit ! »

François, surpris les découvre :

« Ah, c'est vous ! Qu'est-ce que vous faites ici à cette heure ? Vous avez de la chance de ne pas habiter le bourg, sans ça vous auriez à faire le guet comme moi.

— On vient de loin et on est chargé.

— Ah, oui, j'ai compris ! À bientôt. Je continue. »

Depuis l'an passé, 1885, le maire Tissot, a décidé de reprendre cette coutume datant du Moyen Âge, alors abandonnée. Toutes les nuits, jusqu'au petit matin, un homme doit parcourir la ville pour détecter un éventuel incendie aux conséquences toujours catastrophiques.

Exténués, Arsène et Luc décident de ne pas poursuivre leur chemin. Aussi vont-ils laisser leur précieux chargement sur place, chez Marie-Joséphine Caille, la sœur d'Adeline. Mariée au bourg, elle vit dans une maison sur le chemin de l'hospice, tout proche.

Après avoir déposé les sacs dans la grange, ils se séparent sur la promesse de se revoir bientôt.

Luc retrouve sa cabane tard dans la nuit. Fidèle l'a vite reconnu. Il a à peine aboyé. Personne ne bouge. Silencieusement, dans l'obscurité, Luc se couche. Il s'endort d'un sommeil profond rythmé par un ronflement sonore qui ne réveille même pas Flavie toujours endormie.

Le lendemain, mardi, il fait mauvais temps. Luc en profite pour se reposer. Il est vraiment courbatu.

La pluie ruisselle sur le toit. En certains endroits, de grosses gouttes tombent à l'intérieur de la cabane sur le sol dont elles mouillent la terre. La vache a aussi le poil en partie humide. Elle ne semble pas s'en émouvoir. Depuis quelque temps elle tousse d'une voix rauque. Flavie en est inquiète. Elle en a fait part à son mari. Il a évoqué un banal refroidissement. Cependant, à la réflexion, il se rappelle qu'une vache, accrochée dans la clairière avait crevé, a-t-on dit, de phtisie. Peut-être doit-il s'en inquiéter ?

Pendant la belle saison, le nombre des poules et des pigeons augmente bien régulièrement, de même la quantité des œufs de poule. Jusqu'à la fin de l'été, Luc les met à couver.

Dans la remise, auprès du foin, il a aménagé de nouveaux nids assez sommaires. Il y dépose des œufs. Sa basse-cour est l'objet de sa sollicitude. Il la ravitaille régulièrement, surtout les poules couveuses. Pendant les trois semaines, il leur fournit non pas de l'orge, trop cher à cinq sous le kilo, mais des asticots. Après avoir secoué les carcasses, il ramasse les vers tombés à terre et apporte, dans un vieux panier, cette nourriture grouillante dont les poules raffolent.

Dès le mois de septembre, aucun œuf n'est mis à couver. La plus grande partie de la ponte est vendue. Le reste constitue l'essentiel des repas en famille.

Plus rarement, une poule ou un pigeon sont sacrifiés pour le même usage. Ainsi, aujourd'hui, Flavie a fait cuire une poule bien grasse dont tous se régalent, même Marie-Léontine. Elle en mange pour la première fois.

En l'absence de son mari, Flavie se résigne mal à le remplacer auprès de sa basse-cour. Plus que l'odeur fétide de la clairière, le ramassage des vers lui donne la nausée.

À l'intérieur de la petite remise, Luc a fixé quatre planches à une certaine hauteur. Elles servent de perchoirs pour les poules. Les pigeons y trouvent également refuge après avoir pénétré par une ouverture dans la paroi.

Le soir, Luc ferme la porte et le remue-ménage de ses pensionnaires se calme aussitôt dans l'obscurité de la nuit.

Le vent souffle de l'ouest. Il pleut presque continuellement pendant deux jours. À son grand regret, Luc se voit contraint de rester au Chevaly.

Il s'efforce d'arranger le toit d'ancelles dont le vent a déplacé quelques éléments. Il met un peu d'ordre dans la remise, en prévision de la récolte de foin déjà commencée.

Confinés dans l'espace étroit de la cabane, les deux bambins trouvent le temps long. Marie-Léontine s'énerve peu à peu, devient irritable. Elle finit par pleurnicher. Flavie s'efforce de la consoler en la prenant dans ses bras. Ambroise est grimpé sur un banc. Le visage collé contre la vitre de l'unique fenêtre, il regarde tomber la pluie. Dès que survient une accalmie, il met ses sabots pour aller retrouver Fidèle à l'abri sous le petit avant-toit de la cabane. Malgré les recommandations de sa mère, il revient, la robe tachée de boue. Comme sa sœur, il doit porter une robe descendant jusqu'au genou. C'est la coutume. Elle simplifie les problèmes de toilette. À l'âge de trois ans, il aura droit à la culotte. Il sera presque un homme.

Flavie a fort à faire chaque jour. En plus des repas, elle doit traire la vache, lui donner matin et soir sa ration de foin ou la mettre à la pâture l'été, sans oublier la basse-cour en l'absence de Luc. Dans ses rares moments de loisir, elle se met à tricoter consciencieusement. Elle se procure de la laine en défaisant un vieux tricot reçu en cadeau. Elle ne peut faire de lavage. Il lui faudrait un récipient assez important pour l'eau à bouillir, un grand bassin pour le rinçage. Il lui est plus commode d'aller chez son oncle Alexis, au village voisin de Cassioz.

Luc se morfond. Il chique sans arrêt, tentant de maîtriser son impatience. Dans les rares moments où la pluie cesse, il va se promener dans la forêt. Immanquablement, il passe par la clairière. Il revient ensuite à la cabane. Assis près du fourneau, il rompt le silence : « C'est bien ennuyeux, cette pluie. On en avait besoin pour faire pousser l'herbe. Mais elle nous retarde. Dès le beau temps revenu, on ira sur Bellecombe, tous les trois. »

Perdue dans ses pensées, Flavie semble n'avoir pas entendu. Elle soupire ; elle appréhende chaque départ de contrebande. Elle sait ne pouvoir s'y opposer. Toute insistance de sa part pourrait provoquer l'irritation de son mari. Il lui est, certes, indispensable de se procurer d'autres ressources, mais Flavie regrette le choix de son mari et son obstination à vouloir persévérer dans la contrebande avec ses risques et ses dangers même.

« Dis-moi, Luc, pourquoi t'es déjà obligé de repartir si tôt ? Attends encore quelques jours le retour du beau temps. Je me sens de plus en plus inquiète. »

Luc tente de la rassurer :

« Voyons, calme-toi. Tout ira bien. Et puis on a de la camelote. Faut la passer. »

Déçue et angoissée, elle en a les larmes aux yeux. Les enfants s'agrippent à sa jupe :

« Faut pas pleurer, maman. »

Pleurer la soulage un peu. Il ne lui reste plus qu'à prier pour son mari.

Le lendemain, jeudi 1er juillet, le ciel est toujours nuageux. La pluie a enfin cessé. Luc estime le sol encore trop humide. Sur les pentes herbeuses rendues glissantes, il ne serait pas prudent de s'aventurer, les épaules lourdement chargées.

Le soleil revient l'après-midi. En compagnie d'Arsène, Luc va à la ferme de Michel. Adeline est absente. Après une courte discussion, la décision est prise. S'il fait beau, le lendemain, vendredi, ils partiront dans la soirée. Le retour, prévu pour samedi, permettra de descendre le dimanche à la ville. Michel tient à accompagner Adeline à l'église.

L'accord conclu, sur un dernier verre de « goutte », Arsène et Luc s'apprêtent à partir.

« C'est entendu, à demain. Mais maintenant, il va me falloir convaincre l'Adeline.

— Crois-tu que ce sera difficile ?

— Tu parles ! Depuis qu'il est question de partir, elle me fait une de ces vies ! Et vous savez pourquoi ? En pleine nuit, on a entendu une poule chanter, comme le coq. Autant dire que cela lui a fait peur, à l'Adeline.

— Oui, c'est ce qu'on appelle un mauvais présage. Mais c'est-y vrai ? Allez, tu vas pas abandonner. On passe te prendre aux Buttes demain. »

Sans attendre la réponse, ils s'éloignent.

Resté seul, Michel demeure encore hésitant. Doit-il céder aux instances d'Adeline et tout abandonner ? Au contraire, peut-il passer outre sans tenir compte de ce soi-disant mauvais présage et se joindre à ses amis ?

Adeline revient un peu plus tard. Elle trouve son mari songeur, attablé devant une bouteille et trois verres vides.

« T'as eu des visites ? Arsène et Luc, je parie ?

— Oui.

— C'est-y encore pour votre prochain voyage ?

— T'as raison, pour demain soir.

— Michel, je t'en supplie. J'ai toujours peur quand tu t'en vas, et encore plus depuis cette nuit.

— Oui, la poule... Ça veut rien dire !

— J'ai le pressentiment qu'il pourrait t'arriver malheur. Je les maudis, tes deux amis. Si tu ne revenais pas, j'en crèverais.

— Tu te fais des idées. Calme-toi. Je suis obligé d'y aller demain. J'ai promis. Je te jure que ça sera la dernière fois. Je te jure devant Notre Seigneur. »

Adeline s'est approchée de son mari. Bouleversée, elle l'entoure de ses bras :

« Oh ! Michel. Tu l'as juré. C'est vraiment la dernière fois ?

— Oui. C'est juré. Maintenant, je dois me préparer. Ta sœur Marie-Joséphine vient te voir demain. Dimanche, on ira à la messe. »

Michel monte en fin d'après-midi à son alpage. Sur son chemin, il s'entend avec Marc Feige, son voisin à la montagne qui accepte de s'occuper des vaches de Michel pendant sa courte absence.

Arsène et Luc s'étaient donné rendez-vous en début d'après-midi chez la Rivollette. Avec le tombereau, la marchandise sera transférée au Chevaly puis portée à dos d'homme jusqu'aux Buttes. Ils pourront alors, avec Michel tenter de passer la ligne par le chemin plus au nord du Crêt du Midi, dans la forêt des Évettes. À peine Arsène s'est-il attablé que Luc arrive.

La Rivollette s'approche d'eux. Sans prendre commande, elle leur annonce :

« Je viens d'apprendre une nouvelle. Vous n'êtes pas au courant ?

— Quelle nouvelle ?

— Cette nuit, vers le Ban-Rouge, il y a eu bagarre entre *gâpians* et contrebandiers.

— Pas de morts ?

— Non, heureusement. Seulement un *gâpian* assez blessé, dit-on. Et ils ont pu arrêter un des passeurs, un gars d'Hauteluce. »

Arsène et Luc se regardent, passablement surpris et même ennuyés. Les douaniers doivent être furieux. Il va falloir les éviter à tout prix. Luc en oublie de passer commande. Et à la question de Rivollette :

« Ça sera deux troisièmes. »

Il faut bien cela pour se remettre de la mauvaise nouvelle. Restés seuls, ils discutent à mots couverts. Il n'y a pourtant pas de visages suspects dans la salle.

« Faut-y remettre ça ? Qu'en pense l'Arsène ?

— Impossible. Après-demain, c'est dimanche, Michel pourra pas venir. La semaine prochaine, s'il fait beau, on va commencer les foins. Faut y aller ce soir, on a besoin de nous. Tu sais où ?

— Alors, rien de changé ? Même chemin ?

— Oui. On se retrouve tous. Le reste du pareil au même. »

Ils feront ce qui a été décidé. Avec Michel, le poids des marchandises comme leur prix d'achat pourront être répartis entre trois.

Dans la maison de Marie-Joséphine, ils récupèrent les ballots, les déposent discrètement dans le tombereau sous une couverture. Ils arrivent sans encombre au Chevaly.

Ils laissent leur attelage à la garde de Flavie puis ils chargent leur camelote sur les épaules.

Avant de partir, Luc embrasse sa femme. Il la sent frissonner d'angoisse.

« Voyons Flavie, faut pas avoir peur. À demain. »

Coiffés tous deux de l'habituel chapeau noir, armés d'un solide gourdin, ils s'enfoncent dans la forêt.

Aucun incident ne vient troubler leur longue ascension. Ils sont en vue des Buttes à la tombée de la nuit après avoir marché d'un bon pas, toujours sur le qui-vive.

Michel est un peu surpris de les voir arriver :

« Je vous attendais quasiment plus. Vous êtes pas au courant ?

— Si, bien entendu.

— Cette nuit, ça a bagarré. J'ai même entendu des coups de feu et ce matin, des *gâpians* sont venus ici. Ils avaient l'air tous bien énervés. Ils ont fouillé tout le chalet.

— Ben, tant mieux. Comme ça, on est tranquille. Ils reviendront pas cette nuit.

— Vous en êtes sûrs ? Moi, j'ai un peu la frousse. Il fera pas bon les rencontrer. Je les ai vus comme enragés parce qu'un des leurs a pris un mauvais coup. Et puis, maintenant, je pense à ce que m'a dit l'Adeline.

— Tu vas pas croire à des choses pareilles ! Il faut plus nous laisser tomber. La marchandise, on peut plus la laisser ici. T'es bien d'accord, Luc ? On risque autant à la redescendre qu'à la passer. Allez, tu viens, c'est décidé. Tu vas pas dire que t'as entendu une chouette cette nuit ?

— Eh bien si, justement. »

Arsène désarmé, éclate de rire, d'un rire moqueur :

« T'es pas un peu "tac" de croire à ça ? Au Chevaly, Luc en entend presque chaque nuit. Allez, maintenant on se prépare. Il va faire nuit. »

Michel reste toujours indécis. Il se sait un peu ridicule. Arsène le lui a reproché. Confiant en ses deux compagnons, il finit par se décider.

Les derniers préparatifs sont achevés. Ils se sont répartis, tous trois, les marchandises. À chacun échoit une cinquantaine de kilos. La charge est supportable, compatible avec leurs efforts dans une telle expédition à travers les sentiers de la montagne. Après avoir calmé leur faim, ils partent, non sans avoir à moitié vidé un flacon d'eau-de-vie. Ils l'emportent pour se donner du courage. Ils ont laissé un autre flacon pour fêter leur retour. En file indienne, ils descendent tout d'abord en plein pâturage en direction du torrent des Varins. L'allure est soutenue.

Ils sont à découvert, protégés seulement par l'obscurité d'une nuit sans lune.

Dans le lit du torrent, ils se sentent plus en sécurité. Ils sont un peu retardés par les broussailles. Ils atteignent les premiers sapins de la forêt en bordure. Cette belle forêt de la Grisette, s'étend presque jusqu'à l'Arly dans la vallée.

Négligeant le sentier de l'alpage des Tendues, ils poursuivent sous le couvert de la forêt.

Luc est en tête, suivi de Michel. Arsène ferme la marche. Dans l'obscurité totale, ils ont peine à s'orienter. Plusieurs fois, ils font halte. Ils épient les moindres bruits. Ils se déplacent eux-mêmes très silencieusement. Les seuls bruits que leurs oreilles perçoivent évoquent la vie nocturne de la forêt.

Après trois heures de marche, ils sont en limite du pâturage d'un chalet, la Varoche. Ils restent un long moment à se reposer. Les sens en éveil, ils demeurent longtemps à scruter la sombre étendue de l'alpage. Malgré la fraîcheur de la nuit, ils sont en moiteur. Ils chuchotent quelques mots, autant pour échanger leurs impressions que pour calmer leur tension nerveuse. Ils se risquent à traverser les grands pâturages. En silence, dans la nuit.

Il est peut-être deux heures du matin. Ils ont quitté la « montagne » de la Varoche pour entrer dans la forêt des Évettes. En son milieu passe le tracé de la ligne. Ils s'en approchent, peu à peu, le cœur battant.

C'est la partie la plus dangereuse de leur expédition. Leur tension nerveuse augmente. Ils éprouvent à nouveau le besoin de marquer un temps d'arrêt. La fraîcheur de l'air est plus vive. Un peu d'eau-de-vie fera du bien. En possession du flacon, Arsène en boit une gorgée. Luc fait de même. Il passe le précieux liquide à Michel, un peu énervé, qui boit goulûment le restant. Inconsciemment, il jette le flacon vide.

Par malchance, en tombant, il heurte une pierre, se brise. Le bruit rompt démesurément le silence dans la nuit.

Tous trois s'immobilisent, figés par la peur. Ils retiennent leur souffle. Ils attendent sur place. L'attente s'éternise. Ont-ils perçu un léger bruit ?

Glacés d'effroi, ils n'osent rebrousser chemin. Ils s'assoient.

L'interminable attente angoissée se prolonge. Aucun bruit anormal, aucun signe suspect. Le léger bruit devait être une hallucination au comble de leur nervosité.

À voix basse, ils ont pris la décision de poursuivre.

Michel est en premier. Arsène a quelque mal à engager une bretelle sur l'épaule. Luc lui vient en aide. Il lui souffle :

« Deux secondes. Je pisse. »

Arsène part. Luc se reboutonne.

Soudain un cri, presque un hurlement :

« Halte à la douane ! »

Luc distingue une lueur entre les branches. Il s'immobilise, pétrifié. Les *gâpians* ! C'est eux. Il entend des éclats de voix, des cris, des bruits sourds, l'éclat métallique de verre brisé. Soudain, un coup de feu. Un bruit de galop retentit.

Luc recule. Il prend son élan, court dans la nuit, sort de la forêt. Il est rejoint aussitôt par Arsène. Lui aussi galope à perdre haleine ; au passage, il jette :

« Les *gâpians* ! »

Il est déjà loin. Il s'était libéré de son fardeau.

Luc n'a pu le faire. Il tente de suivre Arsène qui a disparu dans le bois où Luc s'enfonce aussi.

Il a maintenant pris de la distance. Il parvient à dégager ses épaules, à se débarrasser de la camelote dans un taillis. Il se heurte à des branches, tombe plusieurs fois, se relève. La peur au ventre, il fonce toujours dans le noir.

Après un assez long parcours, il s'arrête pour souffler. Caché derrière un rocher, il tend l'oreille. Il n'entend que les battements de son cœur.

Arsène doit être loin ? Dans quelle direction s'est-il enfui ? Luc s'aperçoit qu'il a perdu son chapeau. Quand ? Pas d'importance.

Le calme se prolongeant, Luc réalise pleinement le drame.

Les *gâpians*, la bagarre, un *gâpian* perd son sang-froid, il tire sur Michel. Michel à terre. Où a-t-il été touché ? Est-il encore en vie ?

Brisé par les émotions, harassé de fatigue, Luc s'étend sur le sol. Il pense être à peu près hors de danger maintenant.

D'ailleurs, il n'a aucune camelote sur lui.

Ses pensées vont à Flavie, à Ambroise, à Marie-Léontine. Il les imagine en plein sommeil dans la cabane.

Son cœur bat moins vite. Plus rassuré sur lui-même, il s'abandonne. Il s'endort, presque malgré lui.

L'aube se lève. Au-dessus de l'immense chaîne du Mont-Blanc, le ciel s'illumine lentement au soleil levant. Luc s'éveille d'un sommeil un peu agité. Un court instant, il demeure inconscient. Il fixe les grands sapins déployés au-dessus de sa tête.

Brusquement le souvenir de Michel s'impose à lui. Il pense au drame de la nuit. L'angoisse l'étreint à nouveau. Il revit tous les détails de la nuit tragique. Dans sa tête résonne douloureusement l'aboiement sinistre du coup de feu.

Luc s'éloigne rapidement. Il veut aller en ville, aux nouvelles. Arsène est certainement hors de danger.

Mais Michel ? Est-il seulement blessé, fait prisonnier ?

Ou alors... ?

Chapitre IV

Luc a dormi dans une clairière où s'élève un chalet d'alpage. Il le reconnaît pour être « le Château ». Il domine le Val d'Arly. De cet endroit, Luc entrevoit sa cabane. Une légère fumée s'en échappe. Elle se perd dans le ciel illuminé par l'aurore. Flavie, s'étant levée très tôt, a déjà allumé le feu. À cela, il mesure l'inquiétude de sa femme. Elle doit beaucoup se tourmenter. Luc presse le pas. Il veut la rassurer. Fidèle annonce l'arrivée de son maître par de joyeux aboiements. Dans l'encadrement de la porte, Flavie apparaît aussitôt, suivie d'Arsène. Luc s'approche, remarque son visage aux traits tirés, sa veste déchirée. Il le voit lever les bras un court instant, comme pour invoquer la fatalité.

Les larmes aux yeux, Flavie se jette dans les bras de son mari et l'étreint longuement.

Luc se tourne alors vers Arsène :

« Comment ça s'est passé ?

—Voilà. J'étais à quelques mètres de Michel. Puis, comme t'as dû l'entendre, une voix a hurlé : « Halte à la douane ». J'ai tout de suite compris : les *gâpians*. Ils ont voulu arrêter Michel. Il s'est défendu avec son gourdin. L'un d'eux a brandi une lanterne qu'ils avaient dû cacher dans une caisse ou derrière un rocher. Michel a cassé la lanterne et, dans le noir, il a dû toucher un *gâpian* qui est tombé en gémissant. L'autre, ils étaient deux, a dû aussi recevoir un coup. Furieux, il a crié : « Salaud, tu me le paieras ». Il a dit ça avec un drôle d'accent. Puis un coup de feu a claqué. J'ai pas eu le temps de réagir, un troisième *gâpian* m'est arrivé dessus. Il a dû se taper contre une racine et j'en ai profité pour le cogner sur la tête. Le temps qu'il se relève, je t'avais rejoint et on s'est sauvé. Je sais rien de plus que toi sur Michel.

—Le type, dis-tu, avait un drôle d'accent ? Ça serait pas le *miladiou* ?

—Oui. Maintenant que tu le dis, c'est vrai.

—Et ta marchandise ?

—Perdue. Bah ! C'est rien si on savait Michel encore vivant. »

Flavie a préparé un grand bol de café. Ils l'accompagnent d'un verre d'eau-de-vie. C'est un réconfort après une telle nuit. Il est encore très tôt. Arsène et Luc éprouvent le besoin de se reposer encore. Ils s'étendent sur les paillasses. Ambroise, allongé près de son père, ne tarde pas à se rendormir. Encore éveillée, sa sœur regarde Arsène avec curiosité.

Bientôt tout le monde dort.

Seule, Flavie s'est agenouillée pour prier. Son mari lui est revenu sain et sauf. Elle en remercie Dieu.

Luc a perdu son chapeau. Peu importe à Flavie. Par contre, son unique blouse est déchirée en deux endroits, à la manche gauche surtout. Profitant du sommeil de son mari, elle se met en devoir de la raccommoder. Cela lui prend du temps. Elle n'a pas terminé que Luc se réveille. À travers ses paupières mi-closes, il observe sa femme. La tête penchée, l'air soucieux, son éternel fichu gris enserrant ses cheveux, elle s'affaire avec son aiguille. Elle termine enfin et avec un long soupir, se relève. Luc se met debout avec précaution pour ne pas réveiller les enfants ni Arsène qui ronfle tranquillement. Il va vers Flavie, et lui dit :

« Sacrebleu ! T'es une brave femme et bien bonne pour moi. »

Après le repas de midi, pris en commun, Arsène attelle la jument. Accompagné de Luc, il se rend à la ville, en tombereau, Ils sont sans chapeau l'un et l'autre. Arsène ne s'en soucie guère. Il en a un autre à la maison.

Dès l'entrée, la ville leur semble avoir gardé son animation habituelle. Près de la tannerie, François Conseil, le ferblantier, discute en compagnie d'Adrien Joly-Pottuz, le peintre. Les deux hommes échangent des saluts avec Arsène et Luc. Ils poursuivent leur entretien sans leur prêter plus d'attention.

Dans leur tombereau, les deux amis se prennent à espérer. Si Michel était mort, cela se saurait déjà, c'est certain.

Ils arrivent sur la place de l'église, à la hauteur du lavoir, en ce moment déserté par les lavandières. Ils remarquent le curé Monnard et le maire Tissot en grande conversation près de l'entrée du presbytère. Arsène arrête sa jument. L'attente anxieuse commence. Elle dure peu. Après quelques minutes, le maire revient. Traversant le cimetière, il s'arrête un court instant devant la tombe de ses parents, Césarine et Joseph-Marie, fait son signe de croix, puis descend sur la place.

C'est alors qu'il voit Arsène et Luc. Il se dirige vers eux :

« Bonjour Luc. Bonjour Arsène. Vous étiez avec Michel Voutier cette nuit ? »

Sur leur réponse affirmative, il ajoute :

« Alors, vous savez ce qui est arrivé ? C'est vraiment pas pensable. Je me demande comment sa femme va apprendre la nouvelle ?

— La nouvelle ? interrogent Arsène et Luc au comble de l'angoisse.

— Oui, il est mort, tué d'une balle en pleine poitrine. Vous le saviez pas ?

— Mort ! Michel !

— Hélas. Oui. La gendarmerie de Flumet vient de me prévenir. Seul le curé Monnard le sait déjà. »

Les deux hommes sont atterrés à l'annonce de cette effroyable nouvelle. Ils l'avaient redoutée tout en voulant espérer encore. Ils se regardent sans mot dire.

Ce n'est pas possible. Ils ne peuvent pourtant nier l'évidence. La gendarmerie a averti très officiellement le maire. Leur silence se prolonge.

En cet instant, le curé sort de son presbytère, passe près des trois hommes qu'il salue. S'adressant au maire, il lui dit laconiquement :

« J'y vais.

— Quelle triste besogne, remarque le maire d'une voix sans timbre puis se tournant vers Arsène et Luc :

— Le curé a la pénible mission d'avertir la veuve. C'est bien une drôle de corvée. Vous, vous allez me raconter comment ça s'est passé. »

D'une voix changée, Arsène lui conte brièvement l'embuscade des douaniers, la bagarre et son issue tragique.

Avant de s'éloigner, le maire leur conseille :

« Il vaudrait mieux pas recommencer. Oh, je sais que beaucoup la font, la contrebande. Mais faites attention. Si vous êtes pris, résistez pas. Surtout pas de bagarre. Les douaniers font leur travail. Faut pas les provoquer. Ça pourrait vous arriver comme à Michel. Au revoir. »

Restés seuls, ils réfléchissent un long moment. Doivent-ils aller de suite auprès d'Adeline ou attendre de revoir le curé ? Ils décident de rester. Ils vont prendre un verre en attendant et partiront pour le Thélevex dès le retour du curé.

Arsène attache sa jument à un anneau scellé dans le mur du Prieuré. Luc monte les trois marches d'accès au café de l'Adèle Orsy. La porte s'ouvre devant lui. Adèle Orsy demande aussitôt :

« J'ai vu le maire parler au curé et à vous deux. Le curé est parti. Qu'est ce qu'il y a ? C'est grave ?

— Michel, du Thélevex, a été tué cette nuit par les *gâpians*.

— Pas possible ! Mais c'est épouvantable ! Et le curé, il est monté pour avertir sa veuve ?

— Oui. »

Luc, rejoint par Arsène n'a pas le cœur d'en dire davantage bien qu'elle demande encore des détails sur les circonstances du drame.

« Allez, l'Adèle, apportez-nous la gnôle ! »

Ils savent que l'annonce de la mort de Michel va maintenant parcourir le pays. Le café d'Adèle Orsy fait partie des deux à trois points de la ville d'où rayonnent les nouvelles.

Après trois quarts d'heure, un temps qui leur a paru très long, ils voient le curé traverser la place en direction du presbytère. Ils se lèvent, le suivent des yeux. Ils projettent un instant de lui parler. Mais, répondant à peine aux saluts de personnes rencontrées, le curé poursuit sa marche, la tête penchée, semblant méditer intensément.

Ils se regardent tous deux. Combien brutale a dû être la réaction d'Adeline en voyant le curé entrer chez elle, le visage empreint d'une infinie tristesse et lui annoncer la terrible nouvelle.

Ils partent. Assis dans le tombereau, ils se laissent emmener par la jument vers la ferme du Mas.

Octavie est très peinée par l'annonce de cette mort si dramatique. Elle reste un moment silencieuse.

En apparence soulagée et à nouveau très calme, elle regarde son fils, lui met la main sur l'épaule :

« Ça aurait pu arriver à toi, à vous deux. »

Elle a alors pour Arsène un regard chargé d'affection.

Luc songe qu'elle a exprimé la pensée que très certainement Flavie devait avoir eue.

Le ton des paroles d'Octavie l'a un peu surpris. Comment Octavie d'ordinaire si dure, autoritaire a-t-elle pu s'attendrir à ce point ? A-t-elle donc un cœur sous ce corsage, dans cette poitrine ?

Un peu plus tard, ils repartent tous deux, à pied, en direction du Thélevex. Ils veulent aller auprès d'Adeline. Dans le grand malheur qui la frappe si durement, ils se doivent de lui venir en aide, eux les compagnons de Michel. Elle voudra sûrement connaître les circonstances de sa mort. Elle est désormais désemparée et bien seule, ils devront remplacer leur ami dans les travaux journaliers, au moins pendant les jours prochains. Tout d'abord, ils aideront à quitter l'alpage des Buttes maintenant laissé à l'abandon. Luc s'emploiera à *fouaner*, à la récolte du foin.

Pendant ce temps, Arsène s'efforcera de *démontagner* l'alpage des Buttes ; il lui faudra fermer le chalet et aidé par Luc, en ramener le bétail et le matériel appartenant à Michel. Ils ralentissent le pas, inconsciemment. Ils redoutent de se trouver trop vite en présence d'Adeline.

Après avoir appris la mort de Michel, elle s'est retrouvée seule. Au comble du désespoir, quelle peut bien être sa réaction ? Leur reprochera-t-elle d'avoir entraîné son mari dans ce voyage fatal ? Tous deux se le demandent avec quelque appréhension. N'aurait-elle pas, elle-même, pris une grave décision ?

C'est presque un soulagement quand, arrivant près de la ferme, ils l'aperçoivent assise sur le banc près de l'entrée. Elle est comme une statue, immobile, nu-tête, les mains jointes. Elle semble les attendre.

Ils se sont approchés. Son regard est fixe. Elle ne pleure pas. Le visage aux traits tirés est effrayant de pâleur.

D'une voix monocorde, elle murmure :

« Michel est pas encore là. »

Interdits, les deux hommes pensent, un instant, n'avoir pas compris. Elle a pourtant appris la nouvelle par le curé. Il est venu en personne la lui annoncer. D'ailleurs son désespoir est évident. Ils se regardent, un peu désemparés. Ils s'attendaient à des larmes, des lamentations, mais non à cette détresse glacée qui ne s'extériorise pas. Ils ne comprennent pas. Pourquoi cette question? Elle sait bien que Michel est mort, qu'il ne reviendra plus.

Luc s'est approché. Il pose la main sur l'épaule d'Adeline :

« Allons, Adeline. Soyez courageuse. C'est terrible. Mais moi et Arsène, on est avec vous. »

Elle se lève brusquement, regarde les deux hommes l'un après l'autre, se jette contre Luc. Elle l'enserre dans ses bras tout en éclatant bruyamment en sanglots. Son désespoir les émeut. Luc, ne sachant quelle contenance prendre, lui tapote l'épaule en lui murmurant sans arrêt :

« Courage, courage, Adeline, soyez courageuse… »

Ils l'entraînent à l'intérieur de la ferme. Luc la soutient de son bras. En franchissant le seuil élevé de l'entrée, elle a trébuché et manqué de tomber.

Elle ne voit rien. Ses yeux sont pleins de larmes. Luc la fait asseoir sur un banc dans la cuisine. Accoudée à la table, la tête entre les mains, elle est secouée par de longs sanglots entrecoupés de gémissements presque inhumains.

« C'est pas vrai ! Oh ! Mon pauvre Michel ! C'est pas possible ! »

À ce moment, un chat noir entre dans la cuisine. Tout en ronronnant, il se frotte à la jambe d'Adeline. Du pied, elle, le repousse assez violemment. Immobile près de la porte, le chat la regarde de ses yeux grands ouverts, sans comprendre.

Maintenant, elle est en prières, face au crucifix fixé sur la paroi devant elle.

Les deux hommes s'écartent discrètement. À voix basse, Arsène s'adresse à Luc :

« Qu'est-ce qu'on fait maintenant ? »

Sans répondre, Luc désigne la porte. Il l'entrouvre dans le grincement de ses gonds qui fait se retourner Adeline :

« Non ! Oh, Partez pas ! Je veux savoir, maintenant. »

Ils hésitent à parler. Ils craignent que le récit d'un tel drame ne la torture inutilement. Mais elle insiste :

« Si, si, racontez. Je veux savoir. »

Luc reste silencieux. Arsène, alors raconte les péripéties de la tragédie en passant brièvement sur l'épisode le plus tragique. Adeline est à nouveau effondrée. Ses mains s'enfoncent dans sa longue chevelure, la décoiffent. Elle se lamente en invoquant le Seigneur.

À cet instant, des pas retentissent dans le couloir. La porte s'ouvre toute grande. Marie-Joséphine, la sœur d'Adeline, Ignace, son mari sont là. Une troisième personne les suit, Martin Mabboux, menuisier à la ville.

Ignace et sa femme entrent dans la cuisine. Ils marquent un temps d'arrêt à la vue d'Adeline, puis des deux hommes. Alors Adeline tourne la tête, se lève et se jette dans les bras de sa sœur. Marie-Joséphine, émue, l'étreint sans mot dire. Elle ne sait que rester muette en pareille circonstance. La scène est silencieuse, troublée seulement par les sanglots plaintifs d'Adeline. Le chat se met à miauler et vient se frotter contre le pantalon de Luc.

Après ce moment de tension nerveuse, Marie-Joséphine entraîne sa sœur dans la pièce voisine, le *boeu*, contigu à l'étable. Ignace s'approche alors de Luc et d'Arsène :

« Quelle histoire ! C'est affreux. On l'a amené avec nous. Il est là. On va le mettre au *peille*. »

Dehors, une jument attend sagement. Elle est attelée à une charrette dans laquelle est posé un cercueil, sans couvercle, mais que recouvre un linge blanc.

Arsène et Luc se sont approchés. Luc soulève le linceul. Dans le cercueil, Michel est étendu avec ses mêmes vêtements. Il paraît se reposer. Cependant ses traits sont tirés comme après une grande fatigue. Mortellement blessé à la poitrine, il ne présente pas d'autre blessure apparente que la tache de sang largement étalée sur la chemise.

L'émotion étreint les deux amis. Luc laisse retomber le linceul.

Il se tourne vers le menuisier :

« Vous avez déjà eu le temps de faire la bière ?

— Ça tombait bien… Enfin, je veux dire que je terminais juste une bière pour un gars de l'hospice qu'est mort ce matin de bonne heure. Quand le maire m'a demandé de transporter Michel, j'ai pris la bière. Elle est de la même taille. À l'hospice, ça peut attendre à ce soir.

— Bon. Maintenant, on va débarrasser le *peille.* »

C'est la chambre contiguë à la cuisine. Ils en enlèvent du petit mobilier, différents objets et même du linge empilé dans un coin. Au moment d'enlever le lit, Luc conseille :

« On va laisser le lit pour le poser dessus et on le mettra en bière juste avant l'enterrement.

— Vous avez raison. Ça éprouvera moins ma belle-sœur. »

Ils transportent le corps, l'étendent sur le lit. Luc a quelque peine à ramener les bras raidis par la mort et à faire se croiser les deux mains sur un chapelet. Pendant ce temps, Arsène dépose au pied du lit deux bols pour recevoir l'eau bénite. À l'opposé, de part et d'autre de la tête de Michel, Ignace installe deux cierges sous le Christ en croix fixé au mur. Il les allume, puis du même pas tranquille pénètre dans la cuisine. Il arrête l'horloge. Elle ne sera de nouveau mise en marche qu'au retour du cimetière, après l'enterrement.

Le temps s'est arrêté à la ferme du Thélevex.

Un peu plus tard, Adeline accompagnée de sa sœur entre dans le *peille*. Il reste seulement le lit mortuaire, les cierges allumés et le Christ en croix sur le mur. La pièce est étrangement nue, intensément lugubre.

Adeline ne pleure plus. Elle gémit doucement, regarde le corps de son mari et Jésus sur la croix :

« Mon Dieu, pardonnez-moi. Qu'ai-je fait pour mériter cela ? »

Elle s'agenouille près de Michel. Elle se met à prier longuement.

Le menuisier est parti. C'est au tour d'Arsène de s'en aller discrètement à sa ferme du Mas. Ignace se retire peu après, Seuls restent auprès d'Adeline, Marie-Joséphine et Luc. Il a décidé d'être auprès de Michel toute la nuit pour la veillée des morts.

En fin d'après-midi plusieurs personnes, dont Thérèse et son mari, viennent rendre visite à Michel pour un dernier adieu. Elles récitent une prière. Après une bénédiction d'eau bénite, elles repartent en exprimant leur sympathie à Adeline.

Luc est un peu surpris quand il voit le curé Monnard venir en personne pour la prière des morts et l'ultime bénédiction. Alors Adeline se met à pleurer silencieusement.

La prière se prolonge. Avant de se retirer, le curé, compatissant, lui murmure des paroles d'encouragement et d'espoir. Luc et les personnes présentes pour la veillée, restent silencieux, respectant les larmes et le chagrin de la pauvre femme.

La nuit est tombée. Dans la ferme tristement sombre, la veillée funèbre se poursuit. Une dizaine de personnes sont là, en prière, près du lit qu'éclairent lugubrement les deux cierges. Vers les onze heures, plusieurs d'entre elles se retirent. Elles effleurent seulement d'une main légère l'épaule d'Adeline. Marie-Joséphine part une des dernières.

Il est près de minuit quand Luc se retrouve seul avec Adeline. Longue est la nuit auprès d'un mort. Luc se prend à vivre intensément leur dernière expédition. Elle resurgit dans ses moindres détails.

Le rendez-vous aux Buttes, le départ dans la nuit, le flacon d'eau-de-vie, le déroulement implacable vers la fin tragique de Michel, maintenant étendu dans son cercueil.

Adeline, à genoux, s'est affaissée contre le pied du lit. Brisée par la douleur, elle a fini par sombrer dans un sommeil agité. Luc, bien qu'exténué, lutte longuement pour ne pas s'endormir sur la chaise où il est assis. Au petit matin, il cède enfin. Il se réveille assez tôt pour tirer de son sommeil Adeline, un peu hébétée. Elle doit descendre à la ville pour assister à la grand-messe.

L'office terminé, elle remonte en compagnie de Marie-Joséphine. Elle ne sera pas seule au repas de midi. Aussi Luc en profitera-t-il pour s'absenter. D'ailleurs plusieurs personnes viendront dans le courant de l'après-midi auprès d'Adeline compatir à sa douleur.

Luc a rejoint directement le Chevaly. Il s'entretient avec Flavie de la douleur et du chagrin d'Adeline. Après s'être restauré, il décide de monter aux Buttes pour se rendre compte de l'état des bêtes. Il pourrait aider Arsène à les *démontagner*. Au cours du trajet, il s'arrête à la hauteur de l'alpage de Chevan, occupé par Marc Feige. Par sa femme, Feige est au courant de la mort de Michel. Elle a assisté à la messe le matin même. Le curé en a fait l'annonce en chaire.

Au cours de l'entretien, Feige confie à Luc :

« Je me suis occupé des bêtes de ce pauvre Michel pendant la journée d'hier et ce matin. Je me demandais pourquoi il était pas revenu. J'avais même cru que c'était pour lui que mon chien avait aboyé cette nuit.

— C'était peut-être les *gâpians* ?

— Possible. Mais il aboie autrement quand ils sont à fureter par là. »

Luc arrive dans le chalet des Buttes. Le chien de Michel l'accueille sans même aboyer. Il semble un peu triste. Avant de pénétrer dans le chalet, Luc, guidé par le son des cloches se dirige vers le pré où se trouve le bétail.

Une coutume ancestrale exige, lors d'un décès, de rendre silencieuse la maison du défunt. La veille, Ignace avait arrêté l'horloge. Il faut également retirer, et pour plusieurs mois, cloches et clochettes à chacune des bêtes. C'est ce que veut faire Luc.

Or, il remarque que deux des vaches du troupeau n'ont plus de cloches. Chaque cloche de bronze est suspendue à un large collier de cuir que ferme une belle boucle de cuivre ciselé. Cela l'intrigue. Il ne peut s'expliquer leur absence. Une cloche ne peut se perdre. Les deux disparues étaient parmi les plus belles avec leur ciselure. Il les avait particulièrement remarquées. Elles étaient l'orgueil de Michel.

Sur les vingt vaches, Luc a décroché dix-huit cloches. Elles l'ont obligé à plusieurs navettes, leur poids étant beaucoup plus élevé que celui des petites clochettes de la dizaine des moutons. Laissant le troupeau, désormais silencieux, brouter tranquillement, Luc pénètre dans le chalet. Il a l'intention de s'offrir une tasse de café. Il est déçu. Il ne trouve ni café, ni sucre et encore moins, ce qui est surprenant, le moulin à café avec sa coupole de cuivre surmontée d'une petite manivelle. Cela l'intrigue. Il est près de croire que le chalet a reçu la visite d'un voleur. Même le flacon d'eau-de-vie, laissé l'autre soir, gît sur le sol de terre battue entre les trois pieds du fourneau de fonte. Il est vide, sans plus une seule goutte de son précieux liquide.

Luc n'a maintenant plus de doute. Quelqu'un est venu voler durant la nuit. Quand le chien de Feige a aboyé, ce n'était pas contre les *gâpians*.

Le soleil est encore haut dans le ciel. La sonnerie de l'Angélus n'a pas retenti, ou alors Luc ne l'a pas entendue. Il juge avoir le temps de pousser jusque dans la forêt des Évettes et d'en revenir pour « rentrer les bêtes », les mettre à l'étable.

Il ne lui est pas facile de repérer le trajet parcouru dans l'obscurité la plus complète. Enfin, au moment où il s'apprête à rebrousser chemin, il croit avoir découvert l'endroit où l'autre nuit… Le sol est piétiné, des branches sont cassées, de nombreux diamants scintillent à terre sous les rayons du soleil qui brille entre les sapins. Ce sont les éclats de verre de la lanterne des douaniers. Ils en ont emporté la monture métallique pour la réparer ou pour prouver l'agression. Un peu à l'écart, au pied d'un arbre, un bâton attire l'attention de Luc. C'est le gourdin que maniait Michel.

Appuyé contre un sapin, il reste un moment à méditer. Puis le risque d'être surpris par les douaniers en cet endroit s'impose à lui. Il ne le veut pas, surtout en ce moment. Il redoute de ne pouvoir maîtriser sa colère et d'essayer de se venger.

Il revient aux Buttes, lentement. Il s'assoit sur le petit banc de bois placé près de la porte. L'heure n'est pas encore venue de faire réintégrer le chalet aux bêtes. Quand Feige rentrera ses vaches, il en fera de même. Il pense à nouveau au vol de la nuit dernière. A-t-on emporté d'autres objets ? Des fromages, des tommes peut-être ? Il va dans la cave aux fromages, mais se rend compte que sa recherche est bien vaine. Michel n'a pas eu le temps d'en faire, ou le peu qui l'aurait été a bel et bien disparu. Luc est retourné à son banc. Marquis, le chien de Michel, resté sans voix à son arrivée, vient se coucher à ses pieds. Luc lui trouve l'air triste. Pleure-t-il seulement l'absence de son maître, ou en a-t-il deviné la fin tragique ? Luc se le demande. Est-ce vraiment une chose impossible ? Il se produit parfois tant de faits troublants, inexplicables même, entre les bêtes et les hommes.

Le soleil déclinant darde encore ses rayons. Luc se met à l'ombre. Le chapeau perdu lui manque beaucoup. Il voudrait bien le retrouver. Il n'aime pas rester nu-tête. Il projette de faire le même parcours que l'autre nuit tout à l'heure à son retour au Chevaly.

En montant aux Buttes, il a déjà repéré sa marchandise cachée dans la forêt. Elle est intacte. Il la ramènera à la cabane. Il n'a pas le cœur maintenant d'en tenter le passage de l'autre côté de la ligne.

Le moment est arrivé de rentrer les bêtes, Luc entend sans le voir le chien de Feige aboyer en réponse aux ordres de son maître. Une à une, les vaches regagnent leur étable après s'être désaltérées au bassin proche du chalet.

Assisté de Marquis, qui a retrouvé sa voix, Luc ramène le troupeau. Moutons, vaches, génisses sont maintenant à l'abri. Il s'efforce maladroitement de traire les vaches. À l'intérieur du *freddi* où coule une eau fraîche, il range le peu de lait recueilli dans un chaudron. Après avoir donné sa pitance au chien, il repart pour le Chevaly.

En chemin, il scrute soigneusement les pâturages et la forêt. Il ne retrouve pas son chapeau, qui a peut-être déjà fait le bonheur d'un autre. Il arrive enfin à sa cabane, le dos chargé des deux sacs de camelote. Il les y laisse. Il repart pour le Thélevex où il arrive à la nuit tombante.

Adeline est exténuée. Elle n'a rien mangé de la journée malgré l'affectueuse insistance de sa sœur et de son beau-frère. Luc tente de l'encourager aussi, mais en vain.

Les visites furent si nombreuses que la journée a été très éprouvante pour elle.

Luc se prépare à passer la nuit auprès de Michel, une deuxième nuit de veillée mortuaire.

Le lendemain matin, lundi, Luc se retire d'assez bonne heure. Il veut passer par le Mas pour rencontrer Arsène et décider ensemble de l'évacuation de l'alpage des Buttes. Il serait possible de la faire dans le courant de l'après-midi, puisque l'enterrement a été fixé, par monsieur le curé, au mardi matin. Enfin, sur les vingt vaches ou génisses du troupeau, six seulement appartenaient à Michel, ainsi que les dix moutons. Les quatorze autres sont la propriété de Dosithée Morand. Il les avait confiées à Michel pour être *enmontagnées* selon un usage ancien. Luc doit donc avertir Dosithée, au lieu-dit la Livraz, pour qu'il vienne chercher ses vaches dont Luc rendra les cloches. Dosithée est contacté en tout début de matinée. Arsène sera aux Buttes peu après midi, avec le tombereau et la jument. Luc regagne le Chevaly où, après avoir mangé, il se repose un long moment. Il n'a pas beaucoup dormi ces trois nuits passées. Avant de monter à l'alpage, il doit aller au hameau des Varins, non loin de Pratz, quérir un mouton.

Arsène l'a précédé aux Buttes. Dans son tombereau, il a déjà entassé le peu de matériel que Michel avait amené, en particulier trois chaudrons de cuivre. Ils servent à recueillir le lait pour faire du fromage.

À ce moment arrive Dosithée, accompagné de son chien. Celui-ci reçoit un accueil peu amène et plutôt bruyant de la part de Marquis. Dosithée repart avec ses quatorze bêtes, parées de leurs colliers et leurs cloches.

Luc est fort occupé à regrouper les vaches et les moutons qui manifestent leur mauvaise humeur. Les unes beuglent sans arrêt, les autres bêlent désespérément, unanimes à crier famine. Les vaches ont aussi à se plaindre. Leur traite n'a pas été faite ce matin.

Luc voit son ami porter le quatrième chaudron contenant le lait qu'il avait trait la veille. Arsène le pose délicatement à terre. Au beau milieu de la nappe blanche du lait, flotte le cadavre sombre d'un rat. Il s'était noyé au cours de la nuit. Arsène, de la main, l'enlève et le jette au loin.

Stupéfait, Luc demande :

« Tu vas pas boire de ce lait ?

— Non, bien sûr. Mais je veux pas le laisser perdre. Avec celui de la traite de ce matin, j'en ferai une tomme.

— Compte pas sur moi pour en manger !

— Oh ! non. Je la donnerai au curé quand il viendra bénir la ferme. »

Laissant là son ami, un peu ahuri, il se met à traire les vaches. Trop maladroit, Luc le regarde faire : il lui est déjà difficile de traire une chèvre…

Enfin, tout est prêt pour le départ. Les portes du chalet sont fermées. Quatre heures au moins seront nécessaires pour gagner le Thélevex. Il faut partir.

Arsène se met en tête avec le tombereau que tire sans peine la jument. Les vaches suivent. Elles ralentissent la progression du troupeau. Elles s'obstinent à vouloir brouter de l'herbe sur leur passage, en dépit des cris de Luc, des coups de son bâton ou des aboiements du chien, qui, lancé dans une ronde incessante, harcèle les bêtes.

Malgré le retard que prend Luc avec le troupeau, Arsène poursuit son chemin, sans s'arrêter. Il est seulement rejoint à sa ferme, au Mas où il a dû attendre Luc pendant un long moment.

Tout ce petit monde repart. Il arrive bientôt au Thélevex. Les deux hommes conduisent les bêtes dans un pré voisin enclos de barrière. Puis ils s'emploient à décharger le tombereau. Ils déposent le matériel dans la petite pièce contiguë à l'entrée. Arsène se tourne vers Adeline qui le regarde, immobile et muette.

« J'ai à la maison un chaudron à vous, avec du lait. Je vous le rapporterai tantôt. Allez, courage, l'Adeline ! »

Assis dans le tombereau, il se prépare à partir. À cet instant retentit dans le lointain, en direction de la ville, le son des cloches. Ce n'est pas l'Angélus, car il est bien plus tard que six heures. Sur un rythme monotone et lugubre se précise la sonnerie du glas. Chacun se signe.

Au rappel émouvant de la mort de Michel, le visage d'Adeline se crispe. Les larmes lui viennent aux yeux. Elle fait à nouveau son signe de croix. Surgissant de la cuisine, Marie-Joséphine apparaît, l'entoure de ses bras et l'entraîne à l'intérieur.

Resté seul, Luc se prend à réfléchir. Il est perplexe. Arsène ayant parlé d'un chaudron, Luc croit se souvenir qu'il en avait lui-même compté trois dans le tombereau au départ des Buttes sans oublier celui, plein de lait, soit quatre. Sur le sol, près de lui, il n'y en a qu'un seul.

Il entre dans la cuisine à la suite des deux femmes. Adeline est assise dans un angle, près de la table, l'air absent, en larmes. Marie-Joséphine prépare un repas sommaire. Elle le présente à Adeline qui refuse de manger malgré la prière de sa sœur et de Luc.

Au cours du repas, il rompt le silence pour demander ;

« Pendant qu'on s'occupait des vaches sur le pré, vous avez déjà commencé à ranger les affaires qui étaient dans le tombereau ?

— Non. Ni Adeline, ni moi. Pourquoi ?

— Il me semblait avoir oublié quelque chose.

— Ça a plus d'importance. » intervient Adeline.

Luc n'insiste pas. Peut-être s'est-il trompé ? Il finit par se le persuader. Il ne peut vraiment pas soupçonner Arsène de dérober, et surtout de voler son ami Michel. Lui, il ne ferait jamais pareille chose à un ami défunt. Bien sûr, il lui arrive de commettre quelques larcins, comme de ramasser du foin pour sa vache, et même des pommes de terre ou de la graine. C'est pour ne pas crever de faim, sa famille et lui, surtout quand les temps sont difficiles. Ainsi, l'hiver, il ne peut élever ni poussins ni pigeons.

Il est tard. Luc propose de faire la veillée, pour la troisième nuit de suite.

« Non, décide Marie-Joséphine. Restez jusqu'à la minuit. Ignace doit venir. Vous pourrez alors ou partir ou dormir ici. »

Luc a dormi dans l'étable après avoir, un peu tardivement, rentré le bétail. Il se lève avec le jour. Ignace, sa femme et Adeline sont déjà debout. Adeline semble toujours être de marbre dans ses vêtements noirs.

Bien avant huit heures, le menuisier est déjà là pour l'ultime préparatif. Aidé de Luc, il enfonce les quelques vis qui fixent le couvercle. Ils placent ensuite le cercueil sur une échelle posée à terre. Elle permettra, selon la coutume, de transporter à bras d'homme la dépouille mortelle jusqu'à l'église. Ils seront quatre pour le faire mais ils devront se faire relayer dans la pénible descente du Calvaire.

Déjà, vers huit heures, nombreuses sont les personnes qui ont tenu à accompagner Michel dans son dernier voyage. Le curé Monnard n'est pas monté. Il l'attend pour la cérémonie. Seul le vicaire est venu. Le cortège s'ébranle. Il commence à descendre. Adeline n'en fait pas partie. Selon l'usage, une veuve n'assiste pas à l'enterrement de son défunt mari.

Elle veut rester chez elle, seule, avec son chagrin. Après que le vicaire lui a rendu visite, elle s'est enfermée dans le *peille* pour prier.

Dans les hameaux voisins, au Planellet, au Mas, la sonnerie du glas retentit. Il sonne constamment au clocher de l'église et à la chapelle du Calvaire dès l'approche du convoi.

Après l'office des morts, Michel est inhumé dans le cimetière, non loin du presbytère. Il avait fallu dégager une fosse entre deux cercueils. L'un d'eux, très ancien, presque complètement délabré, ne contenait plus qu'un squelette affaissé. Il est en effet difficile de trouver une place parmi les trop nombreuses tombes dans un espace aussi exigu.

La famille de Michel est présente : sa sœur Marthe, religieuse à Annecy, est venue en diligence. Jean-Baptiste, le frère d'Adeline a pris le train à Paris en compagnie de sa femme. Ils sont descendus au terminus actuel de la Roche-sur-Foron. Dans la capitale, où ils travaillent tous deux depuis trois ans, ils ont pu être avertis en temps utile grâce au télégraphe. Installé en ville depuis quatre ans, cet appareil, de plus en plus utilisé, étonne toujours par sa nouveauté. Ignace est auprès de sa femme Marie-Joséphine, elle-même accompagnée de sa sœur Thérèse, et de son mari, tous deux venus de Combloux.

La dernière bénédiction terminée, la foule s'écoule en silence. Depuis toujours, l'usage est de faire une aumône après une sépulture. Les pauvres de la paroisse seuls en bénéficient. Jadis, on offrait de l'eau-de-vie ; puis ce fut du sel, autrement plus précieux. Maintenant chacun a droit à environ deux cent cinquante grammes de pain pour chaque membre de sa famille.

Luc n'a pas manqué de se présenter chez le boulanger. Il en revient avec son kilo sous le bras.

Il rejoint Arsène chez la Rivollette. La salle du café est comble comme le sont les autres cafés de la ville. Chacun commente la fin dramatique de Michel. Il était estimé dans tout le pays. Bien sûr, il faisait de la contrebande. Mais ils sont si nombreux, surtout parmi les plus pauvres, à la faire. C'est pour eux le moyen de gagner quelque argent, sans avoir conscience de voler qui que ce soit. Bien plus, on pense ainsi rendre service aux habitants hors zone. Enfin certains prennent plaisir à narguer les douaniers, quel qu'en soit le risque. Sans argent ni travail et n'étant pas contrebandier, il reste seulement la possibilité de s'expatrier à Lyon, à Paris, ou même au Canada, pays dont on parle de plus en plus.

Dans les conversations, s'il est souvent question de Michel, certains se posent aussi le problème du devenir de sa veuve. Les uns compatissent sincèrement alors que d'autres calculent déjà la possibilité de lui racheter sa ferme à un bon prix. Elle ne pourra certes plus gérer seule son *grangeage*, l'ensemble de cette belle propriété. Ce n'est pas son beau-frère, Ignace Caille, ferblantier de son état, qui pourrait s'en charger, ni Pelloux, l'autre beau-frère, dont toutes les terres sont à Combloux, dans la commune voisine.

Arsène et Luc, tout en causant à mi-voix ne perdent rien de tels propos. Luc déclare enfin à son ami qui l'approuve :

« Je vais aller quelques jours pour aider l'Adeline dans ses travaux et *fouaner* pour elle.

— Ça lui rendra bien service, surtout pour les foins. »

Pendant plusieurs jours, Luc monte de bon matin au Thélevex. Il y arrive souvent alors que sonne l'Angélus de six heures. Il en redescend le soir assez tard. La nuit est presque tombée quand il pousse la porte de sa cabane.

Le travail de chaque jour sur le même rythme lui paraît cependant un peu fastidieux. Il doit soigner les six vaches restant à l'étable, puis la jument et la dizaine de moutons. Chaque matin, il met ce bétail à la pâture en toute liberté. Seule, la jument est attachée à un piquet. Se refusant par incapacité à traire les vaches, Luc en laisse le soin à Adeline. Elle se décide à garder le troupeau au pâturage. Pendant ce temps, il nettoie et l'écurie du cheval et l'étable des vaches et la bergerie des moutons. Il racle le fumier accumulé et le jette dehors. Il étend sur le sol la paille de la litière.

Alors seulement, il va remplacer Adeline.

Elle donne à un voisin le lait recueilli chaque soir. Elle ne veut pas le traiter pour en faire du beurre et encore moins du fromage. À peine consent-elle à préparer pour Luc des repas assez sommaires, répétés chaque jour. Ils sont composés de pommes de terre bouillies, d'un peu de salaison et de fromage. Elle ne cherche pas à les varier. Luc s'en contente, d'autant plus qu'il n'a pas au Chevaly un tel menu, surtout accompagné de vin rouge. Il est le plus souvent seul à table, Adeline n'éprouvant pas le besoin de manger ou ne le voulant pas. Elle reste alors assise dans un coin de sa cuisine, penchée dans une attitude prostrée, regardant sans le voir Luc terminer son repas.

Même Marquis, le chien, quand il n'est pas à garder les vaches, demeure tristement couché sous la table. Il ne bouge pas pendant de longues heures, insensible même au heurt involontaire d'un pied qui s'égare.

Cependant, consciente de l'aide que lui apporte bénévolement Luc dont la présence la réconforte un peu, Adeline lui offre le chapeau de son mari. Luc lui avait dit avoir perdu le sien, sans cependant en préciser les circonstances ni le lieu. Il ne veut pas rappeler un tel souvenir, Adeline ne l'évoquant pas devant lui. Marie-Joséphine vient assez souvent tenir compagnie à sa sœur. Sa présence anime un peu l'atmosphère. Après son départ chez elle, la nuit est terriblement éprouvante pour Adeline dans la solitude aggravée par l'insomnie.

Le matin, elle se lève péniblement, le visage vieilli. Elle se sent très lasse, avouant n'avoir plus le goût de vivre. Luc baigne dans cette atmosphère déprimante, aussi accueille-t-il avec soulagement l'arrivée d'Arsène de temps en temps. Arsène vient bavarder avec son ami devenu, dit-il, le berger des vaches. Il le remplace volontiers pour permettre à Luc d'aller quérir une crevure, qu'il entrepose alors dans l'écurie de la ferme avant de la descendre au Chevaly.

Un après-midi, tout en commentant les nouvelles du pays, Arsène compte machinalement le troupeau des vaches.

« Trois, quatre, cinq, six. Six vaches. C'est trop pour l'Adeline maintenant. Elles ont presque pas *enmontagné* aux Buttes et si elles sont là tout l'été, l'Adeline n'aura pas de foin pour l'hiver. Faut qu'elle en vende au moins quatre.

— C'est bien vrai, mais j'avais pensé que c'était pas le moment. Enfin, je lui en parlerai.

— J'ai vu son beau-frère Pelloux, de Combloux. Il serait acheteur. Il m'en a encore parlé hier à Saint-Gervais.

— Oui. Il faudrait qu'elle lui vende maintenant. Elle peut pas attendre la foire de la Croix. Le 6 septembre, c'est encore loin. »

Luc a pu convaincre facilement Adeline. Elle semble même se désintéresser. Deux jours plus tard, Pelloux arrive. Le marché est vite conclu. Il a offert quinze cents francs des quatre bêtes. Adeline a tout de suite accepté, même la vente de ses moutons. Elle ne voulait même pas accepter l'argent. De l'avis de Luc, le marché a été honnête.

Vers la mi-juillet, Luc commence à faucher l'herbe. C'est le temps de la fenaison. Il s'y prend dès le matin. Balançant le corps en larges mouvements rythmés, il manie la faux. Il couche l'herbe en longs andains parallèles. À sa surprise, Adeline vient l'aider à étendre le foin pour le faire sécher au grand soleil de juillet. Une fois bien sec, Luc le charge en quantité imposante dans la charrette que tire la jument jusqu'à la ferme. Il est alors entassé dans la grange. Pendant ce temps, Adeline râtelle jusqu'aux dernières brindilles.

En certains endroits peu accessibles à son attelage, Luc forme sur place de grosses bottes de foin, liées avec des cordages. Il les charge sur ses épaules jusqu'à la grange.

Il n'est pas le seul à *fouaner*. Sur les pentes proches, plusieurs paysans sont occupés aux mêmes travaux. Athanase, dont la ferme avoisine celle d'Adeline, s'affaire sur un pré non loin de là. Luc le connaît bien pour être allé quérir chez lui une bête crevée. Comme Luc l'avait fait trois jours plus tôt, Athanase disperse des andains afin de les faire sécher. Or le lendemain, le temps se couvre. Dans l'après-midi, l'orage menace. Aussitôt, Athanase, aidé de sa femme et des trois enfants, s'empresse d'amasser en tas, en *valamont*, l'herbe à moitié sèche, la mettant ainsi à l'abri de la pluie. Il en compte trois longues rangées parallèles.

Luc, de son côté avait presque terminé le ramassage. il ne restait qu'une petite quantité de foin. Il l'a amassée en trois *valamonts*.

L'orage éclate. Il est de courte durée, mais le temps demeure incertain pendant deux jours. Le troisième jour, avec le grand soleil revenu, tout le monde reprend le travail. Les *valamonts* sont défaits. L'herbe est dispersée pour en achever le séchage. Athanase s'est également attelé à la tâche avec sa famille. En achevant la troisième rangée, à la limite du champ d'Adeline, il s'arrête un instant perplexe. Sur une partie de son pré, il ne peut étaler de *valamont*. Il réfléchit. Avec une surprise irritée, il s'aperçoit qu'il lui en manque deux. Il remarque sur le pré de sa voisine l'absence des trois derniers *valamonts* que Luc avait formés. Ils ont déjà été enlevés, certainement sans oublier les deux siens, à lui, Athanase. Furieux, il vient invectiver Adeline qui n'en peut mais. Elle est seule en ce moment depuis la veille. Luc est absent, parti pour le Chevaly avec la charrette pleine de foin.

Athanase a pénétré bruyamment chez Adeline qui se trouve dans la cuisine. Il l'apostrophe assez violemment :

« C'est vous et votre Luc qui m'avez volé deux *valamonts*. Je veux que vous me les rendiez.

—Mais on vous a rien pris ni rien fait ! répond Adeline au comble de l'étonnement.

—Oui, vous faites jamais rien, et c'est pour ça que vos bêtes crèvent de faim !

—Assez, assez ! » ne peut que crier Adeline devant une telle calomnie.

Désemparée, elle se sauve dans le *peille*. Elle se plaque contre la porte fermée.

Athanase ne se calme pas pour autant ;

« Vous me le paierez, sale bonne femme ! »

Il s'en va en claquant violemment la porte.

Adeline reste prostrée pendant un long moment. Supportant déjà mal son chagrin, cette algarade la désespère.

Pourtant, à bien réfléchir, elle convient qu'Athanase est un homme irascible mais réputé honnête et peu capable de mensonge. Il est près de ses sous. S'il lui manque deux *valamonts*, ce doit être vrai. On a dû les lui prendre. Qui donc ? Alors ce serait Luc ? Ce n'est pas possible. Elle ne peut l'imaginer coupable de cette rapine au préjudice d'Athanase. Dans le pays, de mauvaises langues, il est vrai, ont pu insinuer une telle accusation. Adeline demeure perplexe. Elle espère et craint à la fois le retour de Luc.

Elle lui est reconnaissante de son travail à la ferme depuis la disparition de Michel. Il s'occupe de la basse-cour et des bêtes, dont elle veut se débarrasser le plus vite possible. Elle n'a plus goût à rien. Le moindre travail lui est pénible.

En reconnaissance de son aide, elle lui a donné non seulement les trois derniers *valamonts* de foin, mais aussi les nippes de son mari. Elle ne savait qu'en faire. Elle en a le cœur gros. Au retour de Luc, ne doit-elle pas redouter qu'Athanase ait des « mots » avec lui ? Jusqu'où pourrait aller une dispute ? Elle est persuadée que son voisin cherchera à se venger. Sur elle, ça lui est égal. Sur ses bêtes ou sur Luc, ce serait plus grave. Cette incertitude la tourmente et ajoute à sa détresse. Elle doit avertir Luc de la visite d'Athanase et des propos qu'il a tenus. Cédant à la peur, Luc ne décidera-t-il pas de partir sans retour ?

Luc revient en début d'après-midi, ramenant charrette et jument. Adeline est en compagnie de Marie-Joséphine venue au cours de la matinée. Elle ne lui a fait aucune confidence. Elle ne veut pas que Luc soit suspecté.

Elle se retrouve plus tard seule avec lui. Il a déjà rangé la charrette, mis la jument au piquet sur le pré et nettoyé l'écurie. Adeline hésite encore. Osera-t-elle ? Enfin, sans le regarder, apparemment occupée à ranger la vaisselle, elle lui dit :

« Athanase est venu hier. Il était furieux.

—Ah, oui ? Qu'est-ce qu'il lui arrive ?

— Vous le connaissez. Il se met facilement en colère. Il dit qu'il lui manque du foin. On lui aurait pris deux *valamonts*. »

Luc ne sourcille pas. Il se contente de hausser les épaules.

« Est-ce qu'il sait seulement combien il en avait ?

— Probablement. Mais il va nous jouer un mauvais tour.

— Allez, rassurez-vous. On verra bien. Je vais m'occuper des vaches sur le pré. »

Insouciant en apparence, il quitte Adeline peu rassurée. En fin d'après-midi, il ramène les bêtes à la ferme pour les faire boire au bassin. Or l'eau n'y coule plus. Intrigué, il remonte sur le terrain en direction de la source où l'eau est captée. À cet endroit, le sol est creusé. L'eau se répand dans l'herbe. À l'origine, des fûts de sapins, évidés en leur centre, servent de canalisations pour amener l'eau de la source au bassin. L'un d'eux, au niveau du captage a été saccagé. Luc a compris qui en était l'auteur. D'ailleurs, en se retournant, il voit à quelque distance Athanase s'arrêter un instant de râteler. Il brandit son poing. Luc feint de l'ignorer.

Agenouillé dans l'herbe mouillée, il fait une réparation sommaire. L'eau coule à nouveau, avec un débit restreint, dans le bassin qui s'emplit lentement.

Le lendemain, Athanase a terminé sa fenaison. Il installe une barrière de bois en limite de son champ avec celui d'Adeline. Il donne de bruyants coups de marteau pour fixer des piquets supportant des barres transversales.

Non content d'exprimer sa rancune ostensiblement, il ne se lasse pas d'accuser Adeline. Il avait déjà eu avec elle dans le passé un litige concernant une limite de propriété. S'estimant lésé pour la deuxième fois par sa voisine, il la poursuit de sa vindicte. Il va même jusqu'à tenter de la discréditer dans la ville, l'accablant davantage que Luc. Sa hargne en pareille circonstance surprend beaucoup.

Adeline l'apprend par sa sœur. Elle en conçoit une grande amertume, d'autant plus qu'elle ne se sent pas fautive.

Luc a rejoint sa famille qu'il a négligée pendant ses journées de travail au Thélevex. Il cherche encore à se rendre utile dans d'autres fermes avec l'arrière-pensée de trouver du foin.

Il envisage d'aller s'embaucher au Planay, un hameau situé plus en altitude. La récolte de foin se fait avec retard. Elle n'est pas encore terminée. On l'acceptera bien volontiers. Il a malgré tout une réputation de bon travailleur, quand il est décidé. Il lui faut augmenter sa réserve de foin. En effet, il mesure combien la présence de Brunette est indispensable en hiver dans sa cabane. En plus du lait fourni chaque jour, elle entretient une légère et douce chaleur ambiante.

Une des préoccupations de Luc est la réserve de foin. Aussi est-il amené malgré lui à employer certains procédés que Flavie admet difficilement. Dans l'étendue de la paroisse et des paroisses voisines, il est allé maintes fois récupérer des bêtes crevées. Il connaît ainsi presque toutes les fermes. À certaines, il rendra visite à nouveau, de nuit quand leurs occupants, en partie ou en totalité se trouvent être en alpage l'été. Il pourra ainsi explorer la grange d'une ferme que ne garde plus un chien vigilant. Muni de cordes, il s'enfonce tard dans la nuit. Il s'achemine vers la ferme élue. Avec d'infinies précautions, il s'introduit dans la grange. Il en pousse la porte très lentement pour en éviter tout grincement. Puis à pas feutrés, il se dirige dans l'obscurité vers le tas de foin. Il en amoncelle jusqu'à en faire une grosse botte. Il la lie grâce à ses cordes, la charge sur les épaules. Il quitte la grange dont il ne referme pas la porte par crainte du bruit.

Sur le chemin du retour, il évite de passer par la ville et de s'approcher d'une habitation dont le chien, par ses aboiements, pourrait réveiller les occupants. Même en l'absence de la lune, ceux-ci apercevraient le spectacle insolite d'une charge de foin en déplacement.

À l'étage inférieur de la grange visitée, les habitants dorment tranquillement. Parfois, cependant, un bruit anormal a pu être entendu. Personne ne bouge.

On s'effraie de ce bruit au milieu de la nuit. Même avec une lanterne, personne n'oserait se hasarder dans l'immense grange. On craindrait de rencontrer le *starvan* ce génie malicieux d'autant plus redouté que tout le monde en parle, chacun l'imaginant à sa façon. Il est trop habile pour ne pas se dissimuler, et on ne l'a jamais aperçu, mais on en connaît toutes ses facéties. Il tresse la crinière des chevaux, renverse le foin dans la grange pour l'étaler en désordre. Il se permet même de détacher les vaches dans leur étable.

Luc a été soupçonné, aperçu, croit-on à travers la vitre d'une fenêtre. Toujours par crainte du *starvan*, on n'a pas osé s'en assurer. La peur des revenants, surtout pendant les longues nuits d'hiver, est tout aussi forte.

Luc éprouve un sentiment de culpabilité quand, le matin, au réveil, Flavie lui lance, avec un regard chargé de reproche :

« Qu'est-ce que t'as fait cette nuit ? T'as encore été "fouiner" dans une grange ?

— Que veux-tu ? Ça me plaît pas beaucoup, mais si je vais chercher du foin, c'est pour Brunette et pour nous, donc. »

Elle pousse un soupir et ne répond pas. Si l'excuse est valable, la faute demeure.

L'état de Brunette inspire des inquiétudes à Luc depuis quelque temps. Elle tousse de plus en plus fréquemment et mange de moins en moins. Elle maigrit. Flavie s'est alarmée depuis longtemps. Elle a même remarqué que le lait paraît moins bon et qu'elle en trait une moindre quantité. Elle est certaine que Brunette est bien malade. Luc a entendu parler de la phtisie, cette maladie commune aux vaches. Il a déjà ramené des bêtes atteintes de ce fléau. Après les avoir écorchées et fendues, il a été à même d'en constater les dégâts, surtout aux poumons. Brunette est probablement atteinte. Aussi Luc doit-il prendre une décision. Donner des soins est impossible. Il va donc essayer de se débarrasser de Brunette lors de la foire de la Croix, et le même jour d'en acheter une autre.

Pour quelques jours, Luc a repris sa vie habituelle. Il va plus rarement quérir des bêtes. Il en a assez pour sa basse-cour. Il utilise davantage d'œufs pour la nourriture. Flavie en recueille régulièrement les coquilles brisées pour les donner aux poules. Sans cet apport, elles pondraient des œufs sans coquille.

Deux fois encore, Luc a passé la ligne, accompagné d'Arsène. Ce fut sans incident. Mais il avait dû se heurter à l'opposition de Flavie. Il avait pourtant par précaution invoqué, pour le premier voyage, la nécessité impérieuse d'écouler la quantité de marchandises lui restant. Il était alors parti presque à la sauvette, ne voulant pas entendre les supplications de sa femme. La deuxième fois, il avait prétexté une simple promenade en compagnie de son ami. Arsène devait voir sa cousine, Agnès, habitant Bellecombe. L'été, elle vit dans un alpage, La Limace, situé également de l'autre côté de la ligne.

Arsène, avait-il expliqué à Flavie, désirait son aide pour emménager du matériel dans le chalet de cette cousine qu'il affectionne particulièrement au point de lui rendre très souvent visite.

Flavie n'a pas été dupe du prétexte avancé par son mari. Elle lui a manifesté une hostilité dont Luc fut surpris. C'était peut-être la première fois que sa femme s'opposait avec une telle véhémence à son trafic illicite de contrebandier.

Comme il l'avait espéré, il est demandé au Planay pour la récolte des foins pendant plusieurs jours.

Bien que la distance soit fort grande, il prend le temps de s'arrêter chaque fois au Thélevex. Chaque fois à son retour, il conte à Flavie combien triste est la ferme de Michel laissée à l'abandon. Adeline détache bien chaque jour les deux vaches et la jument qu'elle mène pâturer. Elle passe la plus grande partie de la journée sur le pré, à les garder. Elle reste indifférente, sans même chercher à s'occuper à quelque chose. Elle demeure assise dans l'herbe, son chien couché auprès d'elle, non loin de la jument.

Les pauvres bêtes sont négligées, particulièrement les vaches. Elles auraient bien besoin d'être étrillées.

Par deux fois, il a pénétré à l'intérieur de la ferme. Devant l'état déplorable de l'étable, il a pris son courage à deux mains et l'a nettoyée. Raclant l'abondant fumier, il le rejetait au dehors pour la plus grande joie des poules toujours en quête de nourriture. Adeline le remerciait d'un pâle sourire avant de retomber dans son apathie.

Luc a raconté tout cela à Flavie. Elle l'a écoutée avec attention tout en raccommodant un vieux pantalon déchiré.

Ils restent un moment silencieux. Luc, debout près de la fenêtre, regarde machinalement le paysage. Il se pose à haute voix cette question :

« Je me demande pourquoi sa sœur Marie-Joséphine et son beau-frère Ignace ont l'air de négliger cette pauvre Adeline depuis quelque temps, comme la Thérèse, l'autre sœur.

— Tu les as pas vus depuis les foins ?

— Non. C'est vrai. Je les ai pas rencontrés et j'en ai rien dit à l'Adeline. Mais à voir l'état de la ferme au dedans, on se rend compte que personne s'en est occupé. Heureusement que j'y passe de temps en temps. Et t'as vu la tête qu'elle a ?

— Oui. Je l'ai vue dimanche dernier, au matin, pendant la messe. Elle a bien changé ! Je l'ai trouvée méconnaissable, très amaigrie. C'est pitié de la voir avec ce visage si pâle et si ridé avant l'âge. Et les yeux gonflés de chagrin. Elle était drôlement fagotée de noir. Elle a à peine répondu à mon salut. Après la messe, elle a traversé la place sans voir personne. Elle a été acheter seulement un peu de pain.

—Avant-hier, je l'ai vue. Je crois pas qu'elle se force beaucoup pour manger. Le repas de midi était encore sur la table, du pain et une vieille tomme. Elle doit aussi laisser perdre le lait de ses vaches. Si ça beuglait pas dans l'étable, elle les laisserait bien sans les traire.

—Elle a parlé une fois de Michel ?

—Non. Pas même, et j'y ai rien dit. Mais on sent qu'elle pense toujours à lui, qu'il est toujours près d'elle.

—Tu devrais aller la voir aujourd'hui.

—Aujourd'hui ? C'est quel jour ? Ah, oui, samedi. Mais on la verra bien demain, dimanche à la messe.

—Je sais pas… J'ai comme un pressentiment qu'il faut aller la voir. Vas-y. Et apporte-lui un pigeon.

—Oui, si encore elle le fait cuire. Ça m'étonnerait. Enfin, j'y vais. »

Luc monte au Thélevex. En cours de route, ayant trop chaud, il quitte sa blouse, ne gardant que la chemise blanche aux rayures marron mise le matin même.

À son arrivée, il trouve Adeline accoudée sur la table de la cuisine, sanglotant, la tête dans les mains. Il repousse le chien quémandant à manger et s'approche de la pauvre femme. Il pose doucement une main sur son épaule. Il tente de la consoler :

« Allons, voyons, l'Adeline. Faut pas vous mettre dans un tel état. »

Elle s'immobilise un instant, retenant ses larmes. D'une voix à peine perceptible, brisée par la douleur, elle murmure :

« Aujourd'hui, 31 juillet, Michel aurait trente ans. »

Troublé malgré lui, Luc essaie de la réconforter :

« Allons, l'Adeline. Faut pas y penser. Demain, après la messe, venez chez nous avec Flavie. Elle y tient.

— Non. Pas la peine. Je veux plus sortir.

— Si, vous viendrez. Puis lundi, c'est la grande cérémonie des Indulgences de la Portioncule au Calvaire. Vous y viendrez. Je m'occuperai des bêtes pendant ces deux jours. »

Adeline se tourne vers lui, les yeux rougis, pleins de larmes :

« Le Calvaire, c'est... »

Elle s'interrompt. Elle fixe avec une insistance douloureuse la chemise que Luc a sur lui. Il reste un court instant sans comprendre. Il réalise brusquement. Il s'en veut de sa maladresse involontaire. Ce matin, il a mis une des chemises de Michel, dont Adeline lui avait fait cadeau alors qu'il terminait les foins à la ferme.

Sans rien ajouter, Adeline se retourne. Elle se penche à nouveau sur la table, la tête enfouie dans ses mains. Luc désemparé, ne sait que dire. Finalement, sans réfléchir, il pose une question qui n'aura pas de réponse :

« Est-ce que la Marie-Joséphine viendra cet après-midi ? »

Adeline a, croit-il, à peine haussé les épaules. Il poursuit :

« Je vais à l'écurie et puis je reviens. »

Quand il revient, une heure plus tard, il la retrouve toujours appuyée sur la table, dans le même état de prostration.

Il se prépare à partir.

Il se rappelle soudain. Il cherche le pigeon que Flavie avait destiné à Adeline. Il ne le trouve pas. Il l'a imprudemment posé sur un banc. Le chien s'en est avidement emparé en son absence. Maintenant, Marquis somnole béatement couché sur le flanc. Bien que furieux, Luc se contente de hausser les épaules. Il laisse le chien en paix.

L'état d'Adeline est chose autrement plus grave, dramatique même. À peine répond-elle d'un signe de tête négatif à Luc qui, sur le pas de la porte, lui dit :

« À demain ! »

Regagnant le Chevaly, il décide de passer par le Mas pour parler à son ami Arsène. En arrivant, il le voit, gardant les vaches dans le pré non loin de la ferme. À sa grande surprise, il croit reconnaître au cou de l'une d'elles une des belles cloches d'alpage ayant disparu aux Buttes. Arsène le rejoint aussitôt :

« Alors ? Comment ça va, l'Adeline ?

— Plutôt mal. Elle s'en remet pas.

— Pauvre femme, et pauvre Michel. Je pense souvent à cette mort lamentable.

— Si Michel voyait dans quel état elle est maintenant !

— Oui. C'est une bien triste fin pour lui. Ah, si on le tenait, ce *gâpian* !

— Il s'imagine pas le mal qu'il a fait.

— L'Octavie pense comme moi. L'Adeline risque d'en crever de la mort de Michel,

— C'est ça que je crains. Je vais descendre à la ville en parler à sa sœur. À bientôt, Arsène. À quand la prochaine promenade à la Limace ?

— Pas si fort ! Te moque pas. Si l'Octavie l'entendait... Ça sera peut-être en fin de semaine. On se reverra. »

Luc descend à la ville. Il va frapper chez Ignace. La porte s'entrouvre. Le visage de Marie-Joséphine paraît :

« Ah, c'est vous, Luc. Bonjour. Vous venez du Thélevex ?

— Oui. Et c'est ce qui m'inquiète. L'Adeline, ça va pas, vraiment pas. Elle arrive pas à remonter la pente. Vous irez la voir ce soir ?

— Ah, là, là ! Quel ennui ! Entrez un instant. Je peux pas monter la voir aujourd'hui. J'ai un garçon malade. Mon fils Jean est au lit avec de la fièvre.

— C'est bien dommage. L'Adeline est bien seule, comme abandonnée.

— Je sais. Je la verrai demain dimanche, à la messe.

— Si elle a la force de descendre et surtout de remonter. Elle est très faible. Elle mange quasiment rien.

— Oui, bien sûr. J'ai déjà pensé à la prendre chez moi. Mon mari est d'accord pour cet automne.

— Il faudrait dès maintenant, car elle pourra pas attendre cet automne.

— Oui, mais on a pas la place pour ses bêtes. Où les mettre ?

— Et elle s'en occupe presque plus, de ses bêtes.

— On les lui vendra à la foire de la Croix. Alors, on pourra la recevoir chez nous. Elle sera bien obligée, car elle pourra pas passer l'hiver là-haut. »

Luc hoche la tête. Il voudrait voir Ignace et le convaincre de s'occuper de sa belle-sœur.

« Ignace, votre mari, il est pas là ?

— Non. Il est descendu ce matin au marché de Sallanches. Je sais pas quand il sera de retour.

— Ouais. Alors au revoir. »

Luc, un peu outré de l'indifférence de Marie-Joséphine à l'égard de sa sœur, s'en va, serrant à peine la main qu'on lui tend.

Le lendemain, dimanche premier août, alors que sonnent les cloches, la foule des fidèles se presse à la grand-messe de dix heures. Flavie est entrée une des premières. Son mari demeure sous le porche de l'église. Il dévisage discrètement chaque femme passant devant lui. Adeline n'est pas parmi elles.

L'office religieux commence. Luc veut y assister. Il prend place près du bénitier, non loin de la porte. Les rares retardataires ne sont que des hommes. Seule, une vieille femme s'appuyant sur une canne arrive presque en dernier. Elle est suivie par Arsène qui se place aux côtés de Luc. Venus tous deux à la messe, ils sont surtout préoccupés de savoir si Adeline est présente. Luc suit la cérémonie de façon assez distraite. Il est soucieux.

Flavie est agenouillée en bordure de l'allée centrale près du chœur. Bien qu'étant éloignée de son mari, elle tourne la tête un instant dans sa direction. Comprenant son interrogation muette, Luc secoue lentement la tête : elle n'est pas venue. C'est inquiétant.

Arsène et Luc, côte à côte, échangent des regards. Un dialogue silencieux mais combien éloquent.

La messe terminée, ils restent dehors à surveiller la foule sortant lentement de l'église. Il n'y a plus de doute, Adeline n'est pas descendue. Flavie qui les rejoint partage leur inquiétude.

Sur la grand-place, ils se heurtent presque à Ignace et à sa femme.

« Avez-vous vu l'Adeline ? demande Marie-Joséphine, alarmée.

— Non.

— Qu'est-ce qui a pu lui arriver ?

— On sait pas. »

Ils attendent encore un long moment, dans l'éventualité bien improbable de l'arrivée d'Adeline.

— Finalement, Luc décide :

— Malade ou pas, il lui est arrivé quelque chose. Peut-être un accident ? Faut monter chez elle.

— Luc, je te laisse y aller. Je vais au Chevaly, car il faut que je m'occupe des enfants. »

De son côté, Marie-Joséphine s'adresse à son mari :

« Ignace, moi aussi, je retourne voir le petit qui est malade. Je t'attendrai à la maison. »

Les trois hommes quittent la place. Ils marchent d'un bon pas sur le chemin pentu du Calvaire. Leur inquiétude augmente tout au long du parcours. Elle confine à l'anxiété.

À leur arrivée au Thélevex, la ferme, quoique bruyante des cris des animaux, semble abandonnée. Aucune fumée ne s'échappe de la cheminée. Les alentours sont déserts. On entend, sans le voir, le chien dont les longs hurlements donnent le frisson. Les vaches sont encore enfermées dans leur étable. Elles poussent des beuglements ininterrompus auxquels se mêlent les hennissements répétés de la jument.

Luc ne remarque aucune poule sur le tas de fumier. Pourtant elles l'envahissent chaque jour.

« Qu'est-ce que ça veut dire ? Où est le chien ? » demande Luc angoissé.

Du pied, il pousse brutalement la porte. Il pénètre presque en courant à l'intérieur. Arsène et Ignace le suivent.

Les pièces sont désertes. Adeline n'est pas là.

Arsène et Ignace vont libérer les bêtes. Ils leur ouvrent les portes. Luc sort de la ferme. Il la contourne en direction de la grange. Il aperçoit aussitôt le chien assis devant l'entrée. Il hurle sans arrêt. Luc, de plus en plus angoissé enfonce la porte. Il se précipite à l'intérieur. Il pousse un cri, revient sur ses pas. Il s'appuie contre la paroi.

Arsène et Ignace l'ont rejoint. Il gémit : « C'est horrible ! Non ! La pauvre Adeline, avoir fait ça ! »

Par monosyllabes, il apprend à ses amis l'horrible fin d'Adeline.

Abandonnant la ferme, ils dégringolent en toute hâte à la ville. Ignace court chez lui avertir sa femme. Arsène et Luc vont au presbytère. Ils veulent voir le curé Monnard. Malheureusement, il est absent. Ils parviennent enfin à contacter un des vicaires. Luc lui relate la tragédie.

« Une pareille chose. Comme c'est triste, soupire le vicaire. La mort de Michel avait complètement bouleversé la pauvre femme. Malheureusement, en ce qui concerne l'Église, on ne peut plus faire grand-chose pour elle dans ces cas-là. Vous le savez bien.

— Venez, monsieur l'abbé. Venez quand même avec nous. On peut pas la laisser ainsi. Elle a toujours vécu en bonne chrétienne, très pieuse. On a besoin de vous. Venez. On vous en supplie.

— D'accord. Je dois justement aller au Planellet en l'absence de monsieur le curé. Je vais passer par le Thélevex. Je vous accompagne. »

Ils remontent tous quatre, avec Ignace qui les a rejoints.

Dans la soirée, le vicaire, la voix encore tremblante d'émotion, évoque le supplice d'Adeline. Il fait le récit de sa fin tragique : « On l'a trouvée pendue dans sa grange. Elle avait drôlement bien préparé son suicide. Ayant savonné une corde neuve bien solide, elle l'a attachée à une poutre. Elle a soigneusement pris des mesures et bien choisi l'emplacement pour que ses pieds ne puissent toucher le sol, ni ses mains s'agripper à rien dans un dernier sursaut.

« Elle s'est débarrassée de sa robe et de son mouchoir du cou. Elle s'est coupé les cheveux pour que rien, dans le dernier mouvement, ne vînt gêner la strangulation.

« Ainsi décolletée, elle a décrocheté son corset, quitté ses souliers, les a bien rangés l'un à côté de l'autre sur le plancher. Dans cet état, elle a dû monter sur une table de trois pieds de hauteur. Elle s'est ajusté le nœud coulant un peu en dessous d'un petit goître qu'elle cachait avec son mouchoir.

« Elle s'est alors élancée, faisant le grand saut. La voilà dans le vide sans pouvoir se secourir, ni des pieds ni des mains. Ce drame a dû se passer pendant la nuit. Cette nuit.

« Le cadavre est déjà horrible, démesurément allongé. Le ventre et les seins enflés et livides sont presque noirs. Les bras sont crispés et tordus. La langue épaisse et noire tombe sur le menton.

« Et ses yeux… Si vous les voyiez, grands ouverts, comme ceux d'un taureau. Ils fixent désespérément…

« Quelle fin horrible pour cette pauvre femme !

— En effet, quelle fin horrible pour elle… Dieu ait son âme. » murmure le curé Monnard, péniblement impressionné malgré lui.

Ce soir-là, le glas ne retentit pas sur la ville.

Telle est la loi de l'Église.

Pour ceux qui offensent Dieu en mettant fin à leurs jours, il n'est point de cérémonie religieuse, ni de sonnerie au clocher de l'église.

Chapitre V

En cet après-midi du dimanche 1er août, la sonnerie des cloches se fait entendre de façon ininterrompue. Elles emplissent la vallée d'accords émouvants.

Elles invitent la foule des fidèles à se préparer pour la cérémonie du lendemain.

En effet, en 1850, par faveur spéciale, le pape Pie IX avait accordé à l'église, ou plus exactement à la chapelle de Notre-Dame-des-Vertus, sur le Calvaire, une indulgence plénière pour les péchés à tout catholique, à la condition de se confesser, puis de communier. Ainsi, en règle avec Dieu, le pauvre pécheur peut se présenter à la chapelle dès le lendemain et assister aux offices sacrés.

Il peut obtenir la rémission de tous ses péchés en priant selon certaines règles. Ce privilège, les Indulgences de la Portioncule, sera célébré le 2 août cette année.

Ce dimanche soir, alors que le soleil descend lentement sur la montagne, les fidèles sont nombreux à se presser dans l'église pour se préparer à la grande cérémonie du lendemain lundi 2 août. L'élément féminin, de beaucoup le plus important, demeure dans une attitude recueillie. L'appel de la sonnerie des cloches est particulièrement imposant.

En effet, la quête faite dans la paroisse à l'occasion de l'année jubilaire avait réuni suffisamment d'argent pour permettre l'achat de quatre nouvelles cloches, dont un gros bourdon. Elles seront, dès le lendemain, bénies solennellement par le vicaire général, venu spécialement d'Annecy. Il assistera même à la pose d'une plaque de marbre sur la façade de l'église en l'honneur des noces d'or sacerdotales de monseigneur Jean-Marie Tissot, enfant du pays, actuellement évêque dans les lointaines Indes orientales.

Sur la recommandation de monsieur le curé, et pour ne pas troubler l'atmosphère de recueillement religieux en ces deux jours mémorables, la mort tragique d'Adeline est tenue secrète.

Le vicaire lui-même en a averti Ignace et sa femme. Dans l'après-midi, arrivant au Chevaly, Luc, bien qu'attristé, essaie de se composer un visage serein. Il ne veut pas que Flavie soit bouleversée par une telle nouvelle. Elle l'apprendra toujours assez tôt.

Il tente d'éviter le regard de sa femme. Elle l'interroge anxieusement :

« Alors ? L'Adeline ?

— C'est rien. Elle est malade au lit avec de la fièvre. » Puis, contrairement à son habitude, il se met à caresser son chien.

Flavie a-t-elle un pressentiment ? Elle insiste :

« Toi, tu me racontes une histoire. »

Luc s'irrite soudain, et de la mort d'Adeline, et de lui-même, et de la perspicacité de sa femme. Aussi, sur un ton plutôt ferme :

« Laisse-moi tranquille, veux-tu ? »

Flavie se tait. Dépitée, elle n'en pense pas moins.

En fin d'après-midi, accompagnée de Luc, elle va se confesser. Elle n'apprend cependant aucune nouvelle. Rien n'a transpiré de la fin tragique d'Adeline. Revenant tous deux silencieusement au Chevaly, Flavie, sollicitée par une intuition, pose spontanément la question à son mari qu'elle « trouve pas comme d'habitude » :

« Elle est pas morte, au moins ? »

Luc lui répond de façon évasive :

« T'as seulement entendu la sonnerie du glas ? »

Il pense alors non seulement à Flavie, mais à ses bêtes.

« Demain, j'y remonterai voir. »

Cette dernière phrase rassure Flavie. Si Luc remonte au Thélevex, Adeline ne doit pas être morte.

Le lendemain, lundi 2 août, ils vont tous deux assister à la célébration d'une des premières messes matinales à la chapelle du Calvaire. Ils bénéficieront des indulgences plénières promises par sa Sainteté le pape.

Après l'office religieux, Flavie manifeste un instant le désir de monter au Thélevex, assez proche du Calvaire. Luc s'y oppose avec une certaine fermeté. Il lui recommande d'aller à Cassioz chercher les enfants puis de remonter au Chevaly :

« Laisse-moi monter seul chez Michel et occupe-toi des petits. »

Ce n'est pas un conseil, c'est un ordre.

Luc n'a pas le cœur d'aller directement chez Michel.

Arrivé au Thélevex, il oblique en direction du Mas. Accompagné d'Arsène, ils reviennent tous deux à la ferme de Michel qu'ils croyaient déserte. Ils ont été devancés par Ignace qui, aidé de sa femme, s'affaire dans la maison. Il a libéré les vaches et la jument. Il les a mises à la pâture.

Dans le *peille*, le corps d'Adeline est étendu sur le lit, le visage recouvert d'un voile. Arsène et Luc sont près d'elle, dans une attitude recueillie. Soudain, ils entendent du bruit près de l'entrée et des éclats de voix. Ils reconnaissent la voix d'Athanase. Celui-ci s'adresse à Ignace, surpris :

« Où est l'Adeline ? Nom de Dieu ! Ses sales vaches sont encore allées hier sur mon pré. »

Athanase est alors rejoint par Marie-Joséphine. Elle lui répond d'une voix irritée :

« L'Adeline est morte. Vous êtes content ? »

Stupéfait, Athanase marque un temps d'arrêt, fait le signe de croix, puis se retire en silence. Luc voit sa silhouette passer devant la fenêtre. Il a tout entendu. Cela l'amène à réfléchir. Athanase étant au courant de la mort d'Adeline, la nouvelle va se répandre dans le pays. Luc doit l'annoncer lui-même à Flavie avec ménagement. Il craindrait qu'elle ne l'apprenne brutalement par une autre personne. « Ça serait trop éprouvant pour elle. »

Maintenant, il appréhende de revenir au Chevaly.

Il accompagne Arsène chez lui ; il y reste un long moment. Tous deux sont assis devant un verre d'eau-de-vie.

« Allez, reprends un peu de gnôle. Ça te donnera du courage.

— Oui. Il m'en faut pour annoncer ça à Flavie. »

En descendant à la ville, il ralentit le pas. Arrivé sur la place de l'église, il se décide à boire un autre verre. Il en éprouve le besoin. Entrant dans le café de l'Adèle Orsy, il croise Athanase qui en sort. Luc se fait la réflexion : « Déjà là, il perd pas de temps. »

À peine est-il assis que l'Adèle s'approche de lui. Sans préambule elle lui demande :

« C'est-y vrai ? L'Adeline, du Thélevex, est morte ?

— Malheureusement oui. C'est Athanase qui vous l'a dit ?

— Oui. Et comment c'est arrivé ?

— Je sais pas. Donnez-moi un troisième de gnôle. »

Revenant avec le verre à la main, Adèle engage à nouveau la conversation :

« C'est bien triste. Quand est-elle morte ?

— Hier, dimanche matin.

— On sait vraiment pas de quoi ?

— Elle s'est laissée dépérir depuis la mort du Michel.

— C'est certain. Le pauvre, il a été tué il y a un peu plus d'un mois. Et maintenant c'est sa veuve qui est morte. Ça a pas traîné. Et ils avaient pas d'enfant.

— Non. »

Le silence s'établit. Pendant que l'Adèle emplit son verre, il songe à Adeline. Si elle avait eu des enfants, elle n'aurait pas choisi de mourir, surtout de cette horrible façon.

D'autres clients sont entrés.

Adèle ne manque pas de leur annoncer la mort d'Adeline. Ils n'en paraissent pas surpris ; l'un d'eux remarque :

« Ça s'est dit au Calvaire. On en vient. C'est une chose bien triste ! »

« Elle le sera bien davantage quand ils sauront comment elle est morte », songe Luc, en terminant son verre. Il se lève et murmure presque de façon audible :

« Oui. Maintenant il faut aller trouver Flavie. »

Ses trois petits verres de gnole lui ont donné un peu de courage. Sans s'en rendre compte, il marche d'un bon pas. Dans sa tête, les pensées s'entrecroisent. À Flavie, lui dira-t-il ou non? Tout à l'heure, pendant la messe, il ne se posait plus la question. Il pensait seulement à la disparition d'Adeline, au devenir de son âme. Il n'y avait pas songé auparavant, la majesté du lieu sacré l'amenait à une telle interrogation. En ce moment, il n'évoque plus pour elle le paradis, peut-être le purgatoire.

Maintenant, il faut annoncer la nouvelle à Flavie. Comment s'y prendre? Le dira-t-il de suite ou vaut-il mieux attendre? Inconsciemment, il ralentit le pas. Il hésite encore. Puis il repart plus vivement. Sa décision est prise. Il aura le courage de tout dire.

Arrivant près de la cabane, il voit sa femme. Elle l'attend à l'entrée, la mine inquiète. Le devançant, elle interroge:

« Alors, l'Adeline?

— Ça va mal. Elle passera peut-être pas la nuit.

— Qu'est-ce qu'elle a eu?

— Elle est tombée et a dû se fendre le crâne.

— Elle est pas morte, vraiment?

— Non. Mais c'est tout comme. »

Flavie semble méditer un instant:

« Ça va. J'ai compris. Elle est morte. »

Luc se rend compte qu'il ment mal. Il ne peut plus continuer.

« Oui. C'est vrai. »

Cette nouvelle attriste sa femme, mais, paradoxalement, semble la soulager. Elle ne vit plus maintenant dans l'angoissante attente des nouvelles. Pauvre Adeline, c'est fini pour elle. Comment est-elle morte ? Flavie veut le savoir :

« De quoi elle est morte ? Je veux la vérité. »

Luc n'ose plus la lui cacher. Peut-être a-t-il trop bu d'alcool ? Il a le courage de lui dire d'un trait :

« Elle s'est suicidée.

— Suicidée... ! Mais comment ? »

Luc hésite un instant encore à le lui révéler. De toute façon elle finira par l'apprendre.

« Elle s'est pendue dans sa grange.

— Oh Seigneur ! pendue... »

C'est tout ce que Flavie trouve à dire. Ce mot l'a saisie. Elle demeure frappée de stupeur. Elle ne concevait pas une fin si épouvantable. Elle évoque un instant l'image... puis non. Elle s'efforce de la repousser. Elle cligne des paupières, ses yeux s'emplissent de larmes.

« C'est affreux », balbutie-t-elle en entrant dans la cabane.

Voyant pleurer sa mère, Ambroise se précipite vers elle. Il s'agrippe à sa jupe en criant : « Maman ! Maman ! »

Marie-Léontine joue avec un morceau de bois sur le sol. Elle reste un instant interdite puis se met à sangloter. Voir sa famille en pleurs est désagréable pour Luc. Il s'impatiente devant ce chagrin qui se prolonge trop bruyamment. D'un ton bourru, il gronde les enfants :

« Allons, calmez-vous, sacrebleu ! »

Flavie le fixe du regard. Luc a vaguement conscience, sans pouvoir se l'expliquer, d'être en partie à l'origine de l'intensité dramatique de la situation.

Il tente de calmer sa femme. Séchant ses larmes, elle lui lance :

« Voilà où cela nous mène, votre contrebande !

— Mais, Flavie… »

Elle l'interrompt avec véhémence :

« Il y a pas de mais. Le Michel est mort en faisant du trafic avec vous. Finalement, l'Adeline, ça l'a tuée. Pauvre femme. Vous devriez y penser, aux conséquences de votre sale travail. »

Luc ne répond rien. Elle a raison. Devant son silence prudent, elle s'enhardit. Elle devient agressive :

« Un jour, ça peut t'arriver, à toi comme à Michel. Qu'est-ce que je deviendrai, moi, avec les enfants ? T'y penses pas ? Non ?

— Oui, bien sûr, » admet Luc conciliant, tandis que Flavie soutenue par une colère croissante pousse son offensive avec plus de violence :

« C'est fini. Je veux plus que tu fasses de la contrebande. Tiens-le toi pour dit. »

Elle s'arrête, surprise elle-même de tant d'audace. Depuis leur mariage, c'est la première fois qu'elle ose affronter si vivement son mari, et de plus en présence des enfants médusés. Effrayés par les éclats de voix, ils se sont prudemment retirés dans un coin de la pièce, vers le fourneau.

Sa colère tombée, Flavie reste un moment interdite. Elle attend la réaction de son mari. Elle craint d'avoir été trop vive. Elle a osé braver son homme, le maître du logis.

Or, Luc reste un moment silencieux, préoccupé même. Il se triture la barbe. Il reconnaît le bien-fondé des paroles de sa femme. À leur vivacité, il mesure, s'il devait en douter, combien elle lui est attachée. Il évoque à nouveau le souvenir des deux drames en un mois.

S'approchant de Flavie, il la prend dans ses bras. Elle est surprise, ayant craint toute autre réaction. Mais Luc se veut convaincant : « Allons, la femme. T'énerves pas. Je resterai près de vous, maintenant. »

Il l'embrasse. Comme en secret, lui chuchote à l'oreille : « C'est promis. Juré. Je ferai plus de contrebande. »

Elle n'en croit pas ses oreilles. Luc lui a dit cela… Elle veut l'entendre à nouveau, pour en être certaine. Il lui renouvelle sa promesse. Puis il s'assoit. Il prend sur les genoux ses deux enfants enfin rassurés après les vives paroles de leur mère.

Un peu plus tard, il annonce à Flavie la nécessité d'aller à la ville pour quérir un cochon crevé.

Ce n'est pas vrai. Il éprouve seulement le besoin de sortir, de reprendre un peu ses esprits. L'attitude décidée de Flavie, faite de désespoir et de colère, la concession importante, pour ne pas dire la capitulation, qu'il a faite pour la première fois, l'ont un peu contrarié, même désemparé.

Traversant le village de Cassioz, il s'arrête un long moment sur le vieux pont de pierre au-dessus du torrent. Il fixe sans la voir l'eau tumultueuse. Dans l'abondant feuillage des arbres bordant la rive, un merle chante joyeusement. Luc ne l'entend même pas.

Appuyé contre le parapet, il songe à la promesse faite peut-être un peu trop spontanément. Ne pourrait-il plus faire de contrebande ? Certes, il y a toujours des risques à la faire, mais aussi combien de compensations ! Sans savoir toujours bien calculer, il cherche à évaluer la perte d'argent que cet abandon va entraîner.

Vendre poules et pigeons est indispensable, mais insuffisant. Il ne voit pas d'autre issue que de chercher un travail. Cette solution ne lui sourit guère. Il y est contraint surtout à cause des enfants.

Il en est là de ses réflexions quand arrive un attelage dont le chariot grinçant souffre de vétusté. La jument qui le tire se met à hennir avant de s'engager sur le pont. Elle ne veut pas avertir Luc dont la présence gêne le passage, mais elle a hâte de gagner l'écurie toute proche. En dernier, Alexis, l'oncle de Flavie suit d'un pas tranquille. Il semble un peu surpris de rencontrer Luc. Cependant il lui parle :

« Alors Luc. Vous savez la nouvelle, bien sûr ? C'est triste. De quoi elle est morte ?

— On sait toujours pas. »

Luc abrège la conversation. Il n'a guère d'affinités avec cet homme. Alexis a pour lui plus de mépris que de sympathie. Qu'il ait engagé si facilement la conversation a surpris Luc. Or il ne tient pas à parler de la mort d'Adeline, de cette mort qui peu à peu l'obsède. Elle prend trop d'importance. Il arrive à la ville. Il se rend aussitôt chez Ignace. Ni lui ni sa femme ne sont là. Il se dirige alors chez la Rivollette. À peine entré, il est hélé par deux hommes attablés près de la fenêtre :

« Hé, le Luc ! Venez prendre un verre avec nous. »

Cette invitation le surprend. Ce n'est pas dans leurs habitudes de le remarquer et encore moins de l'inviter si cordialement. Il accepte cependant.

« Bonjour Parin, bonjour Bérod. C'est pas de refus. »

Il subodore dans cette invitation un motif autre que la seule sympathie. Il sera sûrement encore question de Michel et d'Adeline. Mais peut-il refuser ?

Tous deux sont de Megève. Parin se trouve être le cantonnier, Basile Arvin-Bérod est journalier de son état. D'emblée, après avoir commandé à boire, Parin enchaîne : « Alors, vous connaissez aussi la nouvelle ?

— La mort de l'Adeline ? Oui. C'est horrible.

— Vous qui les connaissiez bien – Michel était un de vos amis – vous savez comment elle est morte ? »

Luc s'interroge en lui-même. Pourquoi « comment elle est morte ? » Sait-il quelque chose ? Prudemment il répond :

« Pas précisément. On l'a trouvée morte.

— Oui, l'Adeline était bonne chrétienne, et pourquoi on sonne pas le glas pour son enterrement ?

— Ce sera pour ce soir, puisqu'aujourd'hui c'est la Portioncule et que l'enterrement se fera demain.

— Non. Il y aura pas de glas pour elle ce soir, affirme Bérod. Mon cousin le sacristain me l'a dit, sans dire pourquoi.

— C'est peut-être qu'elle s'est suicidée, suggère Parin. Je vois que ça comme explication. Mais alors comment ? Vous le savez pas non plus, Luc ? »

Luc répond évasivement :

« Non, pas. Mais ça m'étonnerait pas qu'elle se soit suicidée. Après la mort terrible de Michel, depuis un mois, elle dégringolait. Elle a pas pu tenir le coup. »

Parin insiste : « Mais qui a trouvé le corps ? »

Luc tente d'éluder la question : « La dernière fois

que je l'ai vue, elle était sur son lit. Allez, c'est trop triste. On parle plus de ça. Je paie ma tournée. »

Dans la soirée, le bruit court que « l'Adeline s'est pendue. » Comment l'a-t-on su ? Par une indiscrétion d'Ignace ou d'Arsène ? Ou de Flavie ? Mais Luc repousse cette dernière éventualité. Flavie n'a pas bougé du Chevaly. Ne serait-ce pas plutôt Athanase ? Ayant fureté dans la ferme, il a peut-être découvert le fragment de corde coupée, encore attaché à une poutre. Luc ne saura jamais. Cette nouvelle bouleversante met le pays en émoi. « L'Adeline à Michel » s'est pendue de désespoir. C'est le principal sujet des conversations.

Quel calvaire a-t-elle enduré pour se préparer une mort aussi horrible ? Quelle destinée dramatique pour ce ménage ! On évoque le souvenir et les noms de ceux qui, dans le passé, ont aussi choisi un tel supplice pour mourir.

Ils sont en effet assez nombreux, surtout chez les paysans, ceux qui se suicident de façon affreuse. C'est souvent en pleine nuit ou au petit matin, dans la vaste grange, silencieuse, au décor grandiose et sinistre. Tout y est préparé, comme une invite. La corde, un lien utilisé pour le fourrage ou les bêtes. Elle traîne sur le sol ; l'enchevêtrement des poutres au-dessus de la tête, obsédant pour les yeux ; la caisse de bois dans un coin, une marche à monter, presque un appel. Le dégoût en soi, le désespoir immense, aussi sombre qu'une nuit sans fin, sans étoile, avec seulement le courage d'en finir. La montée, le saut dans le vide, discret, sans bruit, sans témoin, le saut dans l'éternité.

Au Calvaire, où se termine la cérémonie de la Portioncule, des femmes prient pour Adeline et le repos de son âme.

L'enterrement a lieu le mardi, à la tombée de la nuit, sans cérémonie religieuse, dans le grand silence des cloches, désespérément muettes.

Une foule nombreuse est venue faire ses adieux à Adeline. Elle vit encore le souvenir de Michel. Jean-Baptiste, son frère est venu de Paris accompagné de sa femme. L'ensemble des deux familles est réuni.

Flavie est émue. Elle ne peut retenir quelques larmes quand le cercueil d'Adeline est descendu dans le trou fraîchement creusé. Il est loin de son mari, en terre chrétienne cependant. Luc s'éloigne en compagnie de Flavie. Il s'attarde un instant devant la tombe du père, puis devant celle de son ami. Au moment de repartir, il s'entend appeler. Il se retourne et se trouve face à Parin, le cantonnier.

Tout en marchant, après avoir salué Flavie, Parin engage la conversation :

« J'ai vu que vous oubliez pas Michel Voutier.

—J'y pense souvent, pour en avoir rêvé la nuit. J'ai toujours en tête le souvenir du coup de feu.

— Ouais. Il faut s'attendre à tout quand on fait de la contrebande. C'est bien votre avis, Madame ?

— Plus qu'un peu. Et mon mari le sait bien.

— Moi j'aime mieux rester encore cantonnier. Ça gagne peut-être moins, mais on est quand même tranquille. »

Luc, regrettant que Flavie soit intervenue, pose sournoisement la question :

« Eh, Parin ! Vous allez pas me dire que vous avez jamais rien passé ?

— Si, deux à trois fois, des bricoles, pour ma sœur à Flumet. Mais vous, vous allez pas continuer votre trafic en grand ?

— Oh, ça non. C'est bien fini. Hein, Luc ? intervient Flavie.

— Voyez. Je suis bien obligé d'abandonner. »

Ils discutent depuis un moment sur la place, au pied de la tour seigneuriale devant le café Tissot.

Parin lorgne de ce côté. Il propose :

« Si on allait prendre un pot ?

— C'est pas de refus, » accepte aussitôt Flavie, sans attendre la réponse de son mari.

Elle a accepté d'autant plus volontiers cette invitation qu'elle-même hante très rarement les cafés et toujours en compagnie de son mari. De plus, elle n'est jamais entrée dans celui-ci. Ils sont attablés, les deux hommes devant un pot de vin, Flavie devant un bouillon. Parin reprend :

« Si vous abandonnez, c'est pour quoi faire ?

— Je me le demande.

— Vous allez continuer dans les poules et les pigeons ?

— Oui, bien sûr. Mais ça nourrit pas son homme, surtout l'hiver.

— J'ai une idée. Costaud comme vous l'êtes, vous devriez venir travailler à la route. On a eu un ouvrier accidenté et on a besoin d'hommes.

— Oh ! C'est une bonne idée, intervient à nouveau Flavie.

— Toi, tais-toi ! Où en êtes-vous de la route maintenant ?

— On est parti de Panloup en direction du Jorat, la limite, quoi. On y arrivera cet automne. On est à la moitié du chantier.

— Ça paie combien la journée ?

— Autour de quatre francs ; et puis, entre nous, l'auberge-épicerie Léopold Grange est au Jorat, en zone. Ça peut vous rappeler quelque chose », termine Parin avec un sourire complice.

Or, l'allusion à la contrebande n'a pas l'heur de plaire à Flavie. Elle demeure intraitable sur ce sujet.

« Je veux pas qu'il recommence.

— Bien sûr. Mais on passe peu de choses, seulement pour soi, quand on travaille sur le chantier d'à côté, affirme Parin tout en clignant de l'œil discrètement du côté de Luc.

— Oui, on dit ça…, bougonne Flavie. Contente-toi de travailler à la route. C'est plus sûr. »

À la nuit tombée, ils sortent du café. La place est sombre, sans aucune lumière. Seule la pleine lune, en ce moment à demi cachée derrière le clocher, glisse lentement dans le ciel étoilé. Elle répand une douce clarté nacrée sur le toit d'ardoises de l'église. Il est tard. Après un échange de saluts, ils se séparent.

Le lendemain, Luc fait une rapide visite à sa basse-cour. Puis il prend le chemin du Mas. Il voudrait rencontrer Arsène. La veille, il l'avait aperçu lors de l'enterrement.

Il croyait le retrouver sur la place. Mais Arsène était certainement allé chez la Rivollette pendant que lui était au café Tissot. Il s'arrête un instant. Sortant de sa poche une plaque de tabac, il en casse un morceau. Rien ne vaut une chique pour se mettre en forme.

De plus, sans oser se l'avouer, il hésite encore, malgré Flavie, à abandonner définitivement la contrebande. Il se prend à évoquer le passé récent, les événements qui se sont enchaînés : la mort de Michel, la mort d'Adeline, la contrebande même, jusqu'à la fin de son chien, sans oublier l'image du *gâpian* responsable. Est-ce un passé révolu ? Il ne peut se résoudre à ne plus jamais transporter de camelote. Par une association d'idées opportune, un nom surgit : Léopold Grange. Si lui, Luc, va travailler à la nouvelle route, chaque jour il devra passer devant l'épicerie Grange avant de franchir la ligne. Certainement ce ne sera pas toujours les mains vides…

La décision est prise. Il ira travailler à ce chantier. Il saura ajouter quelque chose aux quatre francs de salaire journalier. Il arrive au Mas alors qu'à l'église sonne l'Angélus. Il est donc midi. Luc est cependant certain de ne pas importuner Arsène à l'heure du repas, sachant qu'il mange souvent plus tard.

Il passe non loin de Nathalie. La bonne est encore « en champ aux vaches ». Assise dans l'herbe verte, en compagnie du chien, elle surveille les bêtes tout en tricotant de gros bas de laine. Un peu plus loin, la jument, intriguée par la présence de Luc, s'arrête un instant de paître. Elle tourne la tête dans sa direction et le salue d'un hennissement prolongé.

Il s'annonce en entrant dans la ferme. Octavie, dans la cuisine, est affairée à raviver le feu.

« Arsène est point là ?

— Non. Et je commence à m'inquiéter. Il est parti tard hier soir pour les montagnes de Véry, avec un gros ballot.

— Il allait sur Bellecombe ?

— Oui. Au Plan Désert. Vous connaissez cet alpage ?

— Bien sûr ! Alors il devrait arriver bientôt.

— Il devrait être déjà là. Ça m'inquiète. Surtout avec ce qui s'est passé tous ces temps-ci. Je repense aux Voutier, morts tous deux. J'aurais mieux fait de l'empêcher de partir. Mais on avait encore de la marchandise et il fallait s'en débarrasser. Ça sera bien la dernière fois. Dommage, car ça rapportait bien. On a pu s'acheter une lampe à pétrole. Vous la voyez, là, sur la table. S'éclairer au pétrole à six sous le litre, ça revient moins cher qu'avec une chandelle à dix sous ».

Elle se met à éplucher des pommes de terre, puis après un temps de silence que Luc ne trouble pas :

« Et vous, vous y retournerez bientôt ? »

Il s'attendait à cette question.

« Je crois bien que je ferai plus comme avant. Flavie veut plus rien savoir.

— Elle a sûrement raison. Je vais voir ça avec Arsène. »

En lui-même, Luc songe au difficile débat intérieur d'Octavie pour arriver à cette conclusion.

Elle poursuit :

« Arsène… Il aime tant se promener par les montagnes, il pourra toujours le faire sans la crainte des *gâpians* en faisant pas de contrebande. »

Les tragiques événements de ces dernières semaines et l'inquiétude actuelle d'Octavie provoquent cette décision. Si Arsène arrête son trafic, ils seront deux contrebandiers, et non des moindres, à abandonner. Les douaniers ne s'en doutent pas. Ils ne pourront cependant pas se croiser les bras. De part et d'autre de la ligne, les contrebandiers seront toujours nombreux à continuer sans répit leur trafic.

À cet instant, Luc entend de plus en plus distinctement le bruit des vaches avec leurs cloches. Elles se rapprochent de la ferme. Par la porte restée ouverte, il les aperçoit. En tête avec une belle vache au poil roux taché de blanc. Elle agite un beau collier de cuir auquel pend une non moins belle cloche que Luc croit encore bien reconnaître. Il songe à l'alpage des Buttes, à Michel.

La voix d'Octavie l'arrache à ses pensées.

« Luc, vous allez manger un morceau avec nous. »

À Nathalie qui entre à l'instant :

« Mettez une assiette de plus.

— Grand merci à vous. J'attends encore, car je voudrais voir Arsène, mais dans l'après-midi, je dois aller chercher un veau aux Perchets. Il a crevé depuis hier matin. »

Octavie que le veau ne concerne pas, suit sa pensée : « Je commence à me faire du souci pour Arsène. Pourvu qu'il lui soit rien arrivé. Il devrait être déjà là. »

Le repas terminé, Luc s'emploie à faucher de l'herbe pour les lapins d'Octavie. Vers les trois heures de l'après-midi, il se prépare à partir.

Remerciant Octavie pour son hospitalité, il lui serre la main, puis celle de Nathalie. Les deux femmes l'accompagnent sur le pas de la porte où elles restent toutes deux. Nathalie regarde Luc s'éloigner, Octavie scrute la montagne.

Soudain elle pousse une exclamation de soulagement :

« Arsène ! le voilà, enfin ! »

Se tournant en direction de Luc, elle le rappelle à grands cris. Luc revient sur ses pas. Presque joyeuse, Octavie, élevant la voix l'interpelle :

« Regardez. C'est lui, vers Rochebrune, en haut du Tour, sur Regot. Avec son chapeau et sa blouse bleue. Venez prendre un verre. Vous allez l'attendre. »

Octavie lui sert un verre d'eau-de-vie. Luc ne prend pas le temps de le déguster. Il le termine rapidement en disant :

« Je vais à sa rencontre.

— Comme vous voulez. »

Luc rencontre bientôt Arsène marchant d'un bon pas. Apercevant son ami, celui-ci s'exclame sur un ton joyeux :

« Ah, te voilà ! Mon vieux Luc !

— T'es bien en retard. On commençait à bien s'inquiéter avec l'Octavie.

— Ah ! si tu savais. »

Luc remarque qu'il est essoufflé. Il semble fatigué. Il lui demande :

« T'as eu des ennuis ? Avec des *gâpians* ?

— M'en parle pas. J'ai bien failli me faire prendre.

— Raconte-moi ça.

— Viens, on arrive à la ferme. Je veux boire un coup pour me remonter. »

Bien que soulagée de voir son fils, Octavie ne dissimule pas un air réprobateur :

« C'est bien le moment d'arriver. »

Arsène ne dit mot. Il s'affale presque sur le banc et réclame à boire. Après une bonne gorgée, il marque une pause. Il semble chercher à se souvenir :

« Voilà. Passé la montagne de Véry et après avoir longé la crête, je descendais sur l'autre versant. Je suis arrivé sans rencontrer personne près du chalet "la Limace", chez l'Agnès. C'était nuit. J'en vois sortir un *gâpian*. Et manque de chance, le chien aboie. Le *gâpian* me repère et gueule : "Halte, à la douane !" J'ai pas eu le temps de me tirer qu'il sort son pistolet. Et il me crie, comme s'il m'avait reconnu : "Cette fois, je te tiens mon gaillard ! Avance !" Et avec quel accent ! Même s'il avait pas parlé, je l'aurais reconnu. C'était le *miladiou*.

— Ah oui, celui qui a tiré sur Michel et sur mon chien aussi… Ah, celui-là ! Si un jour on le tient ! »

Arsène poursuit :

« Oui. C'était bien lui. On passe devant le chalet et il fait un geste amical de la main à l'Agnès. Elle nous regardait derrière sa fenêtre. J'étais furieux, moi avec ma charge et lui derrière moi, son pistolet à la main, je me voyais mal parti, bon pour la prison.

« Alors je me suis mis à aller plus vite à la descente, presque à courir le long du torrent. Il m'a suivi un moment en me gueulant de ralentir ou alors il allait tirer. Je pensais à l'Agnès et me demandais ce qu'il allait faire chez elle, la nuit. Je me moquais bien de son pistolet. Je me suis arrêté brusquement. Je lui ai envoyé un de mes deux sacs dans les jambes. Alors il est tombé. Le pistolet est parti. J'ai pas été touché, c'est une chance. Il a voulu se relever. Je lui envoie mon deuxième ballot en pleine gueule. Il est alors tombé dans la pente du torrent, en lâchant son pistolet. Il l'a perdu. Le temps qu'il se relève et le recherche, j'étais loin, tu penses.

— Et ta camelote ?

— Ben, elle est perdue. Trente kilos. Ben, j'avais pas le choix ni le temps de la ramasser. Il me fallait courir et vite.

— Comme tu dis, qu'est-ce qu'il allait faire chez l'Agnès à cette heure ?

— Ça, je me le demande. »

Luc ne remarque pas la subite nervosité d'Arsène :

« Il y avait pas ses parents à l'alpage avec elle ?

— Savoir ? J'ai vu qu'elle derrière la fenêtre. Faudra que je m'en assure. »

Octavie n'a pas pris part à la conversation entre les deux hommes. Debout dans un coin de la pièce, elle a tout le temps fixé son fils, sans broncher. Pourtant, au seul nom d'Agnès, elle a esquissé un sourire ironique.

Arsène se verse un deuxième verre d'eau-de-vie. Elle intervient sur un ton sans réplique : « Bien ! Mais c'est le dernier verre en tant que contrebandier. »

Arsène la regarde, incrédule.

« Eh bien, Arsène ! Tu vois. Luc, il a abandonné ce petit jeu de la contrebande. Tu vas faire pareil. Ce qui t'est arrivé cette fois, ça suffit. Tu as failli te faire tuer et tu perds toute ta camelote. »

Arsène n'en croit pas ses oreilles. Il tente de protester : « Mais, la mère, ça n'est pas…

— Suffit, Arsène, tranche Octavie. Inutile d'insister. »

Arsène reste un moment silencieux, fixant le verre qu'il tient à la main. Puis se tournant vers Luc : « Alors, c'est vrai que t'as tout abandonné ? Pour de bon ?

— Oui. Fallait bien. Avec tout ce qui est arrivé… Flavie m'a fait une de ces scènes. Je vais donc travailler au chantier de la nationale qu'on est en train de faire. En ce moment, on en est entre Panloup et le Jorat. Mais t'as dû le voir. Cet automne, on aura terminé au Jorat, à la limite de la *Hiaute* (Haute-Savoie). Sur la ligne, quoi, si ça te rappelle quelque chose.

— Ça alors, tu m'en apprends de belles !

— Viens travailler avec moi, risque Luc connaissant d'avance la réponse. C'est bien payé et il y a des avantages et…

— Trop peu pour moi, » interrompt Arsène.

Octavie intervient :

« Il y a assez de travail à la ferme sans aller faire le cantonnier. C'est d'ailleurs trop près de Léopold et de la ligne. »

Octavie a bien compris ce que sous-entendait le mot « avantages ». Arsène, lui, n'a réalisé qu'après coup. Il regarde Luc avec des yeux expressifs et secoue la tête lentement, comme désabusé. Luc n'a plus rien à dire. Il n'éprouve pas le besoin de rester davantage. Il se lève et prétexte :

« Allons, repose-toi, Arsène. Au revoir, Octavie, et merci pour tout. Je vais aller quérir mon veau. Il se fait tard. »

Luc arrive à sa cabane bien après six heures. Il est essoufflé. La charge du veau non seulement était lourde, mais difficile à porter sur les épaules. Il lui a fallu marcher presque courbé, surtout dans le chemin montant au Chevaly. Sa tâche n'est pas finie. Il lui faut encore écorcher la bête. D'assez loin, il aperçoit Flavie près de la porte entrouverte, en prières devant la petite croix. Elle est si absorbée qu'elle n'a pas remarqué l'approche de son mari.

Luc s'arrête. Il réfléchit. La sonnerie de l'Angélus a retenti il y a près d'une heure. Flavie ne prie donc pas à son appel. Cette prière fervente le surprend. Il réalise enfin le désarroi de sa femme et le comprend. Elle ne doit pas être convaincue du renoncement définitif de son mari au trafic de la contrebande.

Luc s'est avancé. Ambroise l'aperçoit. Il se précipite en criant : « Papa ! Voilà papa ! »

Flavie est surprise. Le chien n'a pas bronché. Il était trop occupé à ronger un os. D'ailleurs il avait reconnu son maître. Il s'était simplement arrêté un instant, l'os dans la gueule, pour contempler l'étrange spectacle d'un homme associé au cadavre d'un veau.

Luc décide de remettre au lendemain l'écorchement de la bête. Ayant ouvert en grand la porte, Luc prend sa femme par le bras. Flavie demeure une seconde interdite par cette marque de tendresse. Quelques minutes auparavant, elle s'était abîmée dans la prière. Elle se retrouve au contact de son mari. Marie-Léontine s'arrête un instant d'empiler par jeu de petits morceaux de bois. Ambroise, jouant avec une ficelle entremêlée dans les doigts, contemple, un peu surpris, ses parents.

Seule Brunette, indifférente, n'a pas bronché, ni même toussé.

« Flavie, ça y est. Je vais au Jorat.

— Au Jorat ? Pourquoi faire ?

— Travailler au chantier de la nationale, la nouvelle route. C'est décidé. J'y vais demain. »

Il a terminé en martelant ces mots.

Le lendemain, Luc se lève de bonne heure. Il s'empare du veau et le dépouille selon une technique bien établie. La peau pèse un bon poids. Luc se réjouit d'avance du prix qu'il espère en retirer ce matin même.

Il est presque midi à son retour de la ville. Après le repas pris en commun avec Flavie et les enfants, il se dirige vers Pratz. Il a beaucoup de chemin à parcourir avant d'arriver au chantier. Pendant plus d'une heure, il marche d'un bon pas sur la vieille route. Il ne s'arrête pas un seul instant à Pratz, bien que Ravier, le scieur du Moulin Neuf, l'ait invité à boire.

« Tout à l'heure ; il faut que j'aille sur le chantier de la nationale. »

Ravier s'est alors éloigné, surpris par le refus de Luc et son désir de travailler sur un chantier.

La vieille route, datant du temps de la royauté sarde, monte à certains endroits. Elle plonge à d'autres dans le relief montagneux. Elle franchit le torrent du Jorat entre la double rangée d'arbres bordant ses rives, sur un vieux pont de pierre à une seule arche. Dans les temps jadis, une toiture de bois le protégeait. Elle a depuis longtemps disparu. Il en subsiste des fragments de piliers se consumant lentement avec le temps.

La construction de la nouvelle route, au tracé plus rationnel et plus large a été décidée sous l'Empire de Napoléon III après l'annexion du duché de Savoie à la France en 1860. Interrompus par la guerre franco-allemande de 1870, les travaux ont ensuite péniblement repris. En cette année 1886, le tronçon nord venant de la vallée d'Arve arrive à deux kilomètres, en limite de la commune de Megève. Au sud, le long tracé venant de la vallée de l'Isère en Savoie, après avoir parcouru les gorges de l'Arly est près d'atteindre la limite Savoie-Haute-Savoie. Avec les travaux actuels, en fin de cette année seulement, la route nationale arrivera au torrent du Jorat, ligne séparative entre les deux départements, et particulièrement chère aux contrebandiers.

Luc a dépassé l'épicerie Grange située sur sa droite. Quelque deux cents mètres plus loin, il arrive en vue du vieux pont. Il le contemple avec un léger sourire. Ce pont enjambe symboliquement la ligne frontière que lui, Luc, a si souvent franchie ailleurs. Cette fois, il n'est plus le contrebandier à la franchir. Pourtant, il se prend à rêver, même à espérer et enfin à raisonner. Pourquoi passer la ligne inutilement, sans rien transporter? L'image de Flavie s'impose à lui. Mais il se chargera de très peu de camelote, et rarement. Il ne le fera pas à chaque passage de ce pont. Il veut dire de la ligne. Il en est là de ses pensées et s'apprête à traverser quand il entend un appel prolongé, vraisemblablement dans une corne de bouc. Une forte explosion retentit un peu plus haut dans la colline sur la droite. Il lui semble entendre des grêlons tomber dans le feuillage des arbres.

Prudent, il n'ose avancer. Il attend un moment. Aucune autre explosion ne se faisant entendre, il poursuit son chemin. Il est maintenant dans le département de la Savoie. Au loin, en amont de la vieille route, il repère des hommes en bras de chemise, les manches retroussées. Armés de pelles, ils s'affairent à charger des tombereaux.

Luc s'approche. Un des hommes l'aperçoit. L'ayant reconnu, il crie sur un ton ironique à ses camarades de travail :

« Tiens, voilà du renfort.

— T'as raison, je viens pour ça, pour du travail.

— Ah bon, fait l'homme, un peu surpris. Alors faut voir le contremaître. C'est celui qu'est en chemise bleue, là-bas. »

Le contremaître ne connaît pas Luc. Il habite Albertville. Il l'écoute tout en l'examinant. L'ayant bien jaugé, l'homme lui paraît costaud. C'est nécessaire pour manier la pelle, la pioche ou encore la barre à mine. Il acquiesce donc à la demande de Luc :

« D'accord. Vous commencez demain à sept heures. Apportez votre *crostille* pour manger ou alors vous pouvez manger chez Léopold, mais vous en avez pour vingt sous. Vous avez une heure pour *crostiller* et après, travail jusqu'à huit heures le soir. »

Luc essaie de calculer en s'aidant des doigts, mais le contremaître le devance et lui donne la solution :

« Ça fait bien sûr douze heures par jour et vous serez payé quatre francs. »

Luc gardant le silence, l'homme ajoute, comme pour le décider :

« Comme journalier à la ferme, vous auriez que vingt-cinq sous et même étant nourri, c'est mieux payé ici. »

Luc ne conteste pas. Peu avant de partir, il questionne :

« Cette explosion, c'est pas ce qu'on appelle la dynamite ?

— Tout juste. Vous avez deviné. On a fait sauter ce rocher en Panloup.

— Alors, à demain. »

En repartant, Luc aperçoit sur l'autre versant de la vallée, en direction des Évettes, deux douaniers sanglés dans leur uniforme bleu clair, se promener sur le fond vert d'une prairie.

Il s'adresse à un ouvrier près d'un tombereau chargé de gravats et lui demande, désignant les deux douaniers :

« Ils viennent souvent sur le chantier ?

— Non. Presque jamais. Vous êtes venu pour travailler ici ?

— Oui. Dès demain.

— Alors vous pouvez en profiter, mais pas trop. Il leur arrive de fouiller à l'arrivée à Flumet. Mieux vaut prendre la route du haut que de passer par les gorges sur la nouvelle route.

—Vous passez bien de petites choses.

—Oui. Ils tolèrent de petits achats personnels, à condition que ça fasse pas du commerce. »

Le lendemain, Luc se lève avec le jour. Il lui faut partir avant six heures pour être au chantier à sept. Après le repas, il doit s'occuper de la basse-cour. Il lui rend la liberté en ouvrant la porte de la remise. Les pigeons prennent leur vol, les poules et le coq partent à la débandade à travers bois vers la clairière.

Luc a une sensation de malaise de se trouver dès maintenant astreint chaque jour à un travail régulier. Il se sent moins libre, soumis à un horaire. Ce lui est d'autant plus incommode qu'il ne possède ni horloge à la cabane, ni montre sur lui. Il sait qu'il est en avance quand, arrivant en vue de l'église de Pratz, sonne au clocher l'Angélus de six heures. Il porte à la main un étroit panier noir, d'osier tressé, dont les deux battants du couvercle, semi-cylindriques, s'ouvrent en s'écartant. Dans ce panier, ramassé il ne sait où, il a mis sa *crostille*, assez modeste : un morceau de lard et de tomme. Le pain, il l'achètera chez Léopold en quantité suffisante pour ravitailler aussi la famille.

Il pense de nouveau à Flavie. Levée en même temps que lui, elle lui a dit au moment de partir :

« Bon courage. À ce soir. »

Il était déjà assez loin quand, se retournant, il la voyait encore. Elle se tenait droite, dans l'encadrement de la porte, silhouette sombre se confondant avec la pénombre de l'intérieur de la cabane. Il distinguait seulement son visage encadré d'une coiffe blanche et la main qu'elle agitait. Elle assistait au départ de son mari, certainement pour lever un doute en elle. Elle s'assurait ainsi de la décision bien arrêtée de Luc d'aller travailler à la construction de la route.

Il n'a pas changé de vêtements. Il porte ceux de tous les jours, la même blouse élimée, le vieux pantalon de futaine déjà bien rapiécé, un peu trop chaud pour cette période de l'été. Mais il peut encore faire bon usage. Luc réserve, seulement pour le dimanche et les jours de fête, les habits et les chaussures de Michel donnés par Adeline.

Il pense à nouveau aux deux disparus. Comme pour se libérer de ce triste souvenir, il hâte le pas. Malgré l'heure matinale, il a de plus en plus chaud. Il se voit dans l'obligation de dénouer les pans de sa blouse attachés en ceinture, puis de la quitter.

À peine est-il arrivé sur le chantier, le contremaître lui donne pelle et pioche. Aussitôt il retrousse ses manches et, nu-tête, se met à la tâche conjointement avec ses compagnons.

Il travaille avec ardeur, maniant tantôt la pelle, tantôt la pioche. La route tracée à flanc de coteau nécessite de gros travaux de terrassement. Les déblais arrachés en amont sont utilisés à l'accotement en aval.

Sur ce versant de l'endroit, l'ardeur du soleil est telle que Luc se met à beaucoup transpirer. Il quitte alors sa chemise, travaille le torse nu, mais remet son chapeau. Les hommes parlent très peu, occupés à travailler sans répit. Luc trouve la matinée fort longue. Cinq heures de labeur sans aucun arrêt lui sont pénibles pour ce premier jour. Aussi est-ce avec satisfaction qu'il profite de la pause de midi, non seulement pour manger, mais aussi pour prendre quelque repos. Comme ses compagnons, il va au torrent se rafraîchir en plongeant ses bras dans l'eau fraîche.

Au cours de la matinée, il a eu soif. Or il avait oublié de prendre une bouteille. Sans rien demander, il s'est absenté deux fois pour aller se désaltérer au torrent.

Le contremaître s'en est aperçu la deuxième fois. Fronçant les sourcils, il l'a averti :

« Eh ! Chatel, faudra vous prendre une ou deux bouteilles demain. Je veux pas vous voir tout abandonner. Oubliez pas. »

Bien sûr. Il ne l'oubliera plus, même il en apportera deux, l'une à remplir d'eau, l'autre pour le cidre à acheter chez Léopold. Il préférerait de beaucoup du vin, mais à seize sous le litre il est trop cher, comparé au cidre à moitié prix. C'est pourquoi il reluque avec convoitise les bouteilles de vin apportées par quelques-uns de ses compagnons. La *crostille* terminée, il s'étend sur le dos, dans l'herbe. Les deux mains sur la tête, il scrute le versant opposé de la vallée, l'envers. Il espère repérer des douaniers, les ennemis d'hier et peut-être encore de demain. Si leur intervention dans son passé récent fut dramatique, il n'a plus à les craindre maintenant.

Le travail reprend à une heure. Que de coups de pelle ou de pioche il doit donner. Il en arrive à s'essouffler. Il marque une pause assez brève pour boire et s'essuyer le front du revers de la main. Un de ses compagnons le remarque et lui dit, un peu goguenard : « C'est le métier qui entre. Ça fait toujours ça quand on a pas l'habitude de faire des efforts. Dans une semaine, ça ira mieux, vous verrez. »

Luc se refuse à lui répondre. L'habitude des efforts ! Que fait-il quand il va chercher plus de soixante kilos de marchandise en Suisse pour les porter sur le dos jusqu'au Chevaly ? Il se contente de hausser les épaules en silence.

Le travail se poursuit sans arrêt. Maintes fois, la pioche heurte du dur. C'est souvent un gros caillou, ou parfois une pierre plus importante. On lui vient alors en aide. Patiemment, à deux où trois, le bloc est dégagé, puis poussé sur la pente pour être immobilisé dans le talus en aval afin de mieux assurer l'assise de la route.

Parmi les compagnons de Luc, l'un d'eux appelé Titon, habite tout près, dans une ferme située sur le même versant, un peu plus bas en direction du Jorat. Il a choisi de s'embaucher sur ce chantier, négligeant ainsi quelque peu son travail de paysan. Il est particulièrement bien bâti et très fort, au point, dit-on, de pouvoir déplacer seul la grosse roue à aubes d'un moulin. Il a adopté Luc comme compagnon de chantier.

Trois jours plus tard, l'avancement des travaux se trouve arrêté. On bute contre un filon rocheux. On est dans l'obligation de miner. Ainsi en a décidé le contremaître.

Il faut pour cela tout d'abord forer des trous dans la masse rocheuse, y introduire de la dynamite, enfin, à l'aide d'un détonateur, en provoquer l'explosion.

Alors se met en place une équipe de trois hommes comprenant Titon, Luc et un troisième, Joseph, presque aussi costaud que Titon. Luc est chargé de tenir la barre à mine dont il examine la pointe. Cette partie, qui doit s'enfoncer dans la masse rocheuse, a la forme d'un burin assez tranchant. À chaque coup d'une lourde masse sur la tête de la barre, le burin de la pointe s'incruste dans le dur. Il faut alors vite la dégager, la tourner d'un quart de tour pour entamer la roche sous un autre angle avant que la masse ne vienne à nouveau heurter la tête. Ainsi à chaque coup, la barre s'enfonce, creuse le trou qui recevra la dynamite.

Luc tient la barre. Joseph et Titon alternativement en cadence la heurtent à coups de masse. Ils poussent chaque fois un « han » pour rythmer leur effort.

À chaque coup, Luc ferme involontairement les yeux. Il les rouvre aussitôt, alors que, sous le choc, la barre tremble durement entre ses mains. Elle fait jaillir du rocher une gerbe d'étincelles. Bien qu'ayant confiance dans la précision des coups portés par ses deux compagnons, Luc se trouve soulagé, une fois terminé le travail de forage. Il fait jouer ses doigts endoloris par les vibrations du métal.

Le contremaître est venu vérifier le travail de forage, accompagné d'un ouvrier-mineur. Celui-ci place alors la charge de dynamite et le détonateur. Luc connaît par ouï-dire cet explosif découvert quelque vingt années auparavant. Il en a déjà entendu l'explosion assourdissante. Il se rapproche un peu trop pour regarder le travail du mineur. Celui-ci le rabroue :

« Vite, tirons-nous. »

À ce moment, le contremaître souffle dans une corne de bouc. Il en tire un long appel. Tout le monde s'est déjà éloigné avec rapidité à une certaine distance, non sans pousser quelques cris. Luc a vite compris. Il cherche même un abri derrière un arbre.

On n'attend pas une minute. Une forte explosion soulève le sol. Dans un nuage de poussière et de débris, des cailloux sont projetés fort loin.

Quand tout est retombé, le contremaître suivi du mineur et du reste de l'équipe s'approchent. Chacun contemple le trou béant, à demi comblé de gravats. C'est là que se trouvait la masse rocheuse qui barrait le chantier. En une minute, elle a été anéantie.

Et Luc de songer : dans le temps, combien de semaines aurait-il fallu pour en venir à bout en l'attaquant au pic ?

Sur le chantier, un accident est toujours possible. Ainsi, huit jours auparavant, un des ouvriers a joué de malchance. Une grosse pierre roulant sur une déclivité l'a heurté et lui a cassé la jambe. Sa famille a appelé le rhabilleur d'Ugine pour le soigner, mais il ne peut plus avoir l'espoir de travailler à nouveau sur le chantier avant son achèvement. L'homme ne gagne plus rien. Heureusement, il a un petit jardin. Il élève quelques poules. Mais combien difficile sera l'hiver pour lui.

Samedi arrive enfin. C'est non seulement la veille du dimanche, jour du Seigneur, mais aussi du jour de repos. Malgré les mains endolories par les manches de pelle ou de pioche, Luc semble s'être habitué à ce rythme de travail.

Il n'attend pas moins impatiemment la fin de la journée. Cet après-midi, il travaille en équipe. Elle doit charger les déblais dans les tombereaux pour être déversés plus loin en aval.

Sur la vieille route, un homme s'est avancé près du chantier, en contrebas. Il ne poursuit plus son chemin et s'assoit dans l'herbe. Il regarde les ouvriers s'agiter, manier la pelle sans répit. L'un d'eux, conduisant un attelage, aperçoit l'inconnu. Il le désigne aux autres :

« Qui c'est pour un celui-là, à nous regarder ? »

Tous les yeux convergent vers l'homme qui agite un bras. Luc est surpris. Il s'adresse à ses compagnons :

« C'est Arsène, un vieux copain à moi. »

Puis, se tournant vers Arsène :

« Tu m'attends. On a bientôt fini. »

Il est près de sept heures. Les déblais ont été enlevés, le pelletage terminé. Il faudrait reprendre les travaux de terrassement à la pioche. Le contremaître décide de ne pas les entreprendre à cette heure tardive. Il ordonne :

« Allez, donnez encore quelques coups de pelle ici et vous pourrez partir. »

C'est avec une ardeur redoublée que le dernier chargement est terminé. Il est un peu plus de sept heures quand le calme revient sur le chantier peu à peu abandonné. Les quelques ouvriers embauchés avec cheval et tombereau repartent sur leur monture. Titon se prépare à rejoindre sa ferme située un peu plus loin en direction du Jorat. Il monte dans son tombereau, invite Luc, puis Arsène qui l'a rejoint.

La maison de Titon est une vieille ferme accrochée dans la pente sur un replat du terrain. Elle est entourée d'arbres. Dans le pays, on ne lui connaît qu'un seul nom. Il prête à rire. Titon habite la « Pétarde ». Pour tout le monde, il est *Titon de la Pétarde*. Arsène lui pose la question de l'origine de ce nom. Titon est bien en peine de la lui donner. Toutes les suppositions sont donc permises. Arsène en sous-entend une, assez grivoise, qu'il souffle discrètement à l'oreille de Luc, en se pinçant le nez. On sait cependant de façon certaine que Titon est un surnom signifiant le chat. L'homme, au demeurant sympathique, n'a rien du chat. Il s'appelle Jond.

En s'arrêtant devant la ferme de Titon, Luc réalise pourquoi son nouveau compagnon de travail s'est engagé comme cantonnier. La maison paraît vouée à l'abandon. Les pierres apparentes de ses murs tendent à se disjoindre. Le toit penche notablement d'un côté, mal soutenu par un mur vétuste.

Titon a arrêté son cheval. Il invite ses compagnons. Mais ceux-ci déclinent pour cette fois son invitation. Luc est assez pressé de revenir au Chevaly.

En compagnie d'Arsène, il poursuit à pied son chemin. À peine ont-ils franchi le pont du Jorat qu'ils succombent à la tentation. Ils se dirigent vers l'auberge-épicerie Grange. Luc, riche de ses seize francs, n'a pas manqué d'inviter Arsène. Une fois attablés, il lui demande :

« D'où tu venais avec ce sac sur le dos ? T'as tout de même pas fait un voyage ?

— Non. Je me suis promené par les Évettes. Et toi, dis, c'est pas trop dur ton travail ? Je me demande si tu vas tenir.

— C'est bien un peu dur au début. Mais je m'y habituerai. Il le faut bien. Regarde mes mains. Ça me vient des ampoules. Pas l'habitude du travail, crois-tu ? Et je voudrais te demander : t'as pas rencontré le *gâpian* ?

— Lequel ? Le *miladiou* ? Non, mais dans la semaine, je veux retourner du côté de la Limace, sans rien porter bien sûr.

— T'as peur de rencontrer cet ami méridional ? demande Luc avec un brin de malice.

— Ah, celui-là, j'aimerais bien le rencontrer entre quatre z'yeux. Ça serait sa fête. Et je me demande ce qu'il faisait l'autre soir à la Limace, chez ma cousine. »

Arsène semble irrité. Luc tente une explication :

« Peut-être il a passé pour un contrôle ? On cache bien de la marchandise dans un chalet, en alpage.

— Non, car il était seul. Ce sale type a failli me tuer l'autre jour. Il m'a fait perdre au moins cent cinquante francs de marchandises. Après tout ce qu'il nous a déjà fait, bon Dieu, un jour je l'aurai et alors... »

À l'évocation du passé, un silence s'établit un instant entre eux. Arsène le rompt. Il poursuit sa pensée :

« Alors je lui ferai payer très cher. C'est bien ton avis ?

— Évidemment, admet Luc, sans grande conviction cependant. Mais comment tu feras ?

— T'inquiète pas. Je trouverai. »

Il est plus de neuf heures du soir quand Luc rentre chez lui. Arsène l'a quitté, peu avant le Chevaly, pour gagner le Mas. La nuit est déjà tombée.

Flavie attend patiemment son mari, tout en tricotant à la lueur d'un *créju*. Son retard commence cependant à l'inquiéter.

Elle se lève, ranime le feu qui s'éteint. Elle veut conserver au chaud la soupe de Luc. Au passage, elle contemple les deux enfants sagement endormis. Elle leur a fait auparavant la toilette de chaque semaine de façon assez sommaire, à l'aide d'une bassine d'eau tiède.

Brunette, somnolente, est étendue couchée sur le flanc. Une quinte de toux parfois la tire de la torpeur dans laquelle elle retombe aussitôt.

Enfin l'aboiement du chien annonce l'arrivée de Luc. Flavie se sent soulagée. Elle est cependant un peu anxieuse de connaître la réaction de son mari après ces quatre jours de labeur pénible à l'horaire particulièrement chargé.

« T'es bien en retard, remarque-t-elle avec un ton de léger reproche. Je commençais à m'inquiéter.

— Tu t'inquiètes pour rien. J'avais pas affaire aux *gâpians*. Seulement Arsène est venu me voir et on s'est attardé à bavarder.

— T'es pas trop fatigué ?

— Un peu. Les mains, tu vois. Mais ça se passera avec une bonne journée de repos et je serai d'attaque lundi. »

Flavie est à demi rassurée :

« Ça avance ce chantier ?

— Oui, on le finira pour cet automne. »

Luc semble prendre à cœur son travail. Il s'efforce de décrire la route en construction :

« Tu verrais. C'est une belle route. Après Flumet, en sortant des gorges de l'Arly, elle monte plus ou moins pour redescendre ensuite dès Panloup vers le Jorat. Elle sera drôlement pratique une fois finie. »

Flavie est tranquillisée. Finie pour elle l'attente angoissée lors de chaque voyage au-delà de la ligne. C'est d'humeur joyeuse qu'elle offre une assiettée de soupe à son mari. Ils se couchent peu après. Flavie a soufflé la lumière du créju. Le silence s'établit, que ne troublent même pas les mouches réfugiées sur le dos de Brunette, impassible malgré sa toux. Parfois se fait entendre le gloussement irrité d'une des poules perchées dans la remise ou l'appel lugubre d'une chouette dans la forêt.

La semaine suivante, le travail se poursuit sur le même rythme, sans incident notable. Il est impérieusement nécessaire de terminer le chantier au niveau de la limite départementale avant la fin du mois d'octobre. Le mauvais temps peut survenir avec des chutes de neige dès novembre, rendant le travail quasi impossible.

Le jeudi suivant, un violent orage interrompt les travaux pendant deux heures. Le chantier est aussitôt repris, malgré le terrain boueux dans lequel les ouvriers pataugent. Il ne faut prendre aucun retard.

La semaine se termine le samedi 14 août. Le jour de l'Assomption, le 15 août, se trouve donc être un dimanche. Il n'y aura pas de repos supplémentaire. Luc en est un peu déçu. Durant les journées de travail de la première semaine, il avait relativement peu songé à la contrebande. À la fin de la deuxième semaine, malgré la promesse faite à Flavie, il se prend à y penser. Il arrive à l'envisager. Il gagne certes un peu d'argent en travaillant les douze heures par jour durant six jours. Mais auparavant, il en gagnait bien davantage en un seul voyage au-delà de la ligne. Maintenant, le trafic lui paraît plus facile et à moindre risque. Il achèterait de la marchandise chez Léopold pour la transporter jusqu'à Flumet. Ce ne serait plus, comme auparavant, de grosses charges en une seule fois, mais de petits paquets à chaque passage maintes fois répété. Un « passage » nécessiterait à peu près deux heures pour aller et venir en partant du Jorat. Il serait de retour au Chevaly plus tard dans la nuit. Il s'est renseigné auprès de Joseph, son compagnon de travail. Joseph se rend chaque soir chez lui, au lieu-dit « les Pontets », bien avant Flumet. Il emporte un peu de camelote, pour son usage personnel, dit-il. Quand il veut en passer davantage, sa femme vient le rejoindre dans la soirée, avant la fin du travail. Après leur achat chez Léopold, ils repartent tous deux, lui, les mains vides, elle ayant dissimulé plusieurs kilos de marchandises sous son ample jupon.

Le procédé tente beaucoup Luc. Flavie a déjà accepté une fois de l'utiliser. Oserait-il encore y faire allusion ? Oui, il le fera. Son orgueil de mâle l'y pousse.

Flavie se rebelle dès les premiers mots :

« Non, tu m'entends ? C'est fini, fini. »

Luc ne reconnaît plus en la Flavie d'aujourd'hui la tendre épouse d'hier, affectueuse et soumise. Quel changement ! À cause de la contrebande, et surtout des événements tragiques de ces derniers temps.

Contrarié, il renonce à convaincre sa femme. Il sort de la cabane au grand air.

Le dimanche, jour de l'Assomption, Luc accompagne Flavie à la ville. Il assiste à la grand-messe avec elle. Il la quitte ensuite pour aller dans un hameau chercher un cochon.

Après le dîner, en début d'après-midi, il monte au Mas. Il veut rencontrer Arsène. Il ne l'a pas vu sortir de la messe. Arsène n'est pas chez lui. Luc, le croyant parti pour la contrebande, s'inquiète :

« Arsène est pas là ? Il lui est rien arrivé, j'espère ?

— Non, c'est pas ce que vous croyez. Il a abandonné, comme j'y ai dit. Maintenant il est simplement parti se promener, ramasser des champignons, qu'il m'a dit. »

Déçu, Luc revient au Chevaly. Il s'occupe alors de préparer le cochon pour les siens et surtout pour la basse-cour. Tout en dépouillant la bête, il évoque le temps où, jeune homme, il avait une autre occupation, le jour de l'Assomption. Il allait se promener dans les alpages. Peut-être Arsène a-t-il fait de même aujourd'hui ?

Dans quelques chalets d'alpage, comme celui de Plaine-Joux ou de Bassecombe, s'organise une petite fête. Au son d'un accordéon, des couples se forment.

On danse beaucoup, on boit assez, on s'aime parfois d'un amour illicite dans les taillis de *vorès*.

Luc ne pense pas qu'Arsène se soit dirigé vers Bassecombe. Ce chalet situé en altitude a été détruit par l'abondance de la neige durant le dernier hiver. Peut-être son ami est-il allé bien plus loin, vers l'alpage habité par sa cousine Agnès ?

Arsène est bien parti se promener en tout début d'après-midi. Plus jeune, il se joignait à ces festivités alpestres. Il les dédaigne maintenant, bien que n'ayant pas atteint l'âge canonique. En ce jour, il semble fatigué. Il est surtout d'humeur morose. Sans oser vraiment se l'avouer, il aime Agnès.

Après le long détour d'une promenade apparemment sans but, ses pas le rapprochent peu à peu d'un certain chalet. Ce n'est certes pas pour revivre les péripéties d'un affrontement récent avec un *gâpian* dont il ne s'explique toujours pas la présence au chalet d'Agnès. Est-elle soupçonnée par la douane ? Ce prétexte peut justifier la visite d'Arsène. Il veut en voir le cœur net.

Agnès est seule au chalet ce dimanche. Sa mère est restée à Bellecombe auprès de son mari souffrant.

L'incertitude dans laquelle Arsène se trouve lui a donné le courage de se déclarer. Il n'a jamais osé jusqu'à ce jour. Maintenant, la décision est prise.

De deux ans moins âgée, Agnès serait un bon parti. Elle a la faveur d'Octavie, qui avait conseillé à son fils de « la marier un jour », sans d'ailleurs trop insister.

Le chalet de la Limace est en vue. Il semble abandonné. Pourtant les portes de l'étable et de la cuisine sont grandes ouvertes.

Agnès est certainement présente. Elle a dû mener paître ses vaches non loin de là. Effectivement, Arsène perçoit le son de leurs cloches. Le troupeau est caché à sa vue par un mouvement du terrain. Aussi Arsène décide-t-il d'attendre Agnès à l'intérieur du chalet pour lui faire la surprise de sa visite. Il en franchit la porte.

D'entrée il se trouve dans la cuisine, une pièce au mobilier sommaire avec une table, deux bancs de bois. L'inévitable fourneau de fonte est surmonté par une section de tuyaux. La fumée canalisée vers le haut s'échappe par les interstices entre les ancelles du toit ou les planches de la paroi. Une petite échelle donne accès au niveau supérieur, le fenil, où un lit de fer assez rudimentaire recouvert d'une paillasse tient lieu de couche.

Dans la cuisine, par l'unique petite fenêtre aux carreaux encrassés de chiures de mouches, Arsène guette l'arrivée de sa cousine.

Soudain, quelle n'est pas sa surprise de voir apparaître, sortant de la forêt voisine, un homme en uniforme. Il se dirige vers le chalet. Il est seul. Sa silhouette se précise peu à peu. C'est bien un *gâpian*. Maintenant il est à une cinquantaine de mètres. Au comble de la stupéfaction, Arsène reconnaît le *miladiou*. C'est bien lui, son ennemi. Celui qui l'autre soir a failli le tuer non loin de là.

L'homme s'est arrêté. Levant le bras, il agite joyeusement la main. Il hèle une autre personne :

« Agnès ! Bonjour ! Me voilà ! »

Arsène n'en croit pas ses yeux. Ce n'est pas un *gâpian* qu'il voit, c'est un homme venu pour Agnès. Arsène éclate de fureur. Il réalise vite. Il lui faut se dissimuler très rapidement. Il pousse aussitôt la porte de la cuisine accédant à l'étable. Heureusement elle gémit à peine. Plaqué contre la paroi il demeure immobile, le cœur battant. L'étable est vide. Il est bien improbable qu'Agnès y pénètre. Lui n'a pour l'instant plus d'autre possibilité.

Il entend des murmures de voix à l'extérieur. Par les fentes entre les planches de la paroi, il peut observer la cuisine, le fenil et même le vieux lit de fer dans son coin.

Les voix se sont rapprochées.

Agnès et le *miladiou* entrent dans la cuisine. Le cœur d'Arsène bat la chamade. L'homme tient la jeune fille par la main. Arsène les entend parler :

« Casimir, t'as vu personne ? Il m'a semblé un moment que mon chien grognait. »

Le cœur d'Arsène bat à tout rompre. Elle tutoie cet homme. Elle l'appelle par son prénom, ce Casimir :

« Non, chérie, j'ai vu personne. Où est ton chien ? Resté avec les vaches ?

— Oui. Attends, je vais jeter un coup d'œil dehors. »

Elle revient peu après. Elle referme la porte d'entrée. Elle se jette au cou de Casimir en lui criant :

« Je t'attendais, chéri. »

Casimir se prête à ces effusions. Il lui rend ses baisers tout en essayant de lui dégrafer son corsage qu'elle quitte enfin. Il pose sa veste sur la table. Leurs caresses se font plus précises. Soudain, n'y tenant plus, Agnès propose d'une voix rauque :

« Chéri, viens. Montons.

— Oui, ma belle, d'autant plus que je resterai pas très longtemps, je suis en service, répond Casimir avec un brin de cynisme.

— Toujours après les contrebandiers, reproche Agnès. Reste un peu avec moi. »

Elle monte rapidement les quelques barreaux de la petite échelle. Il n'est pas aussitôt arrivé qu'elle a rapidement quitté son jupon. Il l'aide à dégrafer un corset aux baleines rigides. Point n'est besoin pour elle de descendre sa culotte ornée de dentelles et largement fendue en son milieu. Avec ses seins à l'air, sa longue chevelure blonde, Agnès est fort désirable. Casimir s'apprête à le lui prouver…

Arsène a tout suivi, le cœur plein de rage. Cependant, la nudité d'Agnès le trouble. Le désir le submerge de façon très expressive, tant il est vrai que l'homme serait le seul animal au monde à pouvoir prouver son amour à chaque instant, à chaque occasion, aussi longtemps que le nombre des années peut le lui permettre.

Arsène n'a pas attendu la fin. Au comble de la fureur et du désespoir, il a battu en retraite. Sans plus se soucier du bruit, il fuit par la porte grande ouverte de l'étable repoussée avec fracas.

Il ne se souvient pas comment il a retraversé la forêt, la ligne, comment il s'est retrouvé, exténué et surtout déprimé, à la ferme du Mas.

Les jours passent. Arsène n'a soufflé mot de cette aventure ni à Luc, ni même à Octavie. Il avait osé la rabrouer quand elle lui avait demandé la raison de son état de surexcitation. Cependant le caractère d'Arsène s'est aigri. Il lui arrive de plus en plus souvent de tenir tête à sa mère, stupéfaite de son changement d'humeur et de son insubordination. Chaque fois que les occupations à la ferme lui laissent quelque loisir, il s'évade et disparaît dans la montagne. Son absence dure parfois jusqu'à deux jours. « Octavie à la dure » ne lui pose plus de questions, même s'il lui ramène quelque objet « trouvé » elle ne sait où. Le plus souvent, Arsène revient les mains vides, mais la mine tristement assombrie. La nuit suivant ses escapades, il dort d'un sommeil agité, marmonnant parfois un nom : Casimir. Octavie n'arrive pas à comprendre.

Luc a été surpris par le changement d'humeur d'Arsène, déprimé de plus en plus, parfois agressif. Il parle très peu. Une fois seulement il lui a dit en confidence :

« J'aurai la peau de ce Casimir.

— Quel Casimir ?

— Tu le sauras assez tôt, le moment venu. »

Tenu par son travail de chaque jour sur le chantier, Luc est obligé d'espacer ses visites. Ils se voient rarement. Arsène ne se déplace même plus le dimanche à la ville.

On est au début de septembre. Luc veut se débarrasser de sa vache malade. Elle tousse de plus en plus, maigrit lentement et donne de moins en moins de lait. Il décide de la vendre à la foire de la Croix, le six de ce mois, un lundi.

Ce jour-là sont rassemblées plusieurs centaines de têtes de bétail, voire même un à deux milliers. Elles ont pour la plupart vécu l'été en alpage. Les transactions sont importantes. Beaucoup de paysans se débarrassent de leurs vaches d'autant plus volontiers que la récolte de foin a été faible.

Luc propose Brunette à plusieurs, mais en vain. L'acheteur éventuel un instant intéressé s'éloigne aussitôt après un rapide coup d'œil. Il est trop évident que cette vache maigre est atteinte de phtisie. Même à moitié prix elle ne vaut pas deux cents francs, ni même cent cinquante que Luc propose en dernier ressort. Bien déçu il revient le soir au Chevaly, traînant presque Brunette. Elle refuse de marcher à son pas normal.

Le mois de septembre en cette année 1886 est particulièrement clément. S'il arrive parfois une chute de neige avant la Saint-Michel, ce n'est pas le cas cette année. Le beau temps persiste jusqu'au début d'octobre.

Ce temps ensoleillé permet de prolonger la durée de l'élevage. Cependant Luc réduit peu à peu le nombre de ses pensionnaires en les vendant.

Le premier froid survenant en octobre serait fatal à tous les vers.

Avec la fin de ce mois d'octobre, se terminera le chantier de la route. Dans cette perspective, Luc s'efforce de faire quelques économies. Le sort de Brunette le préoccupe. Elle crèvera avant la fin de l'année, c'est certain. Il pense ne pas pouvoir la remplacer.

Depuis peu, Flavie est souffrante. Elle n'en a rien dit à son mari. Elle se sent lasse, Bien que son appétit soit resté normal, elle a parfois des nausées. Inquiète, elle incrimine la maladie de Brunette. Pourtant ses deux enfants se portent bien.

Mais le jour de la Saint-Michel, le 29 septembre, elle annonce à son mari une grande nouvelle :

« Luc, le bon Dieu nous envoie un petit frère – ou une petite sœur – à nos deux petits. »

Luc se montre ravi. Il ne cache pas sa joie en étreignant sa femme devant les deux bambins. Seul Ambroise, intrigué, demande à sa mère :

« Maman, t'as dit qu'on allait avoir un petit frère ?

— Oui, mon petit Ambroise. »

Alors Ambroise se tourne vers sa sœur qui n'a pas cessé de jouer. Il lui crie en chantant :

« Un petit frère, on va avoir un petit frère ! »

Marie-Léontine ne réalise pas. Elle continue son jeu.

À bien réfléchir, Luc se demande comment il fera plus tard pour nourrir sa famille. Peut-être reprendra-t-on le chantier de la route ? Peut-être sera-t-il obligé, l'hiver, de faire à nouveau de la contrebande ? Mais Flavie ? Il verra avec elle le moment venu.

Les travaux de la route ont progressé tout octobre, favorisés par un temps froid, mais sans précipitation neigeuse. Ils tirent maintenant à leur fin. Près d'un kilomètre de chaussée a été établi. Le dernier samedi d'octobre, elle atteindra, comme prévu, le torrent du Jorat.

Elle ne s'arrêtera pas là. On en poursuivra la construction une fois réalisé, entre la mairie de Megève et les Ponts et Chaussées, l'accord sur son tracé. La discussion se prolongera longtemps. Refusant le projet de l'administration, Tissot, le maire, prendra à la charge de la commune les frais de modification de l'implantation de la route nationale. Il a obtenu de la faire passer par le centre-ville, au prix de la démolition de deux bâtiments anciens et de la construction d'un pont.

La route sera seulement terminée cinq ans plus tard.

Lundi, premier novembre, est jour férié. C'est le jour de la Toussaint. À cette occasion, Arsène réapparaît à l'église. Il assiste même à la messe. Luc, un peu surpris, l'aperçoit en entrant. Il prend place à ses côtés. Tous deux échangent silencieusement une poignée de mains. Ils se retrouvent à la sortie. Flavie s'éloigne pour rendre visite à un de ses parents malade.

« Sacré Luc, je t'ai pas vu depuis longtemps. On va prendre un verre ?

— Avec plaisir, surtout celui de te revoir, mon vieil Arsène.

— Fini, ton chantier ?

— C'est pas vieux. C'est de samedi, il y a deux jours.

— Ça y est. J'ai tout arrangé pour Casimir.

— Casimir, Casimir ? Tu m'en as déjà parlé, sans me dire qui c'est.

— Ah oui, je t'ai pas dit… C'est notre homme, le *gâpian* de Marseille. Le *miladiou* quoi.

— Mais comment t'as su son prénom ? »

Arsène ne répond pas de suite. Arrivé devant le café de la Rivollette, il en pousse la porte. Une fois attablé, il commande de la gnôle que justifie déjà, selon lui, la fraîcheur du temps. Il hésite encore à parler.

« Je sais pas si je dois te le raconter.

— Tu peux, Arsène. On se connaît assez. »

Alors, lentement, à mi-voix, il relate l'aventure vécue si douloureusement le jour de l'Assomption. Il termine en affirmant :

« J'en ai parlé à personne, pas même à l'Octavie. À toi seulement. Tu comprends pourquoi je veux me venger. Après tout ce qu'il nous a fait, à Michel, à l'Adeline, à moi et même à toi.

— Je comprends.

— Tous ces temps, tu m'as pas vu. Je suis parti sur Flumet et Bellecombe. Je l'ai surveillé. Un *gâpian* surveillé par un ancien contrebandier ! Tu te rends compte ! Plusieurs fois, lui et d'autres m'ont arrêté croyant que je trafiquais. Puis j'ai su que l'Agnès allait remonter à l'alpage pour tout débarrasser et tout fermer. C'est sûrement un prétexte pour le rencontrer, car il n'est pas de service le samedi 13. Il doit partir en permission. Alors j'ai tout préparé du côté du col de Bassecombe.

— Quoi donc ?

— Tu verras » affirme Arsène, le visage grave, empreint de mystère.

Luc dispose maintenant de tout son temps. Il a revu seulement deux fois son ami. Il a bien insisté pour obtenir des précisions sur son projet, mais Arsène est toujours resté discret.

Ce samedi 13, ils se retrouvent assez tôt le matin au Mas, chez Octavie. Le ciel est couvert. L'été de la Saint-Martin est déjà terminé. Il a été plus court que durant les autres années. Un vent d'ouest assez frais souffle légèrement. Comme le fait remarquer Luc :

« Le temps est à la neige. »

Arsène se trouve un instant seul avec Luc. Il lui confie à mi-voix :

« Ça peut nous arranger, la neige. Alors on y va. J'ai pris ce qu'il faut. Il faut retrouver Casimir.

— Je suis prêt. Tu m'expliqueras ce qu'on va faire. »

Ils partent tous deux en direction de la montagne, suivis des yeux par Octavie inquiète. Figée derrière sa fenêtre, elle regrette de ne pas s'être opposée à leur départ.

Ils cheminent longuement par les crêtes et les franchissent ensuite au col de Bassecombe, sans aucune crainte des douaniers. Le froid est assez vif en altitude. Le ciel se couvre de plus en plus.

Ils arrivent en vue de la Limace. Une légère fumée bleue au-dessus du chalet trahit une présence humaine. Elle est en outre la preuve que la personne s'y trouvant a l'intention d'y rester quelques heures. Elle a voulu allumer un feu pour se préserver du froid.

Ils restent un moment à attendre, dissimulés dans les taillis de *vorès*. Arsène est persuadé que Casimir est déjà dans le chalet. Les deux hommes s'en approchent avec précaution. Ils marquent un deuxième temps d'arrêt.

Presque aussitôt Casimir apparaît. Il est sorti de la forêt et se dirige droit sur le chalet, sans détourner la tête un seul instant.

Arsène chuchote :

« Tu le vois avec sa capote et son sac. Il doit partir en permission comme je t'avais dit et il vient la voir avant de s'en aller. Il va falloir attendre dans la forêt. Pourvu qu'il nous fasse pas geler et qu'on rencontre personne. »

Opérant un large mouvement tournant, ils descendent prudemment pour se mettre à couvert sous les sapins.

L'attente est longue. Ils ressentent de plus en plus le froid. Deux heures se sont écoulées quand Casimir réapparaît. Il reboutonne précautionneusement sa capote. Il repart, seul. Agnès ne l'accompagne pas.

Elle est certainement occupée à remettre un peu d'ordre dans le chalet. Casimir avance toujours sur le sentier qui mène à la forêt. Arsène lui a tendu une embuscade. À peine le douanier s'est-il engagé sous les sapins qu'un violent choc sur la tête le fait tomber inanimé.

Lâchant son gourdin. Arsène lui ligote aussitôt les mains, lui entrave les jambes. Aidé de Luc, il s'efforce de le tirer. Cependant Casimir revient peu à peu lui. Il veut appeler au secours, mais la menace du bâton qu'Arsène tient implacablement levé sur sa tête le réduit au silence. Il souffre du choc reçu. De ses cheveux coule un filet de sang. Il s'infiltre sous le képi déformé par le gourdin. Le mal de tête empire. Casimir se met à vomir. De ses mains ligotées, il tente d'essuyer le sang qui coule. Mais Arsène tire violemment sur ses liens. Il l'oblige à marcher malgré ses jambes entravées.

Luc, portant le sac de Casimir, les précède en éclaireur. Quand il se retourne, ses yeux fuient ceux de Casimir dans lesquels se lisent la terreur et la prière.

Luc se trouve agité de sentiments divers. Poussé il est vrai par, le désir de vengeance, il a un peu de regret de s'être laissé entraîner par Arsène. Comment tout cela finira-t-il ? Après une montée pénible pour Casimir, ils redescendent dans le creux d'un petit vallon, à l'écart, où poussent deux à trois sapins parmi les taillis. Par deux fois Casimir tombe. Il gémit de douleur. Arsène, de plus en plus hors de lui, à coups de pied le fait se relever. Soudain, il le frappe violemment à la tête. Casimir tombe à terre sans connaissance pour la deuxième fois.

Luc est douloureusement impressionné par cette brutalité. Il voudrait s'y opposer. Il ne le peut plus. Il est maintenant trop impliqué dans cette tragédie.

Arsène le juge au contraire un peu trop passif. Il le prend à partie :

« Voilà, Luc, faut pas dormir. C'est maintenant qu'il faut m'aider. C'est tout préparé ici pour lui faire payer ses saloperies, à ce *gâpian*. Vois. »

À demi dissimulé par un taillis de *vorès*, Luc distingue enfin le tronc d'un sapin scié à quelque cinquante centimètres de hauteur. Il présente au milieu de la coupe une large fente transversale maintenue béante par deux coins métalliques.

Luc comprend soudain. Horrifié, il recule. Il ne veut pas poursuivre. Arsène, courroucé, le menace :

« Nom de Dieu ! Luc, c'est plus le moment de te tirer. T'es trop dans le coup, maintenant. Faut aller jusqu'au bout, sinon, tu vois, comme à l'autre… »

Il joint le geste à la parole, le menace de son gourdin. Luc ne peut plus reculer.

Il se résout à aider Arsène. Ils traînent le douanier toujours inconscient, l'agenouillent près du sapin tronqué. Arsène lui libère les mains, les glisse dans la fente béante du bois. Se saisissant de son gourdin, à toute volée il fait sauter les deux coins de métal.

Brutalement le bois se resserre. Luc frissonne en entendant le craquement sinistre des deux mains broyées. Le sang gicle de la fente presque disparue en se refermant.

L'épouvantable supplice fait hurler Casimir jusque là inconscient. Il hurle effroyablement :

« Ah ! oh ! ah ! de grâce, pitié… »

Il essaie de se lever. Il tente désespérément, sans comprendre, de retirer ses mains ensanglantées, horriblement douloureuses. Elles restent inexorablement prisonnières malgré ses efforts. Ses cris insupportables s'étouffent bientôt. Il ne peut plus articuler un mot. Les sanglots le suffoquent. Il se met à râler. Enfin il s'effondre. Il a de nouveau perdu connaissance.

Bouleversé, Luc n'a pas attendu pour se retirer. Arsène est resté sur place, le visage fermé. Il sait que le supplice ira à son terme. Il se prépare à partir.

Alors Luc revient et dans un élan de pitié lui crie :

« On l'abandonne pas comme ça ?

— T'es pas fou ? Trop tard, il nous dénoncerait et tu sais ce qui nous attend ? »

De la main, il mime le geste de couper le cou.

« Alors ? »

Luc a compris. Accablé, il suit Arsène qui s'est emparé du sac de Casimir.

Ils s'éloignent rapidement. Ils franchissent la ligne sans être inquiétés. Ils rentrent chez eux alors que la neige se met à tomber. Elle tombera pendant de longues heures.

Durant tout l'hiver, elle recouvrira la montagne d'un blanc linceul.

Chapitre VI

Le lendemain 14 novembre est un dimanche.

Il fait encore sombre quand Flavie se lève au petit matin. Dans la demi-obscurité de la cabane, elle se dirige vers la fenêtre. Elle bâille tout en s'étirant longuement. De la main, elle essuie la buée obscurcissant les carreaux et reste un moment à contempler le paysage.

Il a neigé pendant une grande partie de la nuit. Une couche assez importante recouvre le sol. Les branches des sapins ploient sous leur blanc fardeau. Deux merles volent d'un arbre à l'autre, cherchant vainement quelque nourriture. Dans le ciel qui s'éclaire peu à peu, Flavie repère un vol de corbeaux en direction de la montagne. C'est un signe de beau temps. Lentement, le ciel se dégage. Dehors, une ombre s'agite sur la neige, l'ombre de Fidèle. Le chien s'étire, puis s'ébroue en regardant sa maîtresse. Suivant le cours de ses pensées, Flavie remarque :

« Fidèle a l'air aussi fatigué que moi qui ai pas bien dormi. Qu'est-ce qu'il a donc, Luc ? Il a remué toute la nuit sur sa paillasse. » À ce moment, son mari s'éveille en grognant. Elle s'inquiète :

« Chut, réveille pas les enfants. Qu'est-ce que t'as eu pour avoir été si agité ? T'as eu des cauchemars ?

— Ça se pourrait. Tu sais, ça m'arrive quand je suis très fatigué.

— Je t'ai jamais vu dans un état pareil. Vous avez fait quoi donc, hier avec Arsène ? Pas de contrebande, j'espère ?

— Bien sûr que non.

— T'en es bien sûr ? Tu sais que je veux plus que t'en fasses. Que j'entende plus parler de *gâpian* et de contrebandier. »

Luc ne répond pas. Alors que Flavie ajuste sa coiffe sur ses cheveux, il se dirige vers la fenêtre. Il semble s'intéresser au paysage.

Elle n'a pas obtenu de réponse, hausse les épaules et secoue la tête de dépit. Puis en bonne ménagère, elle se met en devoir de préparer le déjeuner. Tout en s'agenouillant pour allumer le feu et réchauffer la soupe, elle demande :

« Aujourd'hui, bien sûr, il faut aller à la messe. Les chemins sont possibles ? »

Sans répondre à sa question, Luc avertit :

« Je reviens dans un instant. Je vais dans le bois.

— T'attarde pas trop. Je fais aussi un peu de café. »

Dehors, Luc, perdu dans ses pensées, avance lentement dans la neige, ignorant le chien attaché à ses pas. Il continue d'avancer, puis s'arrête contre un arbre.

Obliquant ensuite légèrement sur la gauche, il s'éloigne en direction de la clairière. Il y pénètre et trébuche quelque peu contre une racine invisible. Son arrivée provoque l'envol de corbeaux. Ils croassent bruyamment, au comble de l'indignation.

S'étant alors arrêté, il embrasse du regard l'ensemble de ce décor enneigé.

Le spectacle est un peu déprimant pour lui. Il contemple l'étalage de carcasses dépouillées, désormais inutiles et réduites presque à l'état de squelette. La neige leur donne un aspect étrange. Deux des moutons semblent arborer une toque de fourrure blanche. La vue de ces restes recouverts de neige l'amène immanquablement à évoquer le drame de la veille. Il reste submergé par le remords et l'angoisse. Il imagine la neige tombant à gros flocons sur le corps d'un homme à l'agonie. Elle s'accumule lentement, inexorablement. Elle l'étouffe. Elle l'ensevelit pour de longs mois.

L'homme aura disparu. Pendant longtemps on le recherchera. Les collègues inquiets, sa famille angoissée…

Luc essaie de se ressaisir. Il cherche à oublier.

Les corbeaux s'agitent dans les hautes branches des sapins. Ils sont impatients de voir l'homme, cet intrus, s'éloigner enfin. Ils font tomber de la neige sur le sol, sur Luc lui-même.

Les corbeaux, il en frémit. Il revoit le douanier, caché sous la neige. Elle le protège de l'acharnement de ces oiseaux. Ce serait horrible…

À l'évocation de cette scène, Luc fuit la clairière. Il marche dans les traces de renards venus rôder, la nuit, au voisinage de la cabane. Poussés par la faim, ils s'enhardissent, parfois de jour, à chercher les poules et les pigeons tant convoités durant les beaux jours de l'été.

Or Luc s'est peu à peu débarrassé de sa basse-cour, en prévision des premiers froids de l'automne. Il ne lui est plus possible d'espérer pouvoir la nourrir dès octobre. Aussi n'a-t-il gardé que cinq poules, soigneusement enfermées dans la remise. Leurs œufs contribueront à améliorer les quelques maigres repas dont il doit se contenter au cours de l'hiver.

La vente sur le marché de tous ses pigeons et de la plus grande partie de ses poules lui a permis d'avoir quelques économies pour subsister, un à deux mois au plus.

Mais, cette année particulièrement, les perspectives sont plus sombres. Il appréhende ne plus avoir de vache avant même la fin du mois de décembre. Brunette une fois crevée, il sait qu'il lui sera absolument impossible de la remplacer.

Il s'abîme dans des pensées bien tristes. Il regarde sans le voir le magnifique panorama d'un paysage enneigé. Comme auparavant, il continuera d'aller chercher des « crevures », non plus pour un élevage désormais impossible, mais pour l'usage familial. Grâce aux températures basses de l'hiver, il pourra conserver pendant plusieurs jours le cochon, le mouton ou le veau qu'il aura suspendus dans la remise. Cette activité lui permet d'assurer tant bien que mal une provision de viande pour la maisonnée et pour Fidèle. Il sera cependant dans l'obligation de chercher du travail à la journée, ou à la semaine ou davantage, afin d'avoir un peu d'argent quand ses économies auront fondu comme neige au soleil.

Il lui répugne d'avoir recours à la charité de quelque parent ou de personne bien intentionnée. Pourtant il y est parfois contraint, surtout en ce qui concerne les frusques.

Il revient plus lentement à sa cabane ; il en ferme la porte. Flavie l'apostrophe aussitôt :

« T'as été bien long. La soupe est prête. Le café, c'est bientôt. À propos, vous étiez où, Arsène et toi hier ? »

Elle a posé à nouveau la question. Luc s'y attendait. Néanmoins cette insistance le surprend et l'agace un peu. Elle le contraint à revivre encore le drame de ce samedi.

Les moments d'angoisse vécus par Flavie durant les événements tragiques de ces derniers mois ne manquent pas de resurgir en elle au moindre doute.

Cela peut expliquer l'âpreté parfois involontaire de ses questions.

Luc s'en tient à ce qui avait été convenu avec Arsène :

« Ben, on est allé sur Saint-Gervais où Arsène connaît des gens. Il veut leur acheter un cochon pour engraisser jusqu'à la fin de l'année. On a beaucoup discuté. Et puis on s'est attardé à boire un coup. Là. Ça te suffit ? »

Cette explication semble convenir à Flavie, puisqu'il n'est question ni de douanier ni de contrebande.

Luc se trouve maintenant un peu humilié d'être obligé de répondre aux questions de Flavie, de lui mentir pour justifier son absence. Quel renversement des rôles ! Il pouvait toujours parler et décider en chef de famille. Les derniers événements ont entraîné déjà bien des complications dans sa vie. Ils ont une curieuse conséquence dans son ménage. Il s'en rend compte à nouveau.

Malgré l'état d'enneigement des chemins, Flavie se prépare. Elle veut se rendre à la ville pour assister à la messe. Exprimant le désir inavoué de son mari, elle lui conseille :

« Reste ici avec les enfants pendant que je vais à la messe. »

Malgré la proposition de Flavie, Luc hésite. Il voudrait bien l'accompagner, non point pour assister à l'office dominical, mais avec l'espoir de rencontrer Arsène. Dans son désarroi, il éprouve le besoin d'un réconfort que seul son ami pourrait lui apporter. Or, s'il s'absente, il lui faut emmener les enfants à Cassioz et les confier à l'oncle. Il se décide donc à rester.

Le ciel s'éclaircit lentement. En fin de matinée, le soleil reparaît. Il illumine le paysage. Il lui donne un aspect féerique. La teinte vert sombre des forêts contraste avec la blancheur éblouissante de la neige.

Luc profite du beau temps revenu pour dégager à grands coups de pelle la source enfouie sous la neige.

Par crainte du froid encore vif, Marie-Léontine reste à l'intérieur de la cabane. Ambroise, assis près de Fidèle, suit chacun des gestes de son père.

Sur les ancelles du toit, la neige tend à s'accumuler, d'autant plus que sa chute a été abondante. Luc se voit contraint de l'enlever. Il craint pour la charpente. Montée de ses mains, elle n'est pas des plus solides et risquerait de s'effondrer.

Par la même occasion, il remet à leur place deux ou trois blocs de pierre. Tendant à glisser, ils dérangeraient l'ordonnance des ancelles.

Il est midi passé quand il termine ces menus travaux.

Peu après, Flavie revient du village avec un pain sous le bras. Elle est accueillie par les cris de joie des deux bambins, surtout d'Ambroise. Il a profité du plein soleil pour s'ébattre dans la neige et jouer avec Fidèle.

Elle entre dans la cabane. Luc, assis sur le banc, face à Brunette, semble perdu dans ses pensées. Il mâchouille son éternelle chique.

Il tourne lentement la tête vers Flavie. Elle remarque son apparente lassitude :

« À quoi tu penses, mon pauvre Luc ? Tu dors ou est-ce que t'es fatigué ?

—Je pense à rien, mais je suis un peu fatigué. J'ai pas bien dormi. Ce matin, j'ai peut-être un peu trop forcé à dégager cette neige.

—Quoi de neuf à la ville ? Toujours autant de monde à la messe ?

—Oh, j'ai rien entendu dire.

—T'as peut-être vu Arsène ?

—Bien sûr que non. Il vient pas toujours à la messe. Ou alors je l'ai pas remarqué. J'étais d'ailleurs pressée. À propos, on a parlé d'un décès.

—D'un décès ? Et de qui ? s'enquiert Luc avec inquiétude.

—Joseph Chabord. Tu connais ?

—Non. Oui, bredouille Luc, subitement soulagé.

—T'es vraiment pas comme d'habitude mon pauvre Luc. T'as l'air fatigué, mais aussi inquiet. Et de quoi donc, mon Dieu ?

—Je suis pas inquiet. Ça, c'est des histoires. Et puis Brunette me fait du souci. T'avais raison. Elle est bien malade, regarde-la. Maintenant, fais-nous à manger. »

Il a terminé d'une voix qu'il voudrait assurée.

« Oui, je vais faire des *tartiffles* avec ce qui nous reste du mouton. »

Pendant le repas, l'odeur de la viande met en appétit Fidèle. Il gémit plaintivement puis se jette contre la porte. Elle s'ouvre brusquement toute grande.

Flavie réagit à peine. Luc sursaute. Il se retourne aussitôt pour s'apaiser à la vue de Fidèle qu'Ambroise s'efforce déjà de repousser avec les mains.

Flavie a remarqué la réaction de son mari, et après une minute d'hésitation :

« Mon pauvre Luc. Je me demande ce que t'as. T'es bien nerveux, ce matin.

—Je t'ai dit que j'avais mal dormi.

—Je m'en suis bien aperçue. Dans ton cauchemar, je m'en souviens maintenant, tu disais : "Non pas ça, pas ça". "Ça"... Ça a rapport à quoi ?

—J'en sais rien. On rêve souvent sans savoir pourquoi. »

Flavie n'est pas convaincue pour autant. Elle pressent confusément que Luc n'est pas dans son état habituel. Il lui cache quelque chose.

Elle le guigne à son insu. Il casse un morceau de tabac à chiquer. Ses gestes sont un peu vifs, fébriles même. Elle préfère ne pas insister. Mieux vaut attendre.

Le lendemain matin, Luc décide d'aller en ville. Le temps est toujours au beau. Les chemins, tout en étant encore enneigés, sont aisément praticables.

La marche au grand air lui fait du bien. Il est parti dans l'intention de chercher du travail à la journée. Il lui paraît bien improbable d'en trouver à la semaine et encore moins au mois. Il a surtout une arrière-pensée. Il ne l'a pas avouée à Flavie : il veut revoir Arsène.

Ils sont terriblement compromis dans la même tragique affaire. Étrange destin qui les a liés l'un à l'autre de façon indissoluble.

À peine arrivé place de l'église, il entre un instant dans le café de l'Adèle Orsy. Il ne veut point consommer. Il veut s'enquérir d'Arsène. N'est-il point passé ? Sur une réponse négative, il repart aussitôt. Il se présente de même chez la Rivollette. On n'a pas vu Arsène.

Bien que légèrement déçu, Luc se retrouve plutôt rassuré. Le comportement des deux femmes était naturel. Il ne s'est donc rien passé d'anormal. D'ailleurs aucune nouvelle à sensation n'agite le pays. Rien n'a encore été évoqué concernant la disparition d'un douanier.

Luc s'engage sur le chemin enneigé en direction du Mas. Il marche lentement, avec peine.

Au cours de la montée, il ne peut pas ne pas évoquer à nouveau la tragédie de l'avant-veille. Elle hante ses pensées. Bien sûr, il se devait de venger la mort de Michel et celle de sa femme. Elle en était la conséquence. Mais la vengeance a été terrible, surtout le châtiment décidé par Arsène. Il l'avait, lui, jugé atroce dès son exécution. Son rappel lui est insoutenable. Il n'ose se demander ce qu'est devenu le douanier. Il est certain que Casimir n'a jamais pu dégager ses mains prisonnières dans l'arbre. La lente agonie de l'homme a pu être abrégée par le froid l'assaillant et la neige l'ensevelissant. Non seulement Luc envisage cette fin rapide, mais il en est à souhaiter qu'il en fût ainsi.

Désemparé, le cours de ses pensées dérive sur Arsène, puis sur lui-même.

Depuis tant d'années qu'ils se connaissent ! Déjà à l'école des Frères, ils étaient devenus inséparables. Suivant toujours docilement Arsène, il avait participé à toutes les peccadilles que commettent les enfants. Il se revoit encore franchissant le mur du jardin du presbytère pour aller marauder les prunes de monsieur le curé.

Contrebandier, il l'était devenu à l'incitation d'Arsène. Il lui en avait d'ailleurs été reconnaissant.

Si son intention était de venger la mort de Michel, il n'avait cependant pas de plan précis. Seul l'ascendant de son ami l'avait amené à se rendre complice d'un pareil meurtre.

Il se demande maintenant pourquoi lui, si épris d'indépendance et de liberté au point de vivre dans une cabane en forêt, a si souvent marché dans le sillage d'Arsène.

Quelles seront les conséquences de ce drame ? Tôt ou tard, on retrouvera le corps de Casimir. Peut-être seulement à la fonte des neiges, dès le printemps prochain. Peut-être plus tôt. C'est une éventualité angoissante. La découverte du cadavre peut survenir en cas de fonte anormale de la neige au cours d'hiver trop doux.

Luc voit déjà des gendarmes mener leur enquête. Ils interrogent des gens, fouillent les chalets. Il a des frissons à imaginer ces hommes dans leur uniforme venir au Chevaly.

Tous les contrebandiers connus dans le Val d'Arly, même au-delà de la ligne, qu'ils habitent Hauteluce, La Giettaz, Bellecombe ou Flumet, seront interrogés, si nombreux soient-ils. Or, les gendarmes ont la réputation d'être persévérants.

Luc réalise trop bien, hélas, le châtiment réservé aux coupables. Ce sera non seulement la prison, mais la mort et quelle mort affreuse !

Il en est là de ses pensées quand il arrive à la ferme d'Octavie. Heureusement Arsène se trouve être là, seul au moins pour un moment.

Sa mère, aidée de Nathalie, est occupée à donner à manger aux poules.

Arsène et Luc se serrent la main en silence. Leurs regards sont éloquents. Après un instant de ce dialogue muet :

« Alors, Luc, comment tu vas aujourd'hui ?

— J'ai passé deux jours pas très bien, et surtout une mauvaise nuit avant-hier. Ça m'a donné des cauchemars.

— C'est ce que j'ai pensé. Moi non plus, j'ai pas bien dormi. Depuis deux jours je me rassure à ma façon. Tu veux faire comme moi ? Tiens, regarde. »

Sur une étagère, il s'empare d'une bouteille qu'il brandit. Elle est déjà fortement entamée.

« T'as bu tout ça ?

— Bien sûr. Et dimanche matin, j'avais une de ces gueules ! »

Luc se laisse servir un verre. Puis il aborde un sujet qui le tracasse :

« Je suis passé par la ville. Il y a rien de nouveau.

— Rassure-toi. Tant qu'il y a de la neige, on risque rien. Ou alors il faudrait un redoux extraordinaire, ou encore un coup du hasard. C'est bien peu probable.

— C'est ce que je pensais. Alors pas de danger avant fin avril ?

— Sûrement. Et encore si ça arrive à ce moment qu'on le découvre, il restera encore à trouver qui l'a fait. Allons, je comprends que ça te tracasse, mais faut plus y penser. Tu voulais presque tout abandonner avant-hier. Maintenant, ce qui est fait est fait. C'est le passé. Attendons. Faut plus en parler. Tiens, prends un deuxième verre, ça te remettra les idées en place. »

La conversation menée discrètement s'arrête à nouveau sur un long silence. Malgré les conseils d'Arsène, il est bien difficile à Luc d'oublier un tel événement.

À ce moment, une porte s'ouvre. Octavie entre dans la cuisine. Pendant quelques instants, ignorant Luc, elle semble s'intéresser à la marmite où la soupe mijote doucement.

Puis, sans se retourner :

« Alors, Luc, ça s'est bien passé ce voyage à Saint-Gervais ? Pas trop fatigué ? »

Ceci est dit sur un ton légèrement agressif. Un peu surpris, Luc se tourne vers Arsène qui répond à son interrogation muette en clignant de l'œil.

La réponse à sa question tardant un peu trop à son gré, Octavie insiste :

« Alors ?

— Ça a été. Mais le dimanche matin, j'avais du mal à me lever.

— Ç'a quand même dû être éprouvant, alors. Vous avez pourtant pas fait comme Arsène. Il a bu tellement de goutte que ça l'a fait ronfler toute la nuit et le matin, il était dans un de ces états, je peux vous le dire.

— Ce sont des choses qui arrivent.

— Oui, mais je tiens pas à ce qu'elles arrivent trop souvent. Pas vrai, Arsène ? »

Luc est assez surpris. Le ton de la voix d'Octavie se termine sur un mode presque ironique. Elle commente simplement le comportement d'Arsène, lui reprochant seulement son ivresse. Luc ne peut s'empêcher de remarquer cette apparente indulgence. Arsène n'a rien confié à sa mère. Il a tenu secrète la tragédie. Il lui a servi la même version des faits que celle donné par Luc à sa femme. Ils en avaient convenu ensemble après le meurtre du douanier.

Or Octavie ne doit pas se contenter absolument de ce récit. Se tournant à nouveau face à Luc, elle le regarde dans les yeux :

« Je me demande quand même ce que vous avez pu faire à Saint-Gervais, pour en revenir si fatigués, et si énervé comme tu l'étais, toi, Arsène.

— Allons, la mère, vous allez pas encore ennuyer Luc. Je vous ai déjà dit qu'on était allé chez Conseil. Vraiment, on a pas fait de contrebande, si vous voulez savoir. »

Luc est étonné, non des paroles de son ami, mais de la façon dont il les énonce. Il est comme excédé.

Octavie reprend sur un ton qui se veut sans réplique : « Je veux bien vous croire. Maintenant, on est en hiver. C'est bien fini ton trafic de contrebandier, comme pour vous Luc, je l'espère. En tout cas, sûrement pour Arsène, c'est fini. Je te l'ai déjà dit. C'est la dernière fois. »

Arsène ne répond pas. Il préfère ne pas affronter davantage sa mère. Il a compris son tourment. Depuis la mort de Michel, elle ne peut cacher son anxiété dès qu'il s'agit de contrebande. Cela la rend d'autant plus irascible qu'elle est devenue plus compréhensive sur d'autres sujets. Luc répond à la place de son ami :

« J'en fais plus, de contrebande. Je l'ai promis à ma femme.

— T'as entendu, Arsène ?

— Oui bien sûr, pour moi aussi c'est juré, ma mère. »

Octavie semble calmée par ces paroles. Elle s'intéresse de nouveau à Luc :

« Et qu'est-ce que vous allez faire, toute la famille au Chevaly, par ces temps de neige ?

— Ben, comme les autres années, il nous faut tenir. Et je vais tâcher de trouver du travail en attendant les beaux jours.

— Arsène m'a dit que votre vache était malade.

— C'est vrai et ça me fait souci. J'ai pas pu m'en débarrasser à la foire. En plus, j'ai pas beaucoup de foin. J'ai bien peur qu'elle crève avant même de l'avoir tout mangé.

— Vous allez alors manquer de lait pour votre fille. Et puis, c'est vrai, une vache ça vous tient un peu chaud.

—Oui. C'est surtout le manque de lait qui m'ennuiera. Il va falloir aller chaque jour chez l'oncle de Flavie, en Cassioz. Pour l'instant, il s'agit de trouver un travail. Je vais d'abord voir Ignace s'il a pas besoin de quelqu'un. Allez. À bientôt et merci pour tout. »

Un peu plus tard, Luc est sur le chemin du retour. Il passe chez Ignace, avec le faible espoir d'être embauché. Mais Ignace n'en voit pas la nécessité. Bien qu'il s'attendît à ce refus, Luc en est déçu. Le souci de trouver du travail s'ajoute à tous ceux qu'il a déjà en tête.

Il erre un moment dans les rues de la ville. Il n'est même pas tenté d'entrer dans un café. Se souvenant des recommandations de Flavie, il se dirige chez la Rivollette pour acheter une boîte d'allumettes. Puis, traversant le pont, il va à l'épicerie Feige pour l'achat d'un peu de sel.

Il y rencontre Louise Grosset-Janin, la femme du tanneur. Après les banalités d'usage sur le temps, il lui demande sans grand espoir si son mari n'a pas besoin d'aide. Luc est heureux de l'avoir questionnée. Justement son mari est obligé de remplacer son ouvrier, Joseph Ourdet, tombé malade.

Pendant une semaine, Luc va s'initier au métier de tanneur. Il manipule des rouleaux d'écorce de sapin ou prépare, pendant de longues heures, les peaux de bêtes en vue de leur tannage.

Ce travail ne lui répugne pas, bien que fatigant. Le plus pénible pour Luc est peut-être le battage du cuir. Il faut souvent l'achever à la main.

Il termine la semaine. Il voudrait pouvoir continuer, mais Ourdet, bien qu'incomplètement guéri, vient reprendre sa place. Travailler est pour lui-même une nécessité, mais aussi un plaisir.

Le surlendemain, Luc a la chance d'être demandé par Adrien Joly-Pottuz, le peintre en bâtiment. Le travail est certes très différent. Luc y met beaucoup de bonne volonté. Il s'efforce de travailler avec application. Au bout de quatre jours de ce nouvel emploi, il revient les mains souillées de peinture bleue. Cela intrigue beaucoup ses deux enfants.

Le dernier jour du mois, le mardi 30 novembre, est jour de repos pour Luc. Il laisse à Flavie le soin de compter son argent. Il a gagné à peine quarante francs pour onze journées de labeur de douze heures chacune. Il se prend à regretter le temps où, contrebandier, il gagnait autant en un seul voyage. Cet argent va lui permettre de subsister pendant quelque temps. Néanmoins il redescend chaque jour à la ville dans l'espoir de retrouver du travail. Il ne manque pas d'aller à la messe, en compagnie de Flavie, le dimanche suivant. L'office terminé, il attend Arsène sous le porche de l'église. Il n'a pas vu son ami durant la cérémonie. Peut-être n'a-t-il pu venir à cause de la neige ? Flavie est allée faire une visite à un parent. La foule s'écoule lentement. Luc attend vainement. Il commence à s'impatienter, quand il est abordé par Martin Mabboux, le menuisier-charpentier :

« J'ai besoin de quelqu'un pour transporter du bois et un de vos voisins, qui vient déjà m'aider, Simon Périnet, de Cassioz, m'a parlé de vous.

— C'est pour aller où ?

— Au bois de la Grisette. Ça va ? Alors rendez-vous demain lundi, à huit heures chez Ravier, à la scierie du Moulin Neuf. »

Luc a accepté d'autant plus volontiers que ce travail se fera non loin du Chevaly et qu'un peu plus d'argent en ce début d'hiver sera le bienvenu.

Le lendemain matin, il se retrouve au Moulin Neuf en compagnie de Simon Périnet et d'un autre journalier, Basile Arvin-Bérod. Tous deux sont connus de Luc pour être, l'un une vieille connaissance, l'autre un parent éloigné. Quatre jours de suite, il aide à charger un important amas de bois en grume coupé dans cette belle forêt de la Grisette. Bien que s'y mettant à quatre, ils ont parfois beaucoup de difficultés à soulever ce qui était naguère de magnifiques sapins. Sur un *osset*, sorte de grosse luge que tire un cheval, ils chargent les bois dont une grande partie, débordant sur la longueur de Posset, traîne sur le sol enneigé.

En fin d'après-midi, le quatrième jour, alors qu'ils effectuent le dernier transport, deux douaniers les rejoignent au sortir de la forêt. Tous quatre sont surpris, car le travail en cours, si loin de la ligne, n'a rien à voir avec la contrebande. Le cœur de Luc bat plus vite, tant est grande son émotion. Il s'efforce de n'en rien laisser paraître. Arrivé près d'eux, l'un des douaniers interpelle Mabboux, fort intrigué :

« Vous travaillez depuis longtemps dans la forêt ?

—Depuis quatre jours seulement.

—Et vous avez rien remarqué d'anormal par ici ?

—Remarquer quoi ? Vous cherchez quelque chose, mais nous avons rien en contrebande.

—Certainement. Mais on cherche des indices. Un de nos collègues est parti en permission voilà bientôt un mois et il n'est pas revenu. On se demande maintenant si même il est bien parti.

—Ce serait bien étonnant que vous le trouviez ici. D'abord, pourquoi croyez-vous qu'il serait dans la forêt ? Avec cette neige, vous risquez pas de le trouver. Autant attendre le printemps.

—C'est bien ce que nous pensons. Mais nous devons faire une enquête pour essayer de savoir ce qu'il est devenu.

—Avez-vous visité les chalets de montagne ?

—Oui. On les a tous faits. On sait que c'est à celui de la Limace qu'il a été vu pour la dernière fois. Depuis on a perdu sa trace. »

Au début de ce dialogue, les deux journaliers de Mabboux avaient marqué un temps d'arrêt. Appuyés contre les brancards de l'osset, ils semblaient s'intéresser à ce qui se disait. Seul, Luc, très occupé, s'affairait à caler un fût de sapin qui lui paraissait être instable. Mais ses mains, aux mouvements fébriles trahissaient une certaine appréhension. Il était ensuite rejoint par les deux autres journaliers ne s'intéressant plus outre mesure à la disparition d'un *gâpian*. Peu après, les deux douaniers s'éloignaient, poursuivant une enquête longue et difficile.

Les travaux étant terminés ce jeudi soir avec le dernier transport de bois à la scierie, les trois journaliers sont invités par Ravier à boire un verre.

L'affaire du douanier est bien sûr le sujet de leur conversation. Mabboux, comme Ravier, est persuadé que le permissionnaire est resté chez lui dans le Midi sous le soleil, loin des montagnes pleines de dangers et loin de la neige des longs hivers savoyards.

La neige tombe à nouveau. Deux jours plus tard, la couche atteint cinquante centimètres dans la vallée. Luc s'en réjouit. Profitant d'une accalmie dans le courant de l'après-midi du samedi, il est tenté de monter au Mas pour avertir Arsène de l'enquête de la douane. L'abondance de la neige le décourage. Finalement il abandonne son idée dans l'espoir de rencontrer son ami le lendemain, dimanche, à l'issue de la messe. Depuis cette tragique aventure du 13 novembre, Luc et Arsène se sont mis à fréquenter plus assidûment les offices religieux. Deux fois de suite, Luc a pu rencontrer Arsène à l'église. Peut-être avait-il eu un empêchement le dimanche précédent ? Aujourd'hui, malgré la neige, Arsène est descendu à la ville pour assister à la messe. Celle-ci terminée, ils se retrouvent tous deux à la sortie.

« Salut, Arsène. T'es pas venu dimanche dernier à la messe ? T'étais pas malade ?

— Non, pas moi. Mais l'Octavie, la mère. Ça va mieux maintenant. Mais c'est moi qui ai pris le rhume. »

Arsène renifle. Sa voix est un peu altérée. Un peu plus tard, il essaie de dégager sa narine. Il souffle violemment pour éjecter la morve sur le sol, dans une rapide trajectoire. Le mouchoir est pour Arsène, comme pour Luc, chose inconnue.

En marchant, Luc fait part de la nouvelle inquiétante pour eux :

« J'ai travaillé cette semaine, au bois, à la Grisette, avec Mabboux. Des douaniers sont venus. »

Un peu troublé, Luc en oublie de traduire *les gâpians*.

— Allons prendre un verre, tu veux bien, Luc ? Tu me raconteras ça. »

Ils se retrouvent, comme presque toujours, chez la Rivollette. Une fois assis, ils échangent quelques banalités, en particulier sur le temps, et jettent un regard circulaire sur les nombreux consommateurs. Ce sont toutes des personnes connues. Non, il n'y a pas de *gâpian*.

Alors Luc, d'une voix atténuée, s'adresse en confidence à Arsène :

« Tu sais, jeudi, on finissait de charger l'*osset* avec Mabboux et deux autres. On sortait de la Grisette quand les deux sont arrivés. Ils faisaient une enquête sur la disparition d'un des leurs, parti en permission il y a un mois. On l'a pas revu depuis. Ils ont demandé si on savait quelque chose.

— Et qu'est-ce qu'ils en pensent ?

— Rien. Ils se demandent où il est bien passé. Ils en sont à fouiller les chalets de montagne.

— Ouais. Il est pas possible de retrouver quoi que ce soit par ce temps-là, s'il est dans la nature. À mon avis, il a dû rester en permission chez lui ou chez une bonne amie. »

Arsène a parlé normalement, sans baisser le ton. Luc a vite compris. Il s'agit pour Arsène d'un événement ne les concernant pas plus que quiconque. Il affecte d'en tirer une conclusion qui rejoint celle de Mabboux et de Ravier :

« Sûrement il tenait pas à revenir dans la neige et il est resté dans le Midi. C'est mieux et… »

À ce moment, Arsène remarque l'entrée d'Ignace dans le café. Il l'invite à venir s'asseoir à leur table. Après les salutations d'usage et les réflexions habituelles sur le temps, Arsène, d'un ton détaché, s'adresse à Ignace :

« On habite loin de la ville, moi et Luc. Quoi de neuf, ces temps-ci ?

— Rien que je sache. Ah, si, peut-être. On parle d'un *gâpian* qui aurait disparu.

— Disparu ? Où ? À Flumet ?

— On sait rien. Peut-être tombé dans un ravin ? Savoir ? Ou parti pour on sait pas où ? De toute façon, conclut Ignace, il sera vite remplacé par un autre. Ça, c'est sûr.

— Vous avez pas l'air de les aimer, remarque Luc.

— Pas plus que ça. Ils sont là pour nous traquer. Dans le temps, j'ai eu affaire à eux. S'ils retrouvent pas celui-là, comme je vous le disais, on en rencontrera bien d'autres, et toujours assez vite. »

Luc et Arsène se souviennent. Ils ne s'étonnent plus des paroles d'Ignace. D'un coup d'œil complice, ils ont en mémoire l'aventure d'Ignace qui s'était fait prendre à son tout premier voyage. L'amende infligée lui avait ôté toute envie de poursuivre.

Changeant de conversation, Arsène demande :

« La ferme à Michel, c'est le voisin Athanase qui l'a achetée. Ça vous a rien dit de la reprendre ?

— Ben, non. L'hiver, c'est trop difficile d'accès. J'ai déjà assez de travail avec mon métier de ferblantier. Et puis, je sais que ma femme serait jamais retournée habiter la maison où sa sœur… »

Là, s'établit un silence.

La porte du café s'ouvre à nouveau. Tissot, le maire du pays, apparaît. Il reste un instant immobile, cherchant du regard parmi les personnes présentes.

Ignace se tournant vers ses deux compagnons demande :

« On lui paie un verre ? »

Sans attendre la réponse favorable, il invite le maire. C'est un homme sympathique, au contact agréable, un personnage même par son allure et l'importance de son poste. On admire chez lui sa facilité d'improviser une allocution avec une certaine assurance, quelle que soit la personne ou l'assemblée à laquelle il s'adresse.

Aujourd'hui, il semble être un peu de mauvaise humeur. À peine s'est-il assis que, d'emblée, Ignace l'interroge :

« Ça va pas, Monsieur le Maire ?

— Non, pas très. Je viens de voir le curé Monnard. On a parlé de cette loi que le gouvernement vient de faire voter. C'est scandaleux. »

Tous trois prêtent une oreille attentive. Il y a donc du nouveau dans le pays.

« De quelle loi ? demande Arsène.

— D'une loi qu'a été votée y a pas longtemps, le 30 octobre. Ça fait un peu plus d'un mois, mais on en a eu vent depuis peu. Il va falloir, dans un délai de cinq ans, fermer toutes les écoles communales dirigées par les congréganistes. On appelle ça la laïcisation.

— Qui c'est qu'a fait voter une chose pareille ?

— Ben, Arsène, c'est les radicaux ! Encore eux. Ils en ont après les Pères et leurs écoles. Ils veulent pas d'autre école que la leur. Je suis sûr que ça sera pas mieux si on fait ça.

— C'est vraiment une honte ! »

La réaction a été unanime. Même Arsène, peu enclin à soutenir l'Église et ses serviteurs est scandalisé par cette nouvelle. Elle court de table en table, car on a prêté attention aux paroles du maire. Beaucoup sont indignés. Dans le brouhaha, il lui est demandé des précisions : « Je les attends. »

L'agitation se calme peu à peu.

Au moment où le maire fait mine de se lever, Ignace, innocemment, fait repartir la conversation sur le sujet dont il a déjà été fait état :

« Avez-vous entendu parler de la disparition d'un *gâpian* ?

— Oui, je sais. Mais on ignore encore s'il est resté chez lui, car il devait partir en permission dans un patelin perdu, ou s'il est mort en chemin. Excusez-moi. Merci encore, mais je dois voir mon frère Ambroise avec qui j'ai rendez-vous. »

Il les quitte. Ignace se penche alors vers ses deux partenaires et leur dit à voix basse, comme s'il s'agissait d'un secret :

« Son frère Ambroise a acheté le *grangeage* des Perchets et il est en train de reconstruire la ferme après avoir démoli l'ancienne qui tenait plus debout. »

Peu après, Ignace s'en va après avoir payé sa tournée. Luc et Arsène se retrouvent seuls.

« Pourquoi qu'il a dit ça comme un secret ? Je le savais bien depuis quelque temps déjà. Pour ça qui nous regarde, il faut attendre la fin de l'hiver. À moins d'un redoux exceptionnel. Et encore ! D'ici là il peut encore se passer bien des choses. Allez, sois tranquille. »

Arsène se veut rassurant, paraissant plus rassuré qu'il ne l'est en réalité. Mais Luc, qu'il a compromis dans cette triste affaire, a besoin de paroles de réconfort. Lui, Arsène, seul avec sa mère, comprend l'inquiétude de son ami. Luc a une femme et des enfants.

En sortant du café, Luc s'aperçoit que la neige a tendance à glisser sur les toits, qu'elle déborde. Elle menace de tomber sur les chemins. C'est l'annonce d'un radoucissement de la température : « Il va falloir faire attention », recommande Luc.

Ils se séparent, l'un montant au Mas, l'autre allant chercher sa femme en ville avant de gagner le Chevaly.

Le lendemain, en début d'après-midi, Flavie vient de Megève. Le redoux s'est accentué.

Passant près de l'église, elle remarque une animation anormale. Beaucoup de personnes sont rassemblées. Plusieurs, armées de pelles, s'affairent à dégager la quantité de neige tombée du toit de l'église. Un homme, le visage crispé, et une femme en pleurs suivent attentivement leurs efforts. Flavie les reconnaît. Ce sont les Bussini, arrivés au pays depuis plusieurs années. Beaucoup de gens d'Italie sont venus pour travailler comme maçons à Megève.

« Qu'est-ce qui s'est passé ? demande-t-elle à une personne présente.

— Le petit Bussini est parti ce matin de chez lui pour aller à l'école. Il y est pas arrivé. On se demande où il est et on craint qu'il ait été enseveli sous la neige, car c'est sur son chemin. »

Effectivement, peu après on dégage un pied d'enfant. Le gamin a bel et bien été écrasé par la neige tombée du toit de l'église.

Flavie est bouleversée à la vue de ce pauvre enfant étendu, sur lequel se précipite une mère désespérée.

Plus tard, à peine entrée dans sa cabane, avant toute autre parole, elle interpelle son mari : « Tu sais pas qui avait disparu et qu'on a trouvé sous la neige ? » La question est posée de façon assez abrupte. Elle trouble brusquement et profondément Luc.

Son angoisse est telle que Flavie la remarque : « Qu'est-ce qui t'arrive tout d'un coup ? T'es tout pâle. »

Luc tente de trouver une explication :

« Je... je sais pas bien. À la façon que tu m'annonces ça, j'ai pensé à Arsène.

— Mais non ! Il s'agit du petit Bussini. Il avait disparu depuis ce matin en allant à l'école. On l'a retrouvé sous la neige tombée du toit de l'église. »

Luc pousse un soupir de soulagement. Il respire :

« Ah, bon ! »

Il s'arrête. Il allait ajouter « Ouf ! tant mieux ».

Flavie n'aurait vraiment pas compris une telle réaction. Elle ne peut deviner ce que son mari avait imaginé : là-haut, dans la montagne...

Le réchauffement de la température se poursuit. La neige commence à fondre. En fin de semaine, il pleut pendant deux jours. Même au Chevaly, on patauge dans la boue. Les sapins ont perdu leur parure blanche. Luc libère ses poules. Ivres de liberté, elles s'égaillent dans la nature.

Déjà, la tache ocrée de larges espaces de terre dispersés au milieu des étendues neigeuses contraste avec leur blancheur sur les pentes de l'envers. Sur le versant de l'adret, face au soleil, la neige a presque disparu dans le bas de la vallée où grondent les torrents. Les pentes se colorent timidement de teintes vertes sur fond d'ocre. La robe brune des hautes forêts, encore tachée de neige, se découpe avec netteté dans le ciel nuageux.

Le dimanche 19 décembre, dernier dimanche avant Noël, Luc et Arsène se retrouvent au sortir de l'église. Pour la première fois, Arsène ne maîtrise plus son inquiétude :

« Si ce beau temps doux continue, on aura à craindre. »

Il voit son ami alarmé. Il veut alors le rassurer tout en voulant se rassurer, lui aussi :

« Même si on le découvre, il faudra encore trouver le coupable.

— On va sûrement interroger tous ceux qui sont dans la contrebande.

— Ils auront déjà bien à faire. Mais c'est là qu'il faudra tenir le coup, reconnaît Arsène.

— J'ai bien peur pour moi. »

Le soleil fait une timide apparition derrière les nuages qui s'éloignent peu à peu.

Ils continuent de parler de l'affaire et d'exprimer leurs craintes. Ils gagnent lentement la grand-place, s'arrêtent près du lavoir. Flavie, voulant remonter au Chevaly, les a rejoints. Elle reste surprise de leur présence en ce lieu. C'est bien la première fois qu'elle ne les trouve pas attablés dans un café.

« Vous avez l'air très graves aujourd'hui. Et pourquoi donc ? » Mais les deux amis se séparent après une poignée de mains. Ils se sont abstenus de répondre.

Le temps presque constamment ensoleillé se prolonge toute la semaine. La température reste assez douce le jour ; il gèle modérément la nuit.

Le jeudi 23 décembre, l'avant-veille de Noël, le glas retentit. Il annonce l'enterrement pour le lendemain d'une vieille dame Gaiddon, morte au village du Planellet. Elle habitait non loin de la ferme d'Octavie au Mas. À l'occasion de ses funérailles, un de ses neveux habitant Paris revient à Megève d'où il était parti trois ans auparavant. Il prolonge son séjour afin de passer les fêtes en famille.

Le soir de l'enterrement, l'oncle et le neveu bavardent ensemble :

« C'est bien triste de revenir au pays dans de pareilles circonstances. Mais ça fait tout de même plaisir de se retrouver en famille, observe le neveu.

— Tu te plais pas à Paris ?

— Oui et non. Tu sais, être fort aux Halles, c'est beaucoup de travail. C'est surtout pénible, au petit matin, de soulever des gros poids.

— Tu vas travailler si tôt le matin ?

— Oui. Bien des fois il fait nuit encore.

— T'as rien à craindre dans les rues ? Pas de mauvaises rencontres ?

— Oh non ! C'est encore rare. Des fois on risque de se faire dévaliser. Faut surtout bien fermer à clé les portes.

— Y a des voleurs partout. Même ici, à Megève, contrairement à ce que tu crois.

— Ah oui ? Qu'est-ce qu'on vole ?

— C'est seulement dans les chalets abandonnés, à la mauvaise saison, surtout en montagne. On chipe de tout : des bûches de bois, du foin, même des casseroles, de la vaisselle. Faut rien laisser traîner.

— Au fait, ce que tu dis me fait penser. J'ai une remise vers le Tour. Il y avait pas grand-chose dedans. Peut-être m'a-t-on volé aussi ?

— On ira voir demain matin. »

Ils y vont tous deux, assez tôt, le samedi matin. Bien que n'ayant plus la clé, la serrure cède facilement à un crochet. La porte ouverte, l'oncle Gaiddon pousse une exclamation : « Mais c'est plein de fouillis ici ! Il y a tout ce qu'on veut ! Tiens, une casserole ! On dirait que c'est une à moi. Eh oui ! Je la reconnais à son manche cassé. Et puis ces deux paniers, ils sont à moi ! Ça, c'est un peu fort !

— C'est vrai, mon oncle. La remise est pleine de toutes sortes de choses. Il faut avertir les gendarmes. Ce bric-à-brac a été volé.

— Je descends ce matin à Sallanches, au marché. Je les avertirai. »

Le lundi matin, le neveu est reparti pour Paris. Les gendarmes montent à Megève. Ils commencent leur enquête en interrogeant plusieurs personnes dans la ville même, puis au hameau du Tour.

Effectivement, on leur a confié avoir plusieurs fois aperçu quelqu'un rôder autour de la remise. C'était en général après la tombée de la nuit. On n'en est pas très certain, mais ce pourrait bien être Arsène Coudurier, Arsène à l'« Octavie à la dure » qui habite au Mas dans la ferme de sa mère. Il a même été remarqué se promenant souvent par les montagnes avec des sacs sur le dos. Peut-être faisait-il simplement de la contrebande, mais on n'en est pas bien certain.

À la suite de ces renseignements, les deux gendarmes se dirigent chez Octavie selon les indications de l'oncle Gaiddon. Ils frappent à la porte de la ferme. Sans attendre la réponse, ils entrent. Nathalie les aperçoit la première. Elle est effarée à la vue des uniformes :

« C'est pourquoi ? bégaie-t-elle.

— Qui êtes-vous ? demande un gendarme sans lui répondre.

— Je suis la bonne.

— On voudrait voir le nommé Arsène Coudurier.

— Il est pas là. Il est parti depuis ce matin.

— Quand va-t-il rentrer ?

— Je sais pas. Dans la journée.

— Alors, et sa mère, Octavie ?

— Elle est descendue à la ville. »

Les gendarmes marquent un temps de silence. Ils dévisagent Nathalie de plus en plus affolée par cet interrogatoire.

« Alors, pouvez-vous nous dire si le nommé Arsène s'absente souvent pour aller par les montagnes ? »

Nathalie n'en peut plus. Ils veulent sûrement arrêter Arsène parce qu'il fait de la contrebande. Ses craintes paraissent justifiées. Sans plus attendre la réponse de cette femme aux abois, ils se mettent à fouiller la maison.

Ils reviennent enfin auprès de Nathalie affalée sur le banc. Ils lui posent à nouveau la même question :

« Des fois », arrive à articuler Nathalie.

— C'est ce qu'on voulait savoir. On reviendra. Au revoir. »

Quand, en début d'après-midi Octavie revient, elle devine aussitôt, devant le visage défait de Nathalie, qu'une chose grave est arrivée.

Elle n'a qu'un mot : « Arsène ? »

Nathalie secoue la tête :

« Non. Les gendarmes. »

Octavie est atterrée. Sans autre explication, elle devine la raison de leur visite. Elle sait qu'Arsène commet depuis longtemps des larcins dans les chalets. Elle avait bien tenté au début de l'en empêcher, mais il a ça « dans la peau ». Elle a fini par devenir sa complice, car il lui est souvent arrivé de profiter de son butin. C'est presque toujours de la tomme ou des denrées comme du sucre, du café... ou encore du petit matériel ménager, comme des casseroles.

Elle est d'autant plus atterrée qu'elle réalise la peine dont il est passible : des années de prison. Que deviendra-t-il en prison ? Que fera-t-elle sans lui pendant ce temps ? Elle éprouve maintenant des regrets à ne pas s'être opposée plus sévèrement à son vice.

Arsène revient un peu plus tard. À peine est-il entré qu'il rencontre Nathalie. Il est frappé par son visage bouleversé :

« Qu'est-ce qu'il y a ?

— Arsène, les gendarmes ! »

Affolé, les croyant dans la ferme, Arsène veut s'enfuir. Nathalie le retient :

— Ils sont partis ce matin. Votre mère vous attend. »

Brutalement il se précipite dans la cuisine.

Octavie, accablée, assise sur le banc, ne l'avait pas entendu. Elle lève sur lui des yeux égarés. Arsène lui demande :

« C'est vrai ? »

Octavie hoche la tête sans prononcer une parole. Le monde s'écroule pour Arsène. Il est anéanti.

Le matin même, il était parti très tôt dans la montagne. Malgré la neige encore importante sur certains versants exposés au nord, il a pu gagner celui de Bellecombe. Bien que repéré par des douaniers intrigués par ce promeneur sans chargement, il a pu localiser l'endroit où… Il n'a pas osé s'en approcher. Il est reparti pleinement rassuré. Son trajet de retour se fait sans encombre.

Sitôt arrivé chez lui, il apprend la terrible nouvelle : les gendarmes sont venus.

Aurait-on déjà tout découvert, et le corps et les coupables ? Si vite ? Pourtant il croit être certain que la neige encore abondante recouvrait tout.

Or, les gendarmes ont décidé de revenir. Dans cette perspective angoissante, Arsène imagine aisément le déroulement rapide des événements. Le meurtre commis est impardonnable. Ce sera l'arrestation, la prison, et la fin. On lui coupera le cou. La guillotine. Il ne l'a jamais vue. Il l'imagine mal, mais cette mort affreuse le terrifie. Il lui faut à tout prix y échapper. Il va fuir à l'étranger, en Suisse, même plus loin, le plus loin possible.

Il n'avouera rien à Octavie. Si elle l'apprend, ce ne sera pas par lui. Elle l'apprendra toujours assez tôt.

S'approchant d'elle, il lui demande d'une voix égarée :

« Il faut que je me sauve. Donne-moi un peu d'argent.

— Oui. Cache-toi pendant quelque temps. Emporte à manger.

— Dépêchons-nous. S'ils reviennent… »

Octavie, les yeux pleins de larmes, prépare fébrilement une musette. Elle l'emplit de pain, de fromage et de jambon. Elle y ajoute un flacon d'eau-de-vie et quelques pièces. Arsène l'embrasse. Il faut partir. Avant, elle l'étreint longuement dans ses bras. Elle pleure. Au comble de l'angoisse, il se dégage :

« Faut que je parte. Laissez-moi ! »

Sur le point de franchir la porte, il se retourne vers les deux femmes.

« Adieu. Avertissez Luc ! Les gendarmes ! »

« Octavie à la dure » continue de sangloter. Son fils est déjà loin quand elle réalise l'avertissement lancé en partant. Elle en cherche une explication. Pourquoi avertir Luc ? Il n'est pour rien dans les vols des chalets.

Arsène n'est pas parti depuis plus de dix minutes que les deux gendarmes sont à nouveau là. Sans même s'inquiéter à qui ils s'adressent, ils demandent à Octavie impressionnée par leur uniforme :

« C'est bien le nommé Arsène Coudurier qui vient de sortir d'ici ? »

Octavie ne sait que répondre. Elle réfléchit soudain. Plus elle attendra, plus Arsène gagnera du terrain. Ils insistent à nouveau. Ils se tournent alors vers Nathalie qui cherche à s'éclipser :

« Eh, vous, là. Répondez ou sinon… »

Terrorisée, Nathalie regarde Octavie qui répond à sa place :

« On sait pas. »

Mais l'attitude des deux femmes dément leurs paroles. Ils jurent :

« Compris. Ah, le gredin ! »

Ils s'élancent à sa poursuite.

Arsène est déjà loin. Il monte en direction du mont Joux dont l'autre versant donne sur Saint-Gervais. Il veut gagner un chalet d'alpage qu'il connaît bien pour l'avoir visité. Il espère l'atteindre avant la nuit. À cette période de l'année, les jours sont les plus courts. La nuit tombe avant cinq heures.

Il a fait une première pause assez brève. Il a pu repérer les deux gendarmes lancés à sa poursuite. Leur présence lui donne des ailes. Quitte à en « crever », il est bien décidé à leur échapper.

Peu avant la tombée de la nuit, il s'est arrêté enfin pour reprendre son souffle. Il a tellement marché, pataugé même, dans la neige qu'il est exténué. Il se sent défaillir d'autant plus qu'il n'a rien mangé depuis ce matin.

Il arrive enfin au chalet, but de son étape. C'est avec joie qu'il trouve la porte de l'écurie entrouverte. À peine l'a-t-il poussée qu'il s'effraie au bruit d'une galopade. Un choc violent le précipite sur le sol. Malgré l'obscurité, il parvient à reconnaître deux chamois. Épouvantés par la présence de l'homme, ils se sont rués au dehors, le renversant au passage. Sa frayeur dissipée, Arsène se relève, l'épaule gauche douloureuse. Mais il est rassuré d'avoir eu affaire à ces animaux.

Après avoir soigneusement refermé la porte, il grimpe par une échelle à l'étage supérieur. Dans le noir, il cherche à tâtons le foin qui avait attiré les chamois. Il le trouve. Il a enfin le réconfort de pouvoir se reposer sans trop craindre le froid assez vif.

Il mange peu, se sentant trop fatigué. Couché, il a de la peine à s'endormir. Il se pose sans cesse l'angoissante question : comment a-t-on pu retrouver le corps de Casimir ? Il le croyait encore enseveli sous beaucoup de neige. Pourquoi a-t-on été amené à le soupçonner au point de lui envoyer les gendarmes ? Et Luc, a-t-il été inquiété lui aussi ?

Dans la nuit, glaciale à cette altitude, il dort mal, d'un sommeil agité de cauchemars où s'entremêlent Casimir, Octavie, Luc, les *gâpians* et les gendarmes.

Il se réveille le matin de bonne heure, avant le lever du jour. Il est courbatu. Il se ressent encore de la fatigue de la veille. À peine levé, son épaule endolorie l'inquiète. Elle ajoute à son angoisse. Mais la faim le tenaille. Il mange, assez copieusement cette fois. Il lui faut reprendre des forces. La journée sera longue et très pénible avant d'atteindre la Suisse.

Il craint le retour des gendarmes. Il achève son repas tout en marchant.

Insensible au spectacle grandiose du lever du soleil sur la chaîne du Mont-Blanc, il se dirige vers Saint-Gervais. Il dévale la pente très enneigée, tombe sans mal plusieurs fois, se relève aussitôt. Le temps presse.

À un certain moment, il a marché dans la neige sur les traces d'un lièvre poursuivi par un renard. Il a fait la comparaison entre lui et les gendarmes, certainement à sa recherche dès le lever du jour. Pour le lièvre comme pour lui, la capture signifie la mort.

La matinée est déjà bien avancée quand il arrive non loin de la route de Megève à Saint-Gervais. Il l'aborde par le bois des Amerands, cette magnifique forêt chargée de souvenirs des temps anciens.

Comme la forêt, la route lui paraît déserte. Après un dernier coup d'œil, il saute du talus sur la chaussée. Il est à près d'un kilomètre de l'entrée de la ville où le pont du Diable enjambe le Bon Nant, un torrent coulant dans une gorge très profonde. Sur la route, Arsène se met à marcher rapidement en direction de la ville. Il en aperçoit le clocher. Se croyant déjà sauvé, il ose remercier Dieu. Il n'a pas parcouru une centaine de mètres que des coups de sifflet impératifs le font se retourner. La terreur lui noue les entrailles. Ils sont là, pas très loin de lui, quatre gendarmes. Ils se lancent aussitôt à sa poursuite. Éperdu, Arsène lâche sa musette, se met à courir à toutes jambes.

Il arrive près du pont. Il s'y engage.

Épouvanté, il s'aperçoit qu'un groupe de gendarmes l'attend à l'autre extrémité. Derrière lui, il entend maintenant un bruit de pas au galop. En un éclair il entrevoit le clocher de l'église. Il croit entendre le glas. Il l'entend. La mort. Et quelle mort ! Le cou tranché. Ça ! non ! jamais ! Il oblique vers le parapet, l'enjambe, saute dans l'abîme du torrent. A-t-il espéré s'accrocher aux branches d'un des sapins bordant le ravin ? A-t-il espéré pouvoir fuir sous leur couvert ?

Mais son épaule douloureuse lui fait manquer une prise déjà difficile. Il arrache une branche à laquelle il a tenté de s'agripper, l'entraîne en tombant dans le vide. Il heurte un rocher.

Le hurlement hallucinant de désespoir qu'il pousse alors va déclinant au cours de la chute. Une chute de près de cent mètres. Elle se termine dans les éclaboussures d'une flaque d'eau.

Le corps d'Arsène, un moment immergé, flotte à nouveau dans le torrent. Le ventre ouvert rougit l'eau. Ensanglantée, elle l'entraîne peu à peu. Horrifiés, les gendarmes contemplent la scène, penchés sur le parapet du pont. L'un d'eux, le brigadier, secoué par une crainte irraisonnée, jette des cailloux sur le cadavre. Il a peur qu'il s'enfuie.

Le soir, dans les locaux de la gendarmerie, il écrira laborieusement son rapport :

« Nous, Joseph Poirier, brigadier de gendarmerie à Sallanches, revêtu de notre uniforme et dans l'exercice de nos fonctions, avons voulu ce jour, 28 décembre 1886, interpeller le nommé Arsène Coudurier, né en 1860 à Megève, dans le Val d'Arly et y demeurant au hameau du Mas, lequel était soupçonné de vol.

Nonobstant nos injonctions, ledit Arsène Coudurier a voulu échapper à notre poursuite et, subséquemment, il a enjambé le parapet du pont du Diable à Saint-Gervais et s'est précipité dans le vide, tombant dans le Bon Nant d'une hauteur d'environ cent mètres.

Nous avons dûment constaté le décès dudit Arsène Coudurier, consécutif à la chute.

Dont procès-verbal a été établi à Sallanches ce même jour, mardi 28 décembre 1886.

Signé : Poirier Joseph, brigadier de gendarmerie. »

Chapitre VII

Ce même lundi 27, dans le courant de la matinée, Luc vient à la ville, toujours en quête de travail.

On lui signale une bête crevée dans un hameau voisin. Il s'agit d'un cochon, ayant trépassé à la suite d'un « coup de sang ». Luc le charge aisément sur les épaules et revient allégrement.

Il arrive sur la grand-place, aperçoit les gendarmes. Il les voyait toujours avec un peu d'appréhension. Maintenant, il en éprouve de la crainte, au souvenir d'un certain drame de novembre dernier.

Les gendarmes sont en discussion avec le maire. Luc pose son fardeau sur le sol. Il attend avec quelque inquiétude.

S'étant séparé de ses interlocuteurs, le maire entre seul dans le café de l'Adèle Orsy. Luc, abandonnant pour quelques instants son cochon pénètre à son tour dans le café. Il entend l'Adèle Orsy, toujours curieuse, poser une question :

« Qu'est-ce qui se passe, monsieur le maire ? Pourquoi les gendarmes ?

— Ils font une enquête sur un vol.

— Ici, dans le bourg ?

— Non. En montagne. On aurait découvert la cachette dans une remise au Tour. »

Un groupe s'est formé autour du maire. Luc, demeuré près de la porte, en a assez entendu. Il préfère partir. Il se souvient de certains faits et gestes d'Arsène, d'allure assez bizarre, comme la disparition des cloches et des chaudrons au chalet des Buttes.

Les gendarmes sont à la recherche de quelqu'un. Ne serait-ce pas Arsène ? Il pourrait bien être inquiété. Cette éventualité tracasse Luc. Il y songe tout au long du chemin sur le retour au Chevaly.

Sans en souffler mot à Flavie, il repart peu après midi dans l'intention de revoir l'Adèle Orsy pour obtenir le plus de renseignements possible. Il apprend ainsi que les gendarmes sont revenus à la ville où ils ont pris leur repas. Puis, après avoir interrogé deux personnes, ils ont emprunté le chemin en direction du Mas.

De plus en plus inquiet, Luc s'y engage à son tour tout en forçant l'allure. Arrivé au Mas dans la ferme d'Octavie, il trouve les deux femmes bouleversées, surtout Octavie qui demeure affalée sur un banc.

L'angoisse le saisit à la gorge :

« Qu'est-ce qui arrive ?

— Les gendarmes, répond laconiquement Nathalie.

— Oui. Mais où sont-ils ? Et Arsène ?

— Ils viennent de partir à sa poursuite.

— Mais où ? Dans quelle direction ?

— Il s'est sauvé juste avant leur arrivée. Vers Saint-Gervais en passant par la montagne.

— Ils vous ont rien dit, les gendarmes ?

— Non. Ils avaient pourtant pas l'air mauvais.

— Qu'est-ce qu'il a fait, Arsène ?

— Pas grand-chose, confesse alors Octavie. Il a ramené quelquefois des affaires qui traînaient dans les chalets en montagne.

— Oui, mais chez qui il a pu se servir qui l'aurait dénoncé ?

— Vous étiez pas au courant ? Pourtant, avant de se sauver, il m'a dit une chose, que j'ai pas comprise, de vous avertir au sujet des gendarmes.

— Pourtant, j'ai jamais été dans les chalets avec lui. Alors, ça serait une affaire de contrebande ? interroge Luc avec une certaine inquiétude.

— Non. Les gendarmes l'auraient dit.

— Ce matin, intervient Nathalie, ils ont fouillé dans la ferme et ils m'ont demandé si l'Arsène allait souvent se promener dans les montagnes.

— Vous alliez avec lui ?

— Seulement pour la contrebande.

— Alors, mon fils a cru que les gendarmes allaient vous chercher, vous aussi, pour une affaire de contrebande », conclut Octavie, sans grande conviction cependant.

Luc réalise maintenant le tragique de la situation. Arsène, ignorant la découverte de la cachette de ses larcins, se croit recherché pour meurtre du douanier. Affolé par l'arrivée des gendarmes, avant de fuir désespérément, il a voulu faire avertir son ami, d'où le message à Octavie.

S'il n'est plus angoissé par la visite de la maréchaussée, Luc l'est néanmoins pour Arsène. Les bras lui en tombent. Comment rejoindre son ami et pouvoir le rassurer ? Il encourt seulement quelques années de prison. Mais, se croyant poursuivi pour un crime entraînant la mort, quels risques désespérés ne va-t-il pas prendre dans une telle situation pour fuir et s'échapper à tout prix ?

Octavie est restée silencieuse, visiblement accablée, les yeux fixés sur Luc dans une interrogation muette.

Luc s'en aperçoit. Il tente de la rassurer :

« Il peut pas arriver à Saint-Gervais cette nuit. Il couchera quelque part dans la montagne. Demain matin, j'irai l'attendre de bonne heure à l'entrée de la ville. Je lui causerai. »

Le lendemain, Luc se réveille avec le lever du jour. Il part en direction de Saint-Gervais. Il doit parcourir au moins dix kilomètres. Au sortir de Megève, il emprunte la route. Marchant sans arrêt jusqu'au milieu de la matinée, il parvient dans le bois des

Amerands. Il en sort. Après un dernier virage, il aperçoit au loin un attroupement sur le pont du Diable. Un instant intrigué, il se sent saisi d'une inquiétude qu'il ne peut s'expliquer. Il marque un temps d'arrêt. S'agit-il d'Arsène ? L'a-t-on arrêté ? Luc se met à courir.

Arrivé sur le pont, il voit une dizaine de gendarmes et de nombreuses personnes. Il cherche vainement Arsène. Un groupe discute avec animation sur la route alors qu'un autre, plus important, reste penché sur le parapet du pont, les yeux plongeant dans le vide.

Luc est soulagé. Arsène n'est pas là. Il n'a donc pas été arrêté. Luc est rassuré. Il rejoint les gendarmes accoudés sur le parapet. Il suit leur regard. Il comprend. Un homme est tombé dans le Bon Nant. Un accident, croit-il, mais cet homme…

Subitement bouleversé, il demande aux gendarmes :

« Qui c'est ?

— Un de Megève, un nommé Arsène Coudurier. »

Luc en reste pétrifié. À peine peut-il articuler :

« Accident ?

— Non. Tentative de fuite ou plutôt suicide. »

Les gendarmes remarquent la pâleur affreuse du visage de Luc.

« Ça a l'air de vous faire quelque chose. Vous le connaissiez ?

Luc sait qu'il doit toujours se méfier des gendarmes et de leurs questions. Il s'efforce de se dominer un instant et répond d'une voix changée :

« Non. Mais voir un cadavre avec du sang, ça me chavire. »

Il s'éloigne aussitôt.

Sur le chemin du retour, il met deux fois plus de temps à revenir. Il fait plusieurs haltes dans les talus bordant la route, accablé, insensible à la fraîcheur du temps.

En de nombreux endroits, la vue s'étend sur l'immensité des montagnes enneigées et sur le panorama grandiose des sommets dans le massif du Mont-Blanc, éblouissant de blancheur.

Mais Luc ne voit rien. Il marche, le dos courbé, la tête penchée, comme écrasé par la fatalité.

Elle s'est acharnée sur ses amis. Comptant Michel, Adeline et Arsène, trois sont morts dramatiquement ces derniers mois. Sans oublier le Casimir, dont la fin tragique avait été une conséquence de cette terrible fatalité.

Ce rappel s'impose à Luc, jusqu'à l'obséder. Au printemps, dès la fonte des neiges, ne retrouvera-t-on pas le corps du douanier ? Alors commencera l'enquête. Sera-t-il mis en cause, puis accusé ? Ne risque-t-il pas d'être au nombre des victimes de cette série tragique ? Il n'a plus son ami Arsène pour l'encourager. Désemparé, perdu dans ses pensées, il arrive à la ville, la traverse sans même songer à s'y arrêter un seul instant, encore moins à monter au Mas.

Il arrive en fin d'après-midi au Chevaly.

« T'es seulement là, lui reproche Flavie. T'es parti depuis ce matin. T'as trouvé du travail ? Et tu fais une drôle de tête.

— Je suis allé à Saint-Gervais.

— Pour du travail ?

— Non. Pour aller à la rencontre d'Arsène.

— J'en savais rien. Et alors ?

— C'est fini. Arsène, il est mort.

— Que dis-tu ? Arsène, il est mort ? Comment ça ?

— Oui. Il s'est jeté du haut du pont du Diable dans le Bon Nant.

— Oh, là là ! Pour quelle raison ?

— À cause des gendarmes. »

Devant la mine stupéfaite de sa femme, Luc explique les raisons de la présence de la maréchaussée, raconte l'enquête sur les vols à la suite de la découverte de la cachette d'Arsène, la fuite éperdue de son ami poursuivi par les gendarmes et sa fin tragique.

Flavie, un peu commotionnée, s'assied. Elle a un peu de nausées. Cette réaction ne l'inquiète pas dans son état actuel. Si elle a ainsi réagi à l'annonce des circonstances de cette mort, elle ne semble cependant pas surprise par les révélations sur les activités d'Arsène.

« L'Octavie, elle sait qu'Arsène est... ?

— Je pense pas. Je veux pas aller au Mas. Elle l'apprendra toujours assez tôt par d'autres que moi. »

Le lendemain matin, après avoir assez mal dormi, Luc hésite longuement. Puis il décide d'aller aux nouvelles et de monter au Mas.

Maintenant, Octavie doit avoir appris la mort de son fils, par le curé ou le maire ou encore par les gendarmes.

À la ville, la Rivollette croit donner la nouvelle à Luc :

« Arsène, du Mas, s'est tué hier.

— Oui. Je sais. Vous savez quand on l'enterre ?

— Après-demain, vendredi. Dites donc, il y a beaucoup de morts dramatiques ces derniers temps. Ça fait quatre avec l'Arsène. »

Devant le regard interrogateur de Luc subitement inquiet : « Oui. Michel, Adeline, Arsène et Joseph Caillet. » Luc respire. Le quatrième n'était pas Casimir, le douanier mais le Joseph, tombé d'un toit en voulant le déneiger.

Il monte sur le chemin du Mas.

À la ferme, il surprend Nathalie charriant des seaux d'eau pour abreuver les bêtes à l'étable.

« Elle sait ?

— Oui. Le vicaire est venu le lui dire.

— Où elle est ?

—Au *peille*. Elle en bouge presque pas.

—On peut la voir?

—Vous, je pense que oui. »

Luc a lentement poussé la porte de la chambre. Il attend. Octavie assise, lui tourne le dos. Elle reste immobile. Luc s'approche. Elle a, un instant, un regard pour lui puis retombe immobile dans sa prostration. Elle ne pleure pas. Ses yeux, fixés sur la fenêtre, le sont dans le vide, dans un autre monde. Ce désespoir silencieux n'en est que plus impressionnant. Elle veut ignorer la présence de Luc. Il se retire lentement devant cette détresse. De retour dans la cuisine, il questionne Nathalie, à voix basse:

« Elle est comme ça depuis hier?

—Oui. Quand elle a appris la nouvelle, elle est devenue très, très pâle. J'ai cru qu'elle allait tomber. Alors elle est entrée au *peille*, mais en se tenant au mur, sans une larme. Depuis hier, elle a rien mangé.

—La pauvre!

—Vous avez vu les gendarmes?

—Oui. Sur place, à Saint-Gervais. C'est tout.

—Parce que, hier après-midi, elle se demandait encore pourquoi il fallait vous en avertir.

—Je sais toujours pas. »

Luc sait qu'il ment. Il est le seul à connaître le sens des paroles d'Arsène. Il ne peut rien révéler. Ce terrible secret n'implique plus Arsène mort et bientôt enterré mais lui, Luc et lui seul. Il y va de la vie de Luc.

Le temps incertain persiste pendant toute la journée du jeudi. Le ciel couvert, immensément gris, ajoute à la tristesse de Luc. Le lendemain, la neige tombe à nouveau.

On est vendredi et le dernier jour de l'année. C'est également jour de marché. Aussi, d'assez nombreuses personnes assistent-elles à l'enterrement, très simple, sans cérémonial religieux. Luc est là. Il a tenu à accompagner Arsène à sa dernière demeure. Flavie, ne voulant pas affronter le mauvais temps ni abandonner les enfants a préféré rester avec eux. Octavie n'est pas venue. Nathalie est présente. À la fin de l'inhumation, Luc veut la rencontrer mais Nathalie était déjà repartie auprès de sa patronne.

Luc reste seul dans le cimetière peu à peu abandonné. Il médite un moment devant la tombe bien modeste d'Arsène. De gros flocons de neige tourbillonnent au gré du vent. Luc ne s'en soucie pas. Il s'arrête successivement près des tombes de Michel, d'Adeline et enfin de son père. Il ne peut pas ne pas évoquer le souvenir de l'homme enseveli sous la neige, là-haut dans la montagne. Ce rappel réveille en lui du remords, mais surtout un sentiment d'angoisse d'autant plus accentué qu'Arsène n'est plus.

Quand et comment retrouvera-t-il son calme intérieur ? Silencieusement, il en pose la question à son père dans sa tombe.

La neige recouvre peu à peu les épaules et le large chapeau de Luc dont la barbe blanchit.

Il revient lentement au Chevaly, sans s'arrêter.

Il neige encore le soir et au cours de la nuit de la Saint-Sylvestre. Puis le ciel se dégage. Le froid est plus vif pendant deux jours. On s'en ressent dans la cabane du Chevaly. Le lundi, le temps est toujours au beau.

Selon son habitude, Flavie est levée la première. Dans la cabane, il fait plus froid que la veille. Elle s'affaire à allumer le feu. La flamme pétille, tord les brindilles de sapin, les fait éclater dans un grand silence. Un silence inhabituel. Flavie le remarque soudain. Tout le monde dort encore profondément. Brunette ne tousse même pas. Bien plus, elle reste couchée sur le flanc, immobile. Pourtant, la veille encore, elle était agitée par cette toux rauque au point de la faire suffoquer.

Flavie s'approche. Elle se rend à l'évidence. La vache a crevé au cours de la nuit.

Avant même d'avertir Luc, Flavie songe au lait pour le repas de Marie-Léontine. Maintenant, il faudra aller chaque matin en chercher auprès de l'oncle Alexis, à Cassioz. Par les chemins enneigés, ce sera une corvée peu agréable.

Enfin, bien que malade, Brunette entretenait une

douce tiédeur dans la cabane. Dorénavant Flavie devra maintenir le feu plus longtemps et aller s'approvisionner plus souvent dans la forêt.

À cet instant, Luc s'éveille. Aussitôt, Flavie lui annonce : « Brunette a crevé. »

Il reste quelques secondes avant de réaliser : « C'était à prévoir. Faudra s'en passer. »

Son visage soucieux dément l'apparente indifférence de son propos. Il se met rapidement à réfléchir. Il abandonnera la carcasse dans la forêt.

Maintenant, chaque matin, Flavie doit descendre à Cassioz pour avoir un peu de lait. Elle en revient souvent avec deux à trois bûches de bois qu'elle a mendiées à l'oncle Alexis.

Au cours de l'hiver, les jours se traînent, monotones, animés seulement le dimanche par les offices religieux et les rencontres dans les cabarets. En semaine, chacun reste chez soi, sous la neige. Cependant, des parents, des amis voulant parfois rompre la solitude se réunissent à la veillée, le soir, dans une ferme. C'est alors l'occasion de festoyer quelque peu et de conter des histoires ou des souvenirs du temps passé.

Dans ce pays engourdi par l'hiver, il est difficile de trouver du travail. Beaucoup en sont réduits à quitter la région pour Paris où ils ont encore quelque espoir.

Deux fois, Luc s'est aventuré en ville, pensant

trouver un emploi. Mais ce fut en vain. La deuxième fois, on lui signale une bête crevée au Mas, dans une ferme voisine de celle d'Octavie.

Déçu, à en être irrité, il hésite un instant avant de s'engager dans le chemin glacé. Il se décide enfin.

Malgré la lourde charge de la « crevure », il s'arrête chez Octavie.

Nathalie n'est pas là. Entrant directement dans la cuisine, Luc trouve Octavie attablée devant une bouteille de vin déjà largement entamée. Il s'approche. Sans mot dire, Octavie termine son verre, l'emplit de nouveau et le lui offre impérativement :

« C'est à vous. Buvez. »

Luc ne le refuse pas. Il le vide d'un trait.

« Hein, Luc ! Ça fait du bien. »

À cet instant entre Nathalie venant de l'étable. Octavie l'apostrophe :

« Vous, passez dehors. »

Nathalie disparaît aussitôt.

« Diable ! L'Octavie n'est pas facile, se dit Luc. Moi qui pensais la trouver effondrée, c'est tout le contraire. C'est vrai que si elle s'est mise à la boisson... »

Il lui demande, un peu étourdiment :

« Comment ça va ?

— Comment voulez-vous que ça aille, maintenant ? J'en arrive à pas dormir la nuit. »

Elle reste un moment immobile et songeuse, les

yeux fixés sur le sol. Puis elle abandonne Luc sans mot dire pour disparaître dans le *peille*. Au moment où il se prépare à repartir, elle revient, l'air égaré, les yeux rougis. Ignorant la présence de Luc, elle se dirige droit vers la table, se verse à nouveau un verre de vin qu'elle boit à petites gorgées.

Se tournant enfin vers Luc, elle lui demande :

« Les enfants ? Qu'est-ce qu'ils deviennent ?

— Rien. Toujours pareils. Mais on est ennuyé, car on a plus de lait. La vache a crevé. »

Octavie ne répond pas. Elle fait signe à Luc de s'en aller. Le dernier mot a dû évoquer le douloureux événement.

Les jours suivants, le temps reste relativement au beau. Luc en profite pour ramasser des cônes de sapin et des branches mortes dans la forêt où il a déjà transporté la carcasse de Brunette soigneusement écorchée.

En fin de semaine, dans la nuit du dimanche, de gros nuages s'amoncellent. À nouveau, la neige tombe en abondance. Une véritable tempête avec tonnerre s'abat sur la vallée.

Au petit matin, le vent souffle en rafale, déracinant même des arbres. Saisis d'inquiétude, Flavie et Luc voient trembler la paroi de leur cabane. Des craquements se font entendre au niveau des poutres. Poussée par le vent, la lourde charge de neige sur les ancelles glisse brutalement. Elle les entraîne dans sa chute, découvrant ainsi un pan entier du toit dont une partie de la poutraison est arrachée.

La neige tombe en tourbillonnant dans la cabane où le froid pénètre brutalement.

Un instant surpris par le désastre, Luc et Flavie s'affairent aussitôt à calmer les deux enfants effrayés. Puis ils tirent les paillasses vers la partie de la cabane encore protégée par le pan de toit demeuré en place. Mais l'abri est précaire. La neige envahit peu à peu tout l'intérieur. Flavie habille hâtivement les enfants. Des larmes de détresse emplissent ses yeux. Au troisième mois de la grossesse, elle réalise de façon plus dramatique la situation de la famille.

Au dehors, Luc s'empêtre dans l'abondante neige. Il essaie d'édifier une protection contre les éléments déchaînés. Il n'y parvient pas. Ils seront contraints d'abandonner la cabane du Chevaly dès le lendemain.

Dans le jour blafard, Luc marche en tête, Ambroise dans les bras. Il est suivi de Flavie portant Marie-Léontine. Le chien ferme la marche. Cette étrange procession se dirige vers Cassios où ils arrivent transis, exténués.

Flavie vient demander asile à son oncle Alexis.

C'est bien à contrecœur que Luc s'est résigné à cette solution. Or il lui est impossible d'envisager la réparation de la cabane pendant l'hiver. Il redoute aussi de l'avoir abandonnée sans espoir de retour. Où sera-t-il cet été ?

Il s'avoue presque vaincu par la fatalité. Il s'en désespère. Si les mois écoulés ont été marqués par des événements tragiques, la perte de la vache, et surtout celle du Chevaly, ont ajouté à son désarroi.

L'oncle Alexis a accepté de leur donner l'hospitalité. Il laisse cependant entendre que quatre personnes, complètement démunies, sont une bien lourde charge.

Fidèle se montre conciliant avec le chien d'Alexis. Il doit se sentir étranger dans cette demeure déjà bien gardée. Sa seule présence cependant donne lieu à des affrontements assez bruyants, au cours desquels il doit capituler.

Luc est remonté plusieurs fois au Chevaly. Il en a ramené la table, le banc, les paillasses, les vêtements, sans oublier les quelques poules rescapées du désastre.

Malgré sa tristesse, Flavie s'efforce d'aider sa tante dans les travaux quotidiens de la ferme. De son côté, Luc cherche à se rendre utile, tout en espérant, mais en vain, trouver une occupation à la ville.

Certains jours, ruminant de sombres pensées, son caractère s'aigrit. Flavie le subit assez douloureusement, fragilisée déjà dans son état par l'abandon brutal du Chevaly.

Seuls les enfants, dans leur insouciance, sont ravis. Ils apprécient le confort tout relatif de la ferme. De plus, ils sont heureux de pouvoir jouer avec les enfants d'Alexis.

La nouvelle de l'effondrement de la « cabane à Luc de Chevaly » s'est répandue assez vite dans le pays. Si certains la commentent avec compassion, d'autres s'en amusent avec cynisme.

Les jours suivants, au cours de ses démarches, Luc se trouve face à Zénobie, sa belle-mère. Une telle rencontre survient rarement, même le dimanche. Zénobie va d'habitude à la première messe du matin alors que Luc assiste à la grand-messe de dix heures. Auparavant, en cas de rencontre fortuite, Zénobie passait son chemin, affectant d'ignorer Luc.

Cette fois-ci, à sa grande surprise, elle s'arrête et lui adresse la parole :

« Luc, j'ai appris que votre cabane du Chevaly s'est effondrée. Si vous voulez, ma maison vous est ouverte. Vous pouvez venir chez moi. »

Interdit, il la regarde. Le visage ridé, les cheveux blancs qu'enserre une *béguine* noire, son maintien voûté lui révèlent une femme vieillie, se tenant dans une attitude humble presque suppliante. Peut-être, évoquant ses souvenirs, éprouve-t-elle maintenant les remords d'un lointain passé?

Voudrait-il accepter son offre qu'il ne le peut. Il sait qu'il lui est impossible de rester au pays encore longtemps. Avril est bientôt là.

« Merci. C'est pas de refus, mais c'est pas possible. »

La femme n'insiste pas. Elle s'éloigne d'un pas hésitant. Elle se retourne. Son regard croise un court instant celui de Luc demeuré sur place. C'est un bref contact, indéfinissable, pourtant lourd d'amertume.

Ce sera leur dernière rencontre. Ils ne se reverront plus. Luc repart. Il arrive à Cassioz pour le repas de midi. Il narre sa rencontre avec Zénobie.

« Vous auriez dû accepter », remarque Alexis.

Luc hausse les épaules sans répondre.

« Mais si. C'était bien mieux qu'ici. »

Luc a bien saisi le sens des paroles d'Alexis. Mais, avec l'échéance d'avril, il est dans l'impossibilité d'envisager quelque chose de définitif. Aussi, répond-il avec un mouvement d'humeur:

« Merci, l'oncle. Mais la Zénobie est de trop dans la ferme. Ça sera pour une autre fois. »

Un peu plus tard, seul avec Flavie, il demeure silencieux. Elle le remarque:

« À quoi tu penses?

—T'as vu, l'oncle? Il voudrait nous voir partir chez la Zénobie.

—Faut pas t'énerver. Faut se rendre compte que

c'est dur pour lui de nous avoir là tous les quatre chez lui. Avec eux, ça fait huit à table. Encore heureux de pouvoir dormir avec les vaches.

— D'ici le printemps, on sera loin.

— Pour aller où ?

— Je sais pas encore, mais j'en ai assez de ce pays et de la neige. On peut plus y gagner sa vie ni faire des voyages comme avant. Va falloir aller ailleurs.

— Mais je te demande encore où tu veux aller.

— Je sais pas, moi. Peut-être à Paris. Et puis, laisse-moi. »

Irrité, Luc, d'un geste de la main, met fin au dialogue. Flavie n'insiste pas. Paris ne lui sourit guère. Elle s'imagine perdue dans cette grande ville, seule avec ses enfants, alors que Luc sera à son travail.

Elle comprend que la situation actuelle ne peut durer. Dans quelques semaines, il leur faudra quitter Cassioz. Pour retourner au Chevaly ? Elle n'en est pas certaine, Luc n'évoquant plus cette possibilité.

En dépit du mauvais état des chemins enneigés, il retourne presque chaque jour à la ville. Le trajet est pénible dans la boue et la neige fondante. Luc revient chaque fois, les pieds mouillés et froids dans ses galoches trempées pourtant bourrées de foin.

Au cours de son dernier déplacement, Luc est hélé par le curé Monnard :

« Luc, il faut que je vous parle. Je suis allé au Mas, il y a deux jours et je suis passé voir l'Octavie. Elle vit bien tristement et vous savez comment elle se console : en buvant. Elle n'a pas le secours de la religion, n'étant pas très croyante. Je lui ai parlé de votre cabane et lui ai suggéré de vous voir. Avec votre famille, vous seriez une bonne compagnie pour elle.

— Merci bien, monsieur le Curé. Quand me faut-il y aller ?

— Quand vous voudrez. Ce serait bien si vous pouviez passer quelque temps chez elle avec votre famille.

— Oui. C'est à voir.

— Et ce printemps, retournez-vous au Chevaly ?

— Je crois pas. Le Chevaly, c'est fini.

— Alors, où irez-vous ?

— Je sais pas encore. Je cherche même à quitter le pays.

— C'est peut-être dommage. Mais tenez-moi au courant. J'aviserai de mon côté. »

Le même jour, Luc prend le chemin du Mas. Octavie est seule dans sa cuisine, encore attablée devant un pot de vin à moitié vide. Elle se retourne lentement pour dévisager l'intrus. Luc remarque aussitôt le visage congestionné, les yeux presque chavirés et le désordre des cheveux gris.

Elle marque un temps d'arrêt avant de le reconnaître, puis, d'une voix traînante :

« C'est vous Luc ? Vous prendrez bien un verre ?

— C'est pas de refus.

— C'est Monnard, le curé, qui vous envoie ?

— À vrai dire, c'est bien lui.

— C'est-y vrai l'histoire de la cabane ?

— Oui. Et après la vache de crevée, ça fait du mal pour nous.

— Alors, faut venir ici, avec la famille. »

Luc n'en croit pas ses oreilles. Une telle offre et si rapidement ! Est-ce dû à son ivresse ? Il objecte cependant :

« Ça va vous déranger ? On est quatre, avec les enfants.

— Que non. La Nathalie est partie. Seule, j'ai trop à faire. Faudra m'aider.

— Bon. Merci. Alors on sera là demain – non c'est dimanche, mais après-demain, si le temps le permet. »

Au moment de franchir la porte, il demande encore :

« Et le chien ? Qu'est-ce que j'en fais ?

— Amenez-le toujours. On verra bien. Tenez, un dernier verre avant de partir, avec ces temps de neige. »

Luc redescend. Il va annoncer la nouvelle à Flavie. Enfin, il ne s'imposera plus à l'oncle Alexis. Logé à l'aise dans la ferme d'Octavie, il pourra se consacrer aux travaux de chaque jour et même continuer à chercher du travail.

Un peu pressé de revenir à Cassioz, il ne sent plus

l'humidité glaciale de ses pieds.

La réaction de Flavie le déçoit. Elle l'irrite même.

« Bien sûr, c'est une bonne chose pour nous. Mais l'Octavie est assez pénible. C'est à se demander si ça sera possible de vivre avec elle dans sa ferme.

—Enfin, tu sais, seulement jusqu'à la fin de l'hiver.

—On dit ça, et une fois chez elle, on en sortira comment et pour aller où ?

—Ça, j'en sais rien aujourd'hui. »

À cet instant, Alexis intervient. Depuis la pièce voisine dont la porte était restée entrouverte, il a tout entendu :

« Vous parlez de l'Octavie qui vous prendrait chez elle ? C'est bien de sa part. Faut accepter.

—Bien sûr, reconnaît Flavie, mais l'Octavie n'est pas facile.

—Allons, allons ! Faut pas manquer cette occasion. Vous serez plus à l'aise qu'ici. »

Flavie a compris l'insistance de son oncle. Dans sa bouche, ce n'est pas un conseil, c'est une recommandation.

Quitter le Chevaly, puis Cassioz, la désespère. Mais elle doit obéir. Avec un long soupir de tristesse, elle donne sa réponse.

Ils déménagent le lundi 17 janvier. Ce jour est la fête de Saint-Antoine. À cette occasion, une messe est

Elle est suivie de la bénédiction du bétail et des chevaux mis sous la protection de ce saint. Dans l'attente de la cérémonie, un nombre important de chevaux est parqué sur la place de l'église, chacun d'eux étant protégé du froid par une couverture.

De bonne heure, Alexis a sorti son traîneau et attelé sa jument, où Flavie a pris place avec ses deux enfants. Eux sont ravis de cette promenade ; ils regrettent qu'elle doive s'interrompre bientôt. Flavie, au contraire, est triste et amère. Tournant le dos au cheval, elle regarde mélancoliquement la forêt du Chevaly s'éloigner. Luc et Alexis ouvrent le chemin, l'un précédant l'autre. Fidèle ferme la marche.

La messe, puis la cérémonie religieuse terminées, l'oncle consent à pousser jusqu'au Mas. L'attelage avance lentement dans le chemin inégal encombré de neige. Les cahots projettent l'un contre l'autre les deux enfants. Ils rient de bon cœur, alors que Flavie conserve un visage sombre. Craignant que Marie-Léontine ne tombe, elle la prend sur ses genoux. L'enfant contemple curieusement le cheval dont la croupe, énorme à ses yeux, la domine. Au cours du trajet, son frère et elle regardent, étonnés, la jument lâcher son crottin dans la neige.

Leur arrivée au Mas est annoncée par l'affrontement bruyant des deux chiens. Fidèle et Rip aboient rageusement.

Dès l'entrée dans la ferme, les nouveaux arrivants sont reçus par Octavie, adossée à la porte de la cuisine. Alexis ne pénètre pas. Il dépose les maigres bagages de Luc et prend congé pour repartir aussitôt.

On se réunit dans le *boeu*, la grande pièce près de l'étable. Il y règne une douce chaleur qui contraste agréablement avec le froid de l'extérieur.

Silencieuse, Octavie ne peut détacher ses yeux des enfants. Ils sont près de la porte de l'étable, en contemplation devant les vaches. Luc rompt le silence :

« Voilà. On est arrivé. C'est gentil à vous. On vous embêtera pas longtemps. Aux beaux jours, on repart.

— Où ?

— Savons pas encore.

— En attendant, vous restez là. »

Octavie regarde tour à tour Ambroise et Marie-Léontine.

« Vous avez de la chance d'avoir des enfants. »

Le soir, le repas réunit toute la maisonnée. Il se passe assez silencieusement. Octavie, comme absente, paraît absorbée par son assiette. Elle mange peu mais boit deux grands verres de vin. Son chien, couché sous la table n'en finit pas de grogner en entendant Fidèle aboyer dehors où il a été relégué.

Cela semble agacer Octavie. Brusquement, elle s'adresse à Luc :

« On pourra pas garder votre chien. Faudra vous en débarrasser. »

Cet ordre surprend tout le monde. Incrédule, Luc regarde Octavie redevenue silencieuse, à nouveau penchée sur son assiette. Ambroise se met à pleurer. Marie-Léontine l'imite.

Flavie emmène les deux enfants. Elle les couche sur leur paillasse et tente de les calmer :

« Faut pas pleurer. Papa, y donnera pas notre Fidèle. Il va seulement le prêter et il le reprendra quand on reviendra au Chevaly.

— On y reviendra ? C'est vrai ? demande Ambroise avec anxiété.

— Mais oui. On y reviendra tous avec Fidèle. Maintenant, faites dodo. »

Luc rejoint sa femme. Il n'a rien objecté à Octavie. Pourquoi cette décision soudaine alors qu'elle avait admis la présence de Fidèle ? Les deux chiens sont assez pénibles « à se grogner », sans vraiment se battre, il est vrai. Luc devra se séparer de Fidèle. Il y est contraint.

Le lendemain, après avoir soigné le bétail et la jument, Luc s'apprête à descendre à la ville. Il est accompagné de Fidèle que les enfants regardent partir.

Sur le pas de la porte, Octavie ne manque pas de l'avertir :

« Vous emmenez le chien, mais me ramenez pas de crevure ! »

Luc s'éloigne sans répondre. Il se prend à regretter les jours, où, contrebandier vivant dans sa cabane du Chevaly, il était son seul maître. Ce qu'il avait toujours redouté est arrivé. Par fatalité, sans logement ni ressources, il est tombé au service d'une femme. Il doit en subir déjà l'humiliante domination. Octavie fait montre de son caractère difficile que la mort de son fils a rendu encore plus pénible. Il faut la supporter pendant ces trois mois. Aucune autre solution n'est possible.

Luc remonte au cours de l'après-midi. À peine arrivé, il remarque l'air contrarié de Flavie. Il soupçonne Octavie :

« Qu'est-ce qu'elle a encore fait ?

— À vrai dire pas grand-chose. Mais ce matin, les petits ont un peu pleuré à cause de Fidèle. Elle les a grondés. C'est énervant.

— Ce coup dur d'Arsène, ça a pas arrangé son caractère. Ce qui est curieux, c'est qu'elle en parle pas. Elle tient bon.

— Mais elle s'est mise à boire.

— Et alors ? Qu'est-ce qu'on peut y faire ?

— Te fâche pas. Vivement les beaux jours et je veux pas être là en juin. »

Cette allusion à sa grossesse a le don de calmer Luc. Il s'adoucit :

« T'inquiète pas. On sera parti avant. »

Flavie n'en est pas moins soucieuse.

Auprès d'Octavie, la vie commune à peine ébauchée s'annonce déjà difficile. Flavie craint qu'elle ne devienne pénible. Quelques journées se passent dans une monotonie nuancée de tristesse. Soumise, Flavie s'affaire aux soins du ménage et à la préparation, d'ailleurs sommaire, des repas.

Malgré la fraîcheur de la pièce, Octavie passe de longues heures, enfermés dans le *peille*, une bouteille de vin auprès d'elle.

Tôt, chaque matin, Luc s'affaire auprès des animaux. C'est le travail rituel de chaque jour à la ferme. Après avoir nettoyé l'étable des vaches, l'écurie de la jument, sans oublier celle des moutons, il distribue le foin… C'est, à peu près, la répétition des travaux à la ferme de Michel.

Moroses depuis la disparition de Fidèle, les enfants demeurent craintifs devant Octavie. Ils se réfugient souvent dans l'étable pour prendre leurs ébats plus librement.

Luc n'a pas perdu l'habitude de chiquer. Il le fait plus rarement par économie. Un après-midi, par mégarde il crache le restant de sa chique sur une dalle de la cuisine. Il avait oublié qu'il n'était plus dans sa cabane. Devant le regard courroucé d'Octavie, Flavie s'efforce de réparer le dégât. Mais Luc se voit interdire dorénavant de chiquer à l'intérieur de la ferme.

Le comportement d'Octavie est le même au fil des jours. Elle se lève tard, le matin. Flavie remarque ses yeux rougis aux paupières gonflées.

La nuit, Flavie, dormant parfois d'un sommeil inégal, l'entend renifler, se moucher bruyamment et souvent gémir. Seule, dans l'obscurité de sa chambre, Octavie doit s'abandonner sans retenue à son chagrin.

Au contraire, elle demeure plus calme en apparence dans la journée. Elle reste assise près d'une fenêtre, immobile, dans une attitude voisine de la prostration. Cependant, à la vue des enfants, elle semble émerger et leur manifeste un peu d'intérêt.

Flavie bénéficie alors de cette légère détente. Aussi, un jour, se permet-elle de poser une question en suspens :

« Nathalie, votre bonne, elle est restée longtemps chez vous ?

— Oui. Depuis fin soixante-sept. Près de vingt ans. Pourquoi me demandez-vous ça ?

— C'est elle qui vous a quittée ? »

Flavie s'est arrêtée à temps. Elle a failli évoquer la mort d'Arsène en ajoutant « dans une pareille circonstance. »

Octavie s'octroie un verre de vin avant de répondre :

« Avant votre arrivée, cette garce a glissé sur la glace dehors et m'a cassé des bouteilles de vin. Elle s'est même fait mal à un bras. Alors j'y ai dit d'aller se faire soigner ailleurs. »

Flavie en reste bouche bée. Sans mot dire, elle poursuit son ouvrage.

Plus tard, seule avec Luc, elle lui rapporte à mi-voix cet entretien :

« C'est dur et c'est même méchant de l'avoir mise à la porte après vingt ans, de cette façon. Qu'elle se soit mise à boire, c'est pas une raison. Ça nous pend au nez à la moindre bêtise. Il va falloir surveiller les enfants.

— Y a pas de danger. Maintenant, elle a plus besoin de nous que de Nathalie.

— On aurait mieux fait de rester à Cassioz, à mon avis.

— Dis-le à ton oncle Alexis. Il nous verra revenir sûrement avec plaisir. Écoute. Il nous faut tenir peut-être deux mois seulement.

— Encore deux mois à être sa bonne », soupire Flavie.

Le dimanche suivant, Flavie veut aller à la messe. Bien que les chemins soient plus praticables, ça lui serait pénible de descendre seule à la ville et d'en remonter. À sa demande, Octavie lui répond :

« C'est naturel que Luc vous accompagne dans l'état où il vous a mise. »

Devant l'air surpris de Flavie, elle ajoute :

« Allez, ça se voit bien que vous prenez des hanches. »

Flavie part en compagnie de Luc. Au cours du trajet, elle lui confie :

« C'est peut-être pour ça qu'elle me regardait avec plus d'insistance ces derniers temps. »

Après la messe, Luc va chez la Rivollette accompagné de Parin, le cantonnier. À peine sont-ils attablés qu'un client, voisin de table, demande :

« C'est-y vrai que vous ramassez plus les crevures ?

— Oui. C'est fini.

— Dommage. Ça rendait bien service. »

Parin demande confirmation à Luc :

« C'était donc vrai, ce qui se disait ?

— Eh oui ! Tout se sait vite dans le pays. À propos, quoi de nouveau ?

Sans répondre, Parin fait signe d'écouter. Ils prêtent tous deux une oreille attentive. À la table voisine, deux hommes discutent. L'un d'eux parle d'un pays dont il vante les avantages :

« Oui, le gouvernement lui a donné deux cent cinquante-deux acres de terre après avoir eu son voyage payé à lui et à sa famille. On lui a même donné une baraque et de l'outillage pour défricher la forêt.

— Il te raconte tout ça dans sa lettre ?

—Oui. Et ça fait bientôt quatre ans qu'il est parti et il m'écrit seulement pour la première fois... »

À cet instant, poussé par la curiosité, Parin se penche et demande :

« Faites excuse. On vous entend parler d'une lettre venant de quel pays ?

—C'est mon oncle, Édouard Périnet, qu'était parti au Canada. Il est à, attendez voir, à Saint-Augustin-de-Woburn.

—C'est dans le nord des Amériques, le Canada. Il doit y avoir aussi beaucoup de neige l'hiver ?

—Oui, pas mal. Même qu'à cause des loups, les baraques sont bâties sur pilotis.

—Ça doit pas être drôle, cette vie, observe Parin.

—Oui, concède Luc. Mais on y est son maître. »

Il est près d'une heure quand Flavie le rejoint, après avoir rendu visite à des parents. Ils se préparent à remonter au Mas lorsqu'ils font une rencontre inopinée.

Trois gendarmes, dont le brigadier Poirier, arrivent près du pont. Le brigadier se dirige vers Luc qu'il a reconnu. Luc est soudain paniqué.

Le gendarme lui demande seulement :

« Eh, Chatel. Vous ne sauriez pas où se trouve la maison du nommé Arvin-Bérod Basile ? »

Luc essaie de se dominer et donne le renseignement.

Sans plus insister, la maréchaussée s'éloigne. Luc pousse un soupir de soulagement. Mais son désarroi passager n'a pas échappé à Flavie. Étant à nouveau seuls, elle fait la remarque :

« T'avais l'air d'avoir peur des gendarmes ? Pourquoi donc ?

— Mais non ! J'ai pas eu peur. C'est à Arsène que j'ai pensé en les voyant. Car ils étaient là au moment où il a sauté. »

Flavie accepte cette explication bien que l'émotion de son mari lui ait paru excessive.

« Allez, viens, Flavie, on remonte au Mas.

— Oui, mais avant, je vais acheter chez Feige ce qu'a demandé l'Octavie. Si par malheur, j'oubliais, elle serait furieuse. Elle me commande comme si elle avait encore la Nathalie. C'est pénible.

— T'exagères pas un peu ?

— Elle s'est pourtant rendu compte de mon état. Ça a l'air de lui « faire colère » encore plus. Comme elle dit, je prends des hanches, mais j'espère qu'en juin, je les perdrai pas chez elle.

— Tu peux en être sûr », affirme Luc.

Les achats terminés, ils remontent lentement. Les enfants les attendaient avec impatience. Ils sautent joyeusement au cou de leur mère.

« Ils ont été sages ?

— Pour ça, oui. Vous avez mes commissions ?

— Oui et même le chocolat Menier, du chocolat fin qu'aimait Arsène, m'a dit l'épicière », répond étourdiment Flavie.

À l'énoncé de ce nom, le visage d'Octavie pâlit. Ses yeux s'agrandissent, chargés d'agressivité. D'une voix sourde, elle lance à Flavie :

« Je veux pas vous entendre dire ce nom. Compris ? »

Elle s'enfuit dans le *peille* dont elle referme bruyamment la porte.

Flavie et Luc se regardent. Flavie regrette ses paroles :

« Qu'est-ce que j'ai encore dit ? On en a parlé après la rencontre avec les gendarmes et ça m'a échappé.

— Je commence à regretter de pas pouvoir quitter le pays dès maintenant. »

Le dimanche 13 est un jour marquant du mois de février. Le conseil municipal s'est réuni le matin à huit heures en session extraordinaire sous la présidence de son maire.

Après la grand-messe, beaucoup de personnes se sont retrouvées dans les cabarets pour des discussions animées.

Chez la Rivollette où Luc s'est rendu, le maire est au nombre des clients. Au cours de la conversation, il commente la séance du conseil municipal :

« On s'est réuni au grand complet pour étudier le projet de laïcisation des écoles. Le gouvernement avait donné des directives au Préfet qui, par lettre, nous a demandé la création de deux postes d'adjoint et d'adjointe à l'école des garçons et à l'école des filles. Mais cette école, vous comprenez, ferait double emploi avec celle des Frères. Alors la demande a été rejetée à l'unanimité du conseil. On a demandé que les instituteurs et institutrices actuels soient maintenus dans les délais légaux prévus par la loi du 30 octobre 1886. »

Le maire a été écouté dans un silence quasi religieux. À peine a-t-il terminé qu'il est applaudi par maints « bravo, le maire ». À chaque table, la discussion reprend avec animation. L'unanimité se fait pour protester contre cette intrusion dans les affaires locales. Parmi les protestataires se comptent même ceux qui ne fréquentent pas régulièrement l'église. Les quelques radicaux connus ne se manifestent point, préférant se réfugier dans une prudente réserve.

Luc s'est mêlé à la discussion. Il approuve la position prise. Quand Flavie le retrouve un peu plus tard, il lui conte l'événement, pour conclure :

« Pour nous, l'école ici, ça sera sans importance, on sera loin.

— Tu crois ?

— Bien sûr. »

Le vendredi 25 février, Luc va au marché. Il fait la rencontre du curé Monnard qui l'invite à venir le voir au presbytère en fin de matinée. Arrivé en avance, Luc attend avec impatience. Il se lève avec déférence à l'arrivée de monsieur le curé. La conversation s'engage aussitôt :

« Alors, Luc, vous ne retournez pas au Chevaly, ce printemps ? C'est bien décidé ?

— Pour sûr, monsieur le curé.

— J'ai pensé à vous proposer quelque chose. Tenez, je vais vous montrer cet article dans *L'Allobroge*. Naturellement, vous n'aviez pas ce journal. Tenez. Lisez.

Luc parcourt les lignes un peu laborieusement :

« Émigration au Canada, ancienne colonie française. Le gouvernement demande des cultivateurs et des ouvriers de tous corps de métier. Concession gratuite de cinquante hectares de bonne terre. Nourriture et logement garantis jusqu'à l'emploi. S'adresser à Fontana, place Bourg-de-Four à Genève. »

— J'ai déjà entendu parler du Canada. C'est dans le nord des Amériques, je crois.

— Oui. Il a été découvert par Jacques Cartier, il y a bien 350 ans, vers 1535. C'est un immense pays qui a besoin de main-d'œuvre. Vous voyez, ce peut être intéressant pour vous.

— Et ça fait combien de mètres un hectare ?

— Dix mille mètres carrés.

— Bigre. Cinquante, ça fait grand. Et pour y aller ? Comment ?

— Il vous faut prendre le bateau, bien sûr, pour traverser l'océan Atlantique. À Saint-Nazaire. Et vous en avez pour trois semaines de voyage. Vous y retrouveriez là-bas des gens du pays, des Socquet-Juglard, des Périnet, des Périllat venus du Petit-Bornand, et d'autres encore. Que sais-je ? Il y en a qui travaillent dans les forêts, au service de la « Compagnie de Colonisation et de Crédit Foncier des Cantons de l'Est » fondée par des gens de Nantes, en France. Cela vous intéresserait ?

— On doit pouvoir emmener quelques affaires ? À vrai dire, trois semaines de voyage, c'est long. Enfin, c'est oui.

— Bien. Vous aurez une grande propriété à vous. Alors, je m'occupe des démarches et je verrai le maire. »

Luc remonte lentement au Mas. Il est plongé dans ses réflexions. La fin de l'hiver est relativement proche. D'ici deux mois, la fonte des neiges se fera peu à peu. Alors il est possible qu'à plus ou moins long terme, on trouve le corps du douanier. Dans quel état sera-t-il ? Luc va jusqu'à se l'imaginer presque intact sous la neige. Et ses mains ? Cette découverte va déclencher une enquête d'autant plus redoutable que révoltantes ont été les circonstances de sa mort.

Luc ne peut rester. Partir pour le Canada, c'est, bien sûr, fuir loin dans l'inconnu. Pourtant, c'est la seule possibilité de se libérer de son angoisse et de se faire une nouvelle vie.

Il ne pourra jamais oublier les montagnes de Savoie. Comme il ne pourra jamais oublier les tragiques événements de ces derniers mois, ni la fin de ce douanier, d'autant plus qu'elle aura été la cause déterminante de ce départ pour le Canada. Pour une telle faute, cet exil est un châtiment bien faible comparé à celui qui le menacerait en restant au pays.

Sa décision est donc prise. Comme il l'a dit au curé, il partira pour le Canada. Il décidera Flavie, même si lui demander de quitter définitivement sa famille et son pays lui sera pénible.

Arrivé au Mas, il regarde aussitôt les sommets en direction des montagnes de Bellecombe. Ils sont encore abondamment enneigés. À la ferme, il trouve sa femme et les enfants en compagnie d'Octavie, dans la cuisine. Ambroise, apparemment consolé du départ de Fidèle, caresse Rip. Le chien semble agréablement surpris de ces marques inhabituelles de sympathie.

Octavie, assise sur son banc, n'a d'yeux que pour Ambroise.

Restée sans réaction à l'arrivée de Luc, elle ignore délibérément Flavie. Elle suit tous les gestes de l'enfant sans prêter grande attention à Marie-Léontine.

Le repas préparé par Flavie se prend dans un silence gênant que trouble à peine le bruit des mâchoires.

Flavie ose élever la voix en direction d'Octavie :

« Vous prenez pas de *tartiffles* ?

— Non. Laissez-moi ! »

Flavie et son mari échangent un regard éloquent, à l'insu de leur voisine qui, sans ajouter mot, se lève en direction du *peille*. Le soir, elle n'a pas reparu.

La famille réunie dans le *boeu* se couche rapidement.

Étendus l'un près de l'autre sur leur paillasse, Flavie et Luc se parlent à voix basse :

« Luc, t'as vu. De plus en plus pénible. C'est peut-être parce qu'on est le 28 dans trois jours. Deux mois qu'Arsène est mort.

— On pourra pas rester.

— Certain. Mais as-tu idée de l'endroit où on irait ?

— J'ai vu le curé Monnard aujourd'hui. Il m'a parlé du Canada.

— Le Canada ? Ça serait-y pas un pays des Amériques ?

— Si, justement.

— C'est très loin, et c'est là que tu voudrais aller ? Et comment ?

— Par bateau, en quinze jours à peu près.

— T'y pense pas ? T'as réfléchi ? Dans mon état ?

— Si on part en avril, t'as encore plus de deux mois devant toi.

— Et qu'est-ce qu'on fera là-bas ?

— Une fois arrivés, on nous donne une maison et aussi une grande forêt à travailler.

— Non. Je veux pas partir en pays étranger.

— Faudra bien.

— Je me demande pourquoi tu veux quitter le pays pour le Canada. Allons à Paris. Je veux bien.

— Pas question de Paris. C'est pas un bon endroit pour les enfants. Ça sera le Canada. »

Finalement, un peu agacé. Luc tourne le dos et feint de dormir.

Deux semaines s'écoulent. On est à la mi-mars. Les jours s'allongent. La neige, fondant sous le soleil printanier, rend les chemins boueux. Elle glisse et tombe lourdement des toits où elle s'était accumulée. Déjà les lilas bourgeonnent. Dans les arbres retentit le chant joyeux des merles.

Mais les prémices du printemps n'influencent pas favorablement l'atmosphère de la ferme.

Octavie affiche une mine toujours sombre. Elle s'emporte de plus en plus facilement. Elle n'hésite pas à gronder les enfants pour des motifs futiles. Ni Luc, ni Flavie ne sont épargnés.

Le vendredi 18 mars, Luc descend à la ville afin de rencontrer le curé. Il annonce à Luc la gratuité du voyage au Canada pour lui et sa famille. Luc confirme sa décision de partir. Il va voir le maire qui, sur l'intervention du curé, avait déjà engagé les formalités. Tout sera prêt pour un départ fixé au 6 avril. Cette date convient entièrement à Luc, obsédé par la fonte de la neige qu'il espère ne pas être complète à cette date en altitude.

Dans le courant de la matinée, il est invité par Martin Mabboux chez l'Adèle Orsy. À peine sont-ils assis que l'Adèle leur dit :

« Vous savez la nouvelle ?

—Non. Laquelle ?

—Vous connaissez sûrement l'Agnès, de Bellecombe, qui va en montagne à la Limace ?

—Oui.

—Elle vient d'accoucher d'une fille. C'est scandaleux.

—Pourquoi ?

—Elle est fille-mère avec un enfant naturel.

—On en connaît le père ?

—À Bellecombe, les gens disent que ça serait un *gâpian*. Celui qu'a disparu. C'est peut-être pour pas reconnaître un enfant naturel. »

En cet instant, Luc pense moins à Casimir qu'à son ami Arsène. S'il était là pour apprendre l'invraisemblable nouvelle, quel choc ce serait pour lui…

À son retour au Mas, Luc n'en parle pas. Il trouve Flavie éplorée et furieuse à la fois. Elle est seule auprès d'Ambroise en larmes.

« Qu'est-ce qu'il y a eu ?

— En sautant dans l'écurie, Ambroise est tombé sur la queue de Rip qui s'est mis à hurler. L'Octavie, furieuse, a fessé le petit.

— Ça fait rien, faut pas s'énerver.

— Tu trouves ? Moi, j'en ai assez. Ça peut plus durer. Je veux plus rester ici.

— Ça tombe bien. C'est tout arrangé. On part tous au Canada.

— Le Canada ? Et quand ?

— Dans moins de trois semaines, le 6 avril ».

Flavie ne s'attendait pas à cette nouvelle. Sans rien ajouter, elle s'est assise. Elle prend ses deux enfants sur les genoux. Elle les serre dans ses bras.

Luc reste à la regarder. Elle est désemparée. Il comprend qu'elle se fait difficilement à l'idée de ce départ au loin. Il a cependant conscience de l'avoir emporté.

« Enfin ! » murmure Luc.

Le samedi 26 mars et le dimanche 27, le dimanche des Rameaux, le temps est idéal.

Dans le ciel bleu sans nuage, le soleil brille de tous ses feux. Sur les pentes de l'endroit, l'herbe déjà verdissante se pare de bouquets de primevères et de l'or des tussilages.

Le dimanche, à la surprise de Luc, Octavie veut descendre à la ville :

« Vous voulez aller à la messe, l'Octavie ?

— Vous le verrez bien ! »

Luc attelle la jument au char à bancs. Avec Octavie, il s'installe sur le siège avant, Flavie et les enfants sur le siège arrière.

Ils arrivent sur la grand-place particulièrement animée. Tous descendent du char. Flavie demande à Octavie restée immobile :

« Vous venez à la messe ?

— Non. Je vous attends ici. »

Luc accompagné de Flavie et des enfants se dirigent vers l'église.

Octavie est restée près du char à bancs.

La messe terminée, Luc et sa famille retrouvent Octavie au même endroit. Elle semble ne pas s'être déplacée. Elle est restée à les attendre patiemment. Ils ne comprennent tout d'abord pas le motif de sa venue à la ville. Un dimanche, elle n'a pas voulu assister à la messe !

S'étant approchés du char à bancs, ils remarquent alors le tonneau de vin muni de son robinet placé en arrière du siège. À cet instant paraît le maire. Il interpelle Luc : « Eh ! Chatel ! Voulez-vous venir avec moi en mairie ? J'ai vos papiers. »

Luc lance à l'adresse des deux femmes : « J'en ai pour quelques minutes. Attendez-moi là. »

Saisie d'une curiosité inquiète, Octavie ne manque pas d'interroger Flavie :

« De quels papiers il a parlé, notre maire ?

— Je sais pas très bien. C'est peut-être pour notre départ ?

— Votre départ ? Quel départ ? et pour aller où ?

— On part au Canada, début avril.

— Au Canada ? Qu'est-ce que c'est que ça ?

— C'est un pays aux Amériques.

— Et vous allez me quitter ? articule Octavie, très surprise par cette brusque nouvelle.

— Oui. De toute façon, on pouvait pas rester éternellement chez vous, pas vrai ?

— C'est pas possible ? Mon Dieu ! Qu'est-ce que je vais devenir ? »

Luc les a rejointes.

« Luc, Flavie m'a tout dit. Vous allez pas partir comme ça !

— Bien sûr que si. Maintenant tout est prêt. » dit-il en se tournant vers sa femme.

Ils remontent dans le char à bancs. Octavie reste silencieuse tout le long du trajet. Elle est perdue dans ses pensées.

Au repas de midi, elle mange seulement quelques bouchées. Comme Luc, elle s'octroie deux grands verres de vin.

Le repas terminé, elle sort de son mutisme. Elle implore Luc :

« Vous pouvez pas partir et me laisser seule. Bien sûr que j'ai mauvais caractère, mais c'est cette mort qui m'a rendue folle. C'est pas possible à vous de partir. Je vous le demande encore.

—Pourtant, faudra bien.

—Je peux plus vivre seule et je me suis attachée malgré tout à Ambroise et à la petite.

—Mais le voyage en train et en bateau est payé à nous tous.

—En bateau ? Vous traversez donc la mer ?

—Bien sûr, même l'océan. »

Octavie marque un temps. La tête dans les mains, accoudée à la table devant son verre vide, elle réfléchit :

« Je veux pas vous laisser partir. Tout réfléchi, je vous donne la ferme et les terrains. Mais restez ! »

Elle a terminé d'une voix presque suppliante.

Sa proposition fait aussitôt fléchir Flavie :

« Oh ! Luc ! C'est à voir. Ça vaut la peine de rester. »

Surpris, Luc pousse un long soupir. À vrai dire, il est embarrassé. Il ne peut absolument pas rester à cause de ce Casimir, là-haut dans la montagne. La neige fondante le découvrira lentement. À cette seule pensée, son angoisse s'éveille à nouveau. Il y a trop de risques à rester. La seule vue d'un uniforme de gendarme ou de douanier surtout lui donne le frisson.

C'est vraiment pas de chance. Maintenant, il se prend à haïr ce Casimir. Par sa faute tous les malheurs sont arrivés. Par sa faute, il ne peut accepter l'offre d'Octavie, une si belle ferme dans ce village du Mas avec sa magnifique chapelle ancienne.

Flavie surveille Luc depuis quelques instants. Elle est surprise et surtout anxieuse d'attendre si longtemps une réponse à une telle offre. Mais elle est encore bien plus étonnée de voir son mari secouer la tête et d'avouer, presque à mi-voix :

« Non. Je peux pas.

— Mais, enfin, Luc ! T'es pas fou ? », s'écrie-t-elle, irritée.

Octavie ne comprend pas davantage. Elle le regarde, médusée.

C'est au tour de Luc de se mettre en colère. Il ne peut rien expliquer à ces femmes. Elles n'y comprennent rien. Il est surtout furieux contre lui-même : ne pas pouvoir accepter une telle aubaine à cause de la mort de Casimir ! En quelque sorte, le *gâpian* se venge. Oh ! combien durement !

Il éclate en assénant son poing sur la table :

« Laissez-moi, bon Dieu. C'est non. Je veux partir ! Là ! »

Les enfants, surpris et apeurés, se réfugient auprès de leur mère. Elle leur recommande :

« Allez. Du calme ! »

Ce conseil s'adresse aussi à son mari.

Les jours suivants, Luc surprend plusieurs fois les yeux interrogateurs de Flavie peser sur lui. Sa femme est devenue muette. Elle cherche à comprendre. Pourquoi veut-il s'expatrier? Quel puissant motif secret semble l'y contraindre?

Conscient de l'atmosphère tendue entre eux deux, il feint cependant l'indifférence.

De son côté, Octavie est profondément vexée par le refus incompréhensible de Luc. Elle est démoralisée aussi par la perspective de se trouver à nouveau seule. Elle sera obligée de reprendre Nathalie. Son humeur s'en ressent aigrement Un matin, Luc se fait réprimander comme le serait un enfant, pour avoir tardé à donner du foin à la jument.

Il subit l'algarade sans mot dire. Peu après, il confie à sa femme:

« Tu vois. Même en ayant la ferme à nous, on pourrait pas vivre avec elle tant qu'elle y habite. T'es d'accord?

—Faut dire que ton refus n'arrange pas les choses.

—Oui, pour le moment c'est un prétexte, et elle en trouverait bien encore pour que son mauvais caractère reprenne le dessus, tôt ou tard. Vaut mieux partir. C'est dans cinq jours, le départ. »

Résignée, Flavie ne répond pas. Elle est bien obligée de suivre son mari. Comment faire autrement?

Le dimanche 3 avril est jour de Pâques. Pour la dernière fois, Luc et Flavie « font leurs Pâques » au pays.

Après la messe, ils remontent au Mas. Flavie se retourne plusieurs fois. Elle regarde avec nostalgie le clocher de l'église.

Dès le mardi matin, Octavie s'est enfermée dans le *peille*. Elle ne veut pas assister à leurs préparatifs de départ, d'ailleurs bien sommaires. Ils emportent leur linge, leurs deux enveloppes de paillasse ainsi que les couvertures. Le fourneau, trop encombrant est resté, abandonné au Chevaly.

Le mercredi 6 avril, la diligence les emmène à la Roche-sur-Foron, ville distante d'environ cinquante kilomètres. Les deux enfants sont ravis d'un tel voyage dans cette voiture, nouvelle pour eux.

La diligence roule au trot des chevaux. Flavie et Luc regardent s'éloigner le clocher de Megève.

Flavie le contemple avec mélancolie, persuadée de ne plus jamais le revoir.

Luc le fixe des yeux, le cœur serré, avec cependant un réel soulagement : dans la perspective du clocher se dessinent au loin les montagnes encore enneigées de Bellecombe dont il s'éloigne maintenant pour toujours.

En gare de La Roche, la vue du train est un émerveillement pour les deux enfants. Luc est étonné et sceptique en regardant la locomotive. Comment cette machine toute noire peut-elle tirer seule tous ces wagons si énormes ? Elle crache de la vapeur et sa longue cheminée rejette de sombres nuages de fumée.

Sur son flanc, au-dessus d'une des deux grandes roues, se détache une inscription. Luc la déchiffre laborieusement sans bien comprendre :

« Ateliers de France »

P L M

Tous suivent des yeux la longueur démesurée des rails qui vont se perdre au loin. « Le train va rouler là-dessus ? » se demande Flavie. Ils montent dans un wagon par les trois marches d'un escalier de bois. Ce wagon porte l'inscription également mystérieuse : "P L M", suivie de trois traits verticaux.

Maintenant ils sont seuls, tous quatre dans le compartiment. Les deux banquettes se faisant face vont d'un seul tenant d'une portière à l'autre. Bien qu'étant faites de lattes de bois, elles sont confortables, bien plus que les bancs de la cabane du Chevaly. Chacune des deux portières, est munie d'une grande glace qui s'ouvre en coulissant de façon réglable grâce à une courroie de cuir.

Tout à coup, retentissent un coup de sifflet puis la clameur brève d'une sirène. Brusquement, le train s'ébranle dans une secousse déséquilibrant les enfants.

Le train roule. Agrippé à la portière, Ambroise regarde défiler le paysage. Soudain, la main plaquée sur l'œil droit, il se met à gémir. Ce n'est pas grave, mais Flavie a quelque difficulté à retirer un point noir, une particule de charbon, sous la paupière.

« Fais attention à la fumée, Ambroise. Dis, Luc, tu veux remonter la vitre ? »

Le train continue de rouler assez bruyamment à une vitesse surprenante pour les passagers. Leurs oreilles résonnent du martèlement cadencé des roues.

« Ça va plus vite que le traîneau de ton oncle » observe Luc apparemment détendu, au contraire de Flavie. Elle s'abstient de répondre.

Le convoi s'arrête souvent dans les gares. Quelques minutes après le départ d'Aix-les-Bains, la voie ferrée est proche d'un grand lac. Tous se sont massés à la portière gauche pour admirer cet immense plan d'eau immobile dans lequel se reflète une montagne imposante, longue muraille sombre surmontée d'une pointe encore enneigée.

La sirène du train gémit à nouveau.

Brutalement, il est entré dans la nuit. Il roule plus bruyamment. Luc est surpris. Flavie s'inquiète. Les enfants se mettent à crier. Le jour revient bientôt. Luc a baissé la glace. Il se penche au dehors. Il regarde s'éloigner le trou noir d'un tunnel creusé dans les rochers.

Les heures passent. Le train roule toujours.

À un certain moment, Ambroise se plaint de vouloir faire pipi. Enfermé dans le compartiment, il lui faut attendre l'arrêt à une prochaine gare. Mais il ne peut se retenir. Il se soulage contre l'une des portières.

Deux jours plus tard, après plusieurs changements, comme il était prévu, ils arrivent un peu fatigués à Saint-Nazaire.

Dans le port, Luc ressent une forte émotion. Il aperçoit deux silhouettes vêtues de l'uniforme bleu clair bien connu. Il y en a donc partout, de ces *gâpians* !

Un souvenir ressurgit en lui, qu'il croyait déjà avoir éliminé. Or ces *gâpians* ne lui prêtent même pas attention. Ils poursuivent leur chemin avec indifférence.

Luc se rassure.

Un peu plus tard, il découvre le grand voilier blanc amarré non loin. Il semble les attendre. Tous quatre le contemplent avec admiration. Ils ne sont pas montés à bord depuis quelques heures que le bateau s'éloigne, toutes voiles dehors.

C'est pour eux un spectacle féerique de le voir glisser sur l'immensité de l'océan, sous un ciel clair, marbré de rares nuages. De magnifiques oiseaux blancs, aux ailes largement déployées, planent, suspendus dans l'air, sous le soleil éblouissant.

La terre s'éloigne insensiblement. Déjà, la vague du grand large agite le voilier.

Flavie, les yeux moroses, regagne sa couche dans la cale. Elle se sent mal à l'aise. Elle fait triste mine.

Dans son état, elle supporte mal le tangage auquel elle est soumise. Elle appréhende ce long voyage de plusieurs semaines qui l'arrache de plus en plus à son pays pour un destin inconnu.

Les deux enfants, restés au côté de leur père, sont enthousiasmés d'être dans un si beau bateau de rêve. Ils suivent, fascinés, les évolutions d'autres voiliers. Un monde nouveau pour eux s'offre à leurs yeux émerveillés.

Luc les surveille assez distraitement.

Tant de souvenirs amers, tant d'espoirs enivrants se heurtent en lui. Des noms surgissent encore : Michel, Arsène, Adeline, la ferme du Mas, le Chevaly, même le douanier dont il voudrait effacer le nom.

Il veut maintenant rêver à ce pays, à ce Canada qui porte ses espérances.

Mais le clocher de Megève, le cimetière où repose son père s'imposent encore à lui.

Ses yeux s'égarent vers les rivages de France.

Dans le lointain, dans les brumes du passé, s'estompent les images de ce pays de Savoie qu'il ne reverra plus jamais.

Du même auteur :

- *Megève et son passé.* Diffusé par La Fontaine de Siloé - 73800 Montmélian.

- *Césarine*, ou la vie d'une famille paysanne dans un village savoyard au XIXe siècle. Diffusé par La Fontaine de Siloé - 73800 Montmélian.

- *Le cerisier du diable.* Roman historique. L'émouvante destinée d'une femme dans le duché de Savoie au XVIIe siècle. Diffusé par La Fontaine de Siloé - 73800 Montmélian.

- *Thalassa.* Un dramatique secret. L'incroyable découverte d'un médecin soignant un enfant de moins d'un an. Diffusé par La Fontaine de Siloé - 73800 Montmélian.

Ces quatre ouvrages ont reçu conjointement le prix littéraire « Région Savoie 1992 »

- *Médecin des neiges.* Prix littéraire, « Plume d'or » 1997 de la Société des Auteurs Savoyards. La vie d'un médecin de montagne. Diffusé par La Fontaine de Siloé - 73800 Montmélian.

- *Megève d'antan.* Album de dessins avec un texte historique.

- *Mag Eva Recueil.* Histoire illustrée de Megève.

- *Sous l'aile noire.* Au XVIIIe siècle, un roman étrange.

Achevé d'imprimer
en octobre 2006
sur les presses de Brodard et Taupin
pour le compte et le plaisir de

La Fontaine de Siloé

à Montmélian
Savoie